小学館文庫

ロボット・イン・ザ・ガーデン

デボラ・インストール
松原葉子 訳

小学館

主な登場人物

ベン・チェンバーズ……………家にこもりがちな迷える主人公
アクリッド・タング……………旧式の箱型ロボット
エイミー・チェンバーズ………ベンの妻。法廷弁護士
ブライオニー……………………ベンの姉。弁護士
デイブ……………………………ブライオニーの夫
コーリー・フィールズ…………アンドロイド・メーカーのゲーム事業部所属
リジー・キャッツ………………ヒューストンにある宇宙博物館勤務
カトウ・オーバジン……………人工知能を研究するエキスパート

A ROBOT IN THE GARDEN

by Deborah Install

ロボット・イン・ザ・ガーデン

私にインスピレーションをくれる、ステフとトビーに

一　負け犬

「庭にロボットがいる」妻が言った。

数秒して足音が聞こえ、妻が寝室のドアから顔をのぞかせた。ベッドで新聞を読んでいた僕が顔を上げたら、彼女はお馴染みの表情を浮かべていた。〝あなたのせいでほんとストレスがたまる〟と顔に書いてある。

僕は無表情に見つめ返した。

「ねえ、庭にロボットがいるんだけど」

僕は小さくため息をつくと、羽毛の上掛けをはいで、芝が伸び放題になっている裏庭に面した窓辺に立った。

「何でうちの庭にロボットがいるんだ？　またあの門を開けっ放しにしてたんじゃないのか、エイミー」

「あなたが門を直してくれさえすれば、何の問題もないのよ」エイミーが反論する。

「前から直してって頼んでいるのに。古い家には手入れが必要。庭だって同じよ、ベン。業者にでも来てもらえば……」

そのひと言は聞き流した。

カーテンを全開にして庭に目をこらす。たしかに、うちの庭にロボットがいた。

そのロボットが僕たちの暮らしに入ってきたのは、午前七時半だった。その時間に起きている必要は僕にはないのだが、六年前に両親が亡くなってからというもの――エイミーと出会う少し前のことだ――不思議と朝寝ができなくなった。今の住まいはもとは両親の家で、僕が生まれ育った家でもある。そのせいか、朝目が覚めるとすぐに、頭の中で「さっさと起きて、一日を有意義に使いなさい」と一階から呼びかける母の声がする。

まだ目が半分開かないまま、エイミーのあとからふらふらと一階に下りた。新聞の続きを読みながら、ゆったりと一日を始めたい。だが、キッチンではエイミーが、私が読むとばかりに社会面の上に紅茶のマグカップとクリームチーズベーグルを置いていた。今日のエイミーの仕事着は隙ひとつない。濃紺のピンストライプのパンツスーツに、真っ白な開襟シャツ、刺さりそうなハイヒール。もとからブロンドの髪を引っつめてシニヨンにまとめ、化粧も入念にしている。つまり、今日は重要な裁判を控えているということだ。会話をする気分ではなさそうだったので、僕はコーヒーを濃いめに淹れて自分の書斎に引っ込んだ。いや、自分のではないな……父のだ。書斎そのものは僕には不要だったが、エイミーは夜も自宅で仕事をすることがあり、そんな時は居間を使いたがるので、僕がいると邪魔になる。

コーヒーを飲んでいたら、エイミーが昨夜の皿を食洗機に突っ込む音が聞こえてきた。その間僕は椅子に座って、ただぼんやりと回っていた。僕の——父の——古い事務椅子は、一回転するごとに抗議するように軋んだ。書斎の壁に並ぶ本が僕の周りをくるくると流れ、早朝の日差しが本の上部にたまった埃や、日々どこからともなく出てきて空中を舞う埃を照らし出す。

ラジオをつけて朝の番組を聴いた。その音にかぶさるように、ハイボールグラスや皿やカトラリーをカチャカチャと言わす音が廊下をわたって聞こえてくる。時折その音がやみ、かわりにキッチンを歩くコッコッというハイヒールの靴音が響いたあとに、少しだけ静かになるのは、エイミーが食べたり飲んだりしているからだろう。すべてにおいて無駄がない。僕は眉間にしわを寄せながら、エイミーは今日は何があると言っていたんだっけと考えた。難しい訴訟が終わるんだっけ、始まるんだっけ。

そのまましばらく音がしないと思っていたら、エイミーに呼ばれた。返事をしないでいると、書斎まで探しにきた。

「ねえ、さっきから言ってるでしょ。庭にロボットがいるの……」

見たところ、ロボットは高さが一三〇センチ弱、幅はその半分くらいで、金属製の四角い胴体と頭で構成されていた。部品を接合するリベットは、作りがずいぶんと雑だ。リベットのあるべき姿など知らないけれど。ロボットには、衣類乾燥機の排水ホースにスプレーで色をつけたような、短い足と短い腕があり、その先に板状の足と、老人がよく持っている、先が二股になっていて、手の届かない場所にあるものを掴めるマジックハンドの先端みたいな手がついていた。要は学校の工作作品みたいなのだ。

「生きていると思う？」ふたりしてキッチンの窓から観察していたら、エイミーが言った。

「生きている？　知能があるかってこと？　それとも機能が生きてるかってこと？」

「いいからとにかく見てきてよ」

僕は、最初に見つけたのは君なんだから、君がまず見てきなよと言った。エイミーは、花がほしいなら自分で好きなのを買っておいでよと僕が言った時と同じ顔をした。

「私にはそんな暇はない。ベンが行ってきて」エイミーはコーヒーテーブルに置いた書類やブリーフケースを取りに、さっさと居間へ行ってしまった。僕が勝手口のドアの取っ手を回しかけた時、玄関の扉がバタンと閉まった。

ロボットは我が家の窓に背を向け、足をまっすぐ前に投げ出して、柳の木の下に座っていた。体の表面には秋の露が落ち、さながら、くず鉄置き場の廃品と、ある種の日本画の融合といった風情だ。はじめは動いていないのかと思ったが、近づくにつれて、庭の向こうの草原にいる馬たちを眺めているのだとわかった。ロボットの頭が左右にかすかに振れている。

僕は少し離れた場所で立ち止まった。ロボットとの会話の始め方がよくわからない。子どもの頃、我が家にロボットはいなかったが、家で使っている友達もいて、見た限りでは仕事さえ与えられていれば挨拶を交わすといったことには興味はなさそうだった。家庭用ロボットの大半はいわば使用人で、光沢のあるクロムめっきと白いプラスチックでできたマネキンが家の中をうろついては、掃除機をかけたり、朝食を作ったり、時には子どもを学校まで迎えにいったりする。僕の姉の家にはあるし、エイミーもほしがっているが、夫婦ふたりの家に置く必要性が僕にはわからない。廉価版も出ているが、さほど光沢はないし機能も落ちる。できることと言えば、精々シャツのアイロンがけやごみ捨てくらいだ。しかし、目の前にいるロボットはそのどれとも違う。安いロボットでも、ここまでみすぼらしくはない。

「あのー……こんにちは」

ロボットがびくりとした。悲鳴を上げ、あわあわと立ち上がろうとして、どさりと横向きに倒れてしまった。今まで座っていた地面の草が四角く潰れている。ロボットは足の裏を僕に向けた状態で、ひっくり返ったてんとう虫みたいに足をばたつかせた。ロボット

僕は助けてやらなきゃという気になった。

「大丈夫か？」と声をかけながらロボットを押して起こし、もう一度座らせた。ロボットは頭をくるりとこちらに向け、ドーム型の金属の瞼をウィーンウィーンと言わせながら、何回か瞬きをした。瞼の下の光沢のあるふたつの球体が、僕を観察して上下に動く。見る対象によって、瞳孔がカメラのシャッターみたいに広がったり狭まったりしている。ロボットの目の下には形も大きさもレゴブロックみたいな鼻があったが、見た目の問題でついているだけで役には立たなそうだった。その下にある長方形の暗い穴が口で、どうやら古いCDドライブのようだ。ロボットを作った人は、どこかで埃をかぶっていた予備のCDドライブを有効活用したのだろう。

ロボットは全身、小さなへこみだらけで、急に動くと、がたついている胸のフラップがぱかっと開いてしまい、真鍮のぜんまい仕掛けと複雑なコンピューターチップが、僕にはさっぱり理解できない具合に束ねられている様子が丸見えになった。ロボットの製作者はハイテクと昔ながらの技術の両方に精通しているようだ。複雑に入り組んだ機械部の中心で、光を放ちながら一定のリズムで鼓動しているものが、ロボットの心臓に違いない。さらに近くで目を凝らしたら、心臓の隣に黄色の液体の入ったガラ

スのシリンダーを見つけたが、何の機能を果たしているかは謎だった。よく見ると、ガラスにごく小さなひびが入っていたが、僕は特段気に留めなかった。

そよ風に吹かれながら観察するうちに、ロボットの体がひどく汚れていることに気づいた。付着した汚れから想像するに、ロボットはこの庭に辿り着くまでに砂漠を越え、農家の庭も越え、街も通り抜けてきたようだ。僕にはロボットがどこから来たのか見当もつかず、実際にそんな冒険を重ねてきたのかもしれなかった。

僕はロボットの隣にしゃがんだ。

「君の名前は?」

ロボットが反応しないので、僕は自分の胸を指さした。「ベン。君は?」そして、今度はロボットを指す。

「タング」ロボットの声は、金属が触れ合うような電子的な声だった。

「タング?」

「タング。タング。アク・リッド・タング。タング。タング!」

「わかった、わかった……よくわかったから。ところで、どうして僕の庭にいるんだい、タング?」

「オーガスト」

「今は八月《オーガスト》じゃないよ、タング」僕は優しく言った。「今は九月の真ん中だ」

「オーガスト」

「九月だよ」

「オーガスト！　オーガスト！　オーガスト！」

僕は少し考えて、質問を変えてみることにした。「タングはどこから来たの？」

タングは僕を見て瞬きをしたが、何も言わなかった。

「連絡したら迎えにきてくれるような人はいるかい？」

「いない」

「すばらしい、一歩前進だ。ちなみに、僕の庭にはいつまでいる予定なのかな、タング？」

「アクリッド・タング……タング……タング……タング……」

僕は辛抱強く質問を繰り返した。

「タング！　アクリッド・タング……オーガスト……いや……いや……いや！」

僕は腕組みをしてため息をついた。

十二時間後、仕事から戻ったエイミーが勝手口のドアを開けて僕を手招きした。

「ここにいるんだよ」僕はタングに声をかけたが、その必要はなさそうだった。放っておけばそのうち勝手にいなくなるかもしれないと、午前の大半を書斎にこもってみたのだが、タングはその場から一ミリも動かなかった。それから半日、僕は家とロボットの間を何度も往復しては、どうにか意思の疎通を図ろうと試みた。エイミーが帰宅する頃には、僕はロボットの頑固さそのものに興味をそそられていた。

「どんな様子？」エイミーは尋ね、僕が、今朝彼女が出かけた時と同じ、暗い緑色のパジャマのズボンと着古した青いガウン姿のままだと気づくと、片眉を上げた。

「とりあえずロボットは男の子だ」僕は答えた。「少なくともしゃべり方は男の子っぽい」

「ロボットに性別なんてあるの？」

「あるんじゃないの、僕もよく知らないけど。あの子にはあるよ。あの子は他とはちょっと違う」

「たしかに違うわ。エントリーモデルですらない」

「いや、僕が言いたいのはあの子は特別だってこと」

その言葉にエイミーは鼻にしわを寄せた。「どうしてわかるのよ？」

「さあ。そんな感じがするだけだ」

「で、ロボットは何かしゃべったの？」

「名前が〝アクリッド・タング〟だってことと、今が八月だっていうようなこと」

「でも、今は八月じゃないわ。九月半ばよ」

「知ってるよ。あの子、ぼろぼろでさ――あちこち、へこみだらけだし、内蔵のシリンダーにもひびが入ってる」

「すてき。壊れたロボットってわけね。最高じゃない」

僕は黙っていた。

エイミーが口調をわずかに和らげた。「他には何て言ってたの？」

「たいしたことは何も」

「うちにいる理由は？」

「さあ。答えてくれなかった」

「じゃあ、うちにはいつまで――」

「だから、それもわからないって。それを聞き出すところまでいかなかったんだ」

エイミーが目を細くした。

「いつか錆びるまで、延々とうちの庭に置いておくわけにはいかないのよ。もう一度行って話をしてきてよ」

「今日はもうずっと、意思の疎通を図ろうとしてきたんだ。そんなに言うなら、君が話してきたらいいじゃないか」

またこの顔だ――叩かれた子猫みたいな顔。エイミーにうるさく指図されるのにはうんざりだが、穏やかな暮らしも大切なので、僕はいら立ちながらも結局は「わかったよ」とつぶやき、勝手口のドアを開けた。

そんなことがあって一週間、エイミーが達した結論は、ぽんこつロボットが庭にいては目障りだし、キッチンの窓から外を見るたびに目に入るのも嫌だというものだった。タングは多少は僕と話をしてくれるようになっていたが、相変わらず庭からは動こうとせず、どこから来たのかも謎のままだった。

「追い払うことはできないの？」

「どうして僕が？」

「あれに話をしているのがあなただからよ」

「そう言うけど、僕だって何も聞き出せないんだ……」

「とにかく、いつまでも庭に置いとくわけにはいかないのよ」

「この議論、もう何回目だ？　そんなに厄介払いしたいなら、君が方法を探せよ」

「あなた、あれが好きなんでしょ。職探しを放り出して没頭できるものができて、嬉しいんでしょ」

「あのな、エイミー、どうして口論のたびに僕が無職だって話になるんだよ？」

「あなたが仕事に就いていれば、こんな言い争いはしなくてすむのよ……」

「言い争う必要なんてそもそもないじゃないか。僕は働く必要はない。君だって知ってるはずだ」

「ええ、ええ、ご両親が十分な遺産を遺してくれたから、それだけで暮らしていけるのよね。でも、仕事は単にお金を稼ぐだけのことじゃないのよ、それがわからないの?」

「わからないね。それに、タングは〝彼〟だ。〝あれ〟じゃない」

エイミーは攻め方を変えた。「とにかく、これ以上庭にロボットを置いておくつもりはないから。ああいうのは特に」

「〝ああいうの〟ってどういう意味だよ?」

エイミーは鳥肌の立ったむき出しの腕をタングの方に振った。「どうもこうもないわ……ああいうのよ。古いやつ。壊れているやつ」

「へえ、そうか。もしあの子がぴかぴかの最上位モデルで、指やつま先があって、立派な顔がついてたら、構わないわけだ」

「そうかもね」

正直な答えではある。

「エイミーだって前からロボットをほしがってたじゃないか。それが手に入った。何が問題なのか、僕にはわからない」

「それって、廃車を買って、何が問題かわからないと言っているのと同じよ。私はアンドロイドがほしいの。あれに何ができる？　あそこに座ってただ馬を見ているだけじゃない。それが何の役に立つの？　使えないロボットに何の価値があるって言うのよ。だいたい、壊れているなら修理が必要じゃない。何で私たちがそこまでしなくちゃならないの」

「壊れてるったって、たいしたことじゃない。大げさに言うなよ。仮にタングに修理が必要でも、ちゃんと直してもらえばいい」

「誰に？」

僕は、それはわからないが、直せる人がどこかにいるはずだと答えた。

エイミーはもううんざりとばかりに両手を振り上げると、僕に背を向け、キッチンの作業台を力任せに拭き始めた。しばらくして、ぼそっと言った。「とにかく、私がほしいのはアンドロイドだから。ロボットじゃない」

「何が違うのさ」

「大違いよ！　第一に、あなたが言ったように指もつま先も立派な顔もある。私はブライオニーが持っているような新しいのがほしいの。この間見せてくれた、『ロボットガイド』に、彼女の持っているアンドロイドが掲載されてた。最先端の技術がすべて搭載されているそうよ」

ブライオニーというのは僕の姉だ。姉とエイミーはともに弁護士をしており、五年半のつき合いになる親友同士だ。エイミーと僕は一緒にいるようになって五年と三ヵ月だ。

「タングにできなくてそのアンドロイドにできることって、何だ?」

「家のことができる。拭き掃除とか、埃取りとか、庭の手入れとか、そういうこと。料理機能もあれば言うことなしね。でも、あの小さな箱型ロボットじゃ、料理以前にコンロにさえ届かないわよ」

「でも、料理なら君がするじゃないか」

「ええ、そうよ! 私は一日ひたすら働いて、やたらとややこしい人たちの、とんでもなくややこしい法的問題を解決しようと頑張ってるの。それなのに、帰宅してまで今度は料理だなんて、そんなの一番したくないことよ」

「でも、僕が料理をすると言ったら、あなたが作るものはどれも好きじゃないって切り捨てたのは君じゃないか。あんな実験的なものは食べる気にならないって」

「わかった、訂正する。帰宅して二番目にしたくないことは料理。一番したくないのは、あなたの作った生焼けのベーコンを食べること」

「君はベーコンが好きなんだと思ってたのに」

「好きよ。でも、今はそんな話をしてるんじゃない! もしうちにアンドロイドがいたら、私もあなたも夕食の支度をしなくてすむ。友達の家で実際に見たことがあるわ。

レシピを与えて、冷蔵庫を指さしてやればいいだけ。それで毎回、確実においしいものが食べられる」

「まるで宣伝文句だな」

「もう、幼稚なこと言わないでよ」

僕はかちんときて、いら立ちがうなじを這い上がってくるのを感じた。これ以上言い返さない方がいいと頭でわかってはいても、我慢できなかった。

「結局君は、友達がみんな持っているから自分もほしいだけじゃないか。どうせ、身の回りの世話をしてくれるサイバー付き人なんてくだらないもんもほしいんだろ?」

「そんなのいらないわよ。普通の家庭用アンドロイドで十分」

「置き場所はどうするんだ?」僕はなおも食い下がった。「働いていない間の置き場所がいるだろう。充電だって必要なんじゃないのか?」

「必要だけど、場所ならあるじゃない」

「どこに? ブライオニーのアンドロイドの充電ドックなんて、あの家の家事室のスペースを相当食ってるじゃないか。うちの家事室はあそこより狭いんだぞ。配管だか配線だか知らないが、専門業者に頼まなきゃドックの設置だってできない。僕には必要性がさっぱり理解できない」

「ええ、そうよね……そして、それこそが問題なのよ。私がアンドロイドをほしいのは、友達がみんな持っているからではなくて、フルタイムで働きながら家のことまで全部やらなきゃならない状況から解放されたいから」

僕は引き下がれなくなっていた。

「だからって、何でアンドロイドがいるのさ。家のことなら僕がやれるじゃないか」

「ええ、そうよ。だけど、あなた、やらないじゃない」

「それはあんまりだろ、エイミー。僕だって家のことをやってるじゃないか」

「たとえば？」

「ごみ出しとか」

「二週間前にしてたわね」

「そう、ごみ収集日に」

「ベン、ごみ出しは数日に一回は必要よ」

「ばか言うなよ。ごみ箱はそんなにすぐにはいっぱいにならないじゃないか」

「それは私がごみ出ししてるからでしょ！」

「え、そうなの？」

エイミーはしばらく僕を睨んでいた。こういうささいな口げんかは日常茶飯事で、出口のない水掛け論にしかならないから、終わらせるには出口をこじ開けるしかない。僕はそもそもの議論に話を戻した。

「それはともかく、僕にあのロボットをどうしろって言うんだ？　君には物足りないロボットを」

エイミーは唇をすぼめ、少し言いにくそうな顔をした。僕の気に入らない提案をするのだろう。それでも僕に腹を立てていたエイミーは、それを承知で言った。

「あれは何の役にも立たない。だったらもう……ごみ処理場に捨ててきちゃえばいいんじゃない？」

僕はぎょっとして凍りついた。エイミーの指摘は図星だった。僕はあの見知らぬ訪問者に興味を引かれ、彼のことをもっと知りたくなっていた。それを正直にエイミーに告げた。

「わくわくするじゃないか。ロボットがどこからともなくひょいと現れるなんてさ」

エイミーは両手を腰に当て、ちっともうなずけないという顔をしている。だから、僕は滅多に使わない最後の手段で、彼女に反論される前に強硬に議論を終わらせることにした。「ここは僕の家だ。タングにはいたいだけいてもらう」

エイミーが眉間にしわを寄せて僕を睨みつけた。それでも僕が正しいことは彼女もわかっている。ここは僕の家だ。

「私の家でもあるのよ、ベン」エイミーが静かに言った。「妻である私にも、意見を述べる権利はあるんじゃないの？」

僕は唇を噛んだ。「それはもちろんそうだ。だけど、あの子をごみ処理場に捨てさせるのはやめてくれ。せめて、どこから来たのか聞き出したい。誰かがあの子を探しているかもしれないし」

エイミーは聞き入れてくれたが、それならせめて車庫に移動させて、もう少しきれいにしてと言った。

「あれにあそこに座られてたんじゃ、誰も家に呼べないわ」

何だ、結局そういうことか。エイミーは友達を招く時にはすべてが整っていないと気がすまないのだ。

僕はエイミーの肩を抱こうとしたが、この手が触れる前に彼女は小さく咳払いをして行ってしまい、僕はひとりキッチンに取り残された。

二　沈黙

翌朝、僕は家と一体型の車庫に入ってすぐの階段に腰かけ、ロボットと向き合った。そこしか座れる場所がなかった。あとは床か、両親が遺したホンダ・シビックのボンネットの上くらいだ。古い車は車庫に入れておいてと言い張ったのはエイミーで、我が家の私道には彼女のぴかぴかのアウディが誇らしげにとめられている。

タングは僕が現状を打開するのを待っているみたいに、じっとこちらを見つめ返していたが、タングの助けがなくては僕も途方に暮れるばかりだ。タングがどこにも行くつもりがないことは、もはや明らかで、ならばエイミーの言う通り、せめてきれいにしてやった方がいい。

僕は温かい石鹸水を入れたボウルと洗車用のスポンジを取ってきたが、石鹸水をぼとぼと垂らしながらタングの体にスポンジを近づけたら、タングは嫌そうにした。動揺した様子で足を右に左にと踏み換えている。僕がスポンジを下ろすと、ばかなんじゃないかという顔で僕を見た。

「水が中に入るのが心配なんだね？」

タングは瞬きをした。

「わかった。それじゃあ、もっと小さいものを使ったらどうかな？　あまり水を含まないようなやつを」

僕は車庫内を見回し、小さな端切れを見つけた。タングはやはり気乗りしないようだったが、汚れのひどい箇所を拭くことは許してくれた。ただ、下に向かって優しく拭くたびに左右によろけるので、どこが拭き終わっていて、どこがまだなのか、わからなくなった。パネル同士を接合するリベットの汚れは端切れではどうにもならないし、まだタングの前面にしか手をつけていない。これは大仕事になりそうだ。数日はかかるかもしれない。そう思ったら嬉しかった。エイミーは感心しないだろうが。たぶん彼女は、僕がタングにバケツの水を頭からぶっかけて終わりにするとでも思っているだろう。もしくは、ガソリンスタンドの洗車場に連れていくと思っているか。

僕はいったん車庫を出て、もっと適当な清掃用具を探した。

「エイミー？　エイミー？　どこにいる？」

「二階よ。何？」

「古い歯ブラシってあったっけ？」

「古い歯ブラシ？」

「そう」

「そんなの、何に使うの？」

僕はすぐには答えなかった。あることを思いついたのだ。たしか我が家にはスーツケースにしまったままの、電池式の古い電動歯ブラシがあったはずだ。その後、歯垢も除去する音波式電動歯ブラシに買い替えたので、旅行用に格下げされたものだ。夫婦で旅行など、もう長らくしていないから、なくなったところで問題ないだろう。

「えーっと……やっぱりいいや」

僕はスーツケースなどを置いてあるゲストルームに行き、がさごそと歯ブラシを探した。部屋を出てから、そう言えばソファベッドの脇に重ねて置いていたはずのスーツケースのひとつが、最近になって動かしたのか、ソファベッドの上に置かれていたなと、ふと思った。


ロボットを電動歯ブラシで洗浄するというのは妙な体験だった。タングの金属の体に付着した汚れを落とす間、絶えず鳴っているブラシの振動音のせいかもしれない。汚れが落ちるにつれて、本人ですらどんなだったか、すっかり忘れていたらしいパネルの表面が現れる様子を、一心に見つめるタングの表情のせいかもしれない。あるいは、ブラシの振動で胸のフラップがしょっちゅう開くものだから、数分おきに中断してフラップを閉めなくてはならず、なかなか作業が進まないせいかもしれない。それでもやがて、タングの底面に辿り着いた。どうにも気まずい場所をきれいにする間、タングには仰向けに寝転んでもらった。僕があるものを発見したのは、その時だった。

タングの底面のきっちり中央に、金属の板が取りつけられていた。やはり雑な作りのリベットで四つ角を留めてあり、ぶつけた跡やひっかき傷だらけだが、かつては何らかの文字が刻まれていたようだ。天井からひとつ下がっているだけの裸電球では明るさが足りず、かと言って車庫の扉を開けたまま座っているには、時刻も季節も遅すぎる。僕はスマートフォンの光を利用して金属板の文字を読もうとした。解読できる文字はほとんど残っておらず、いくつかの単語だけ、かろうじて途中まで読み取れた。〝PAL――〟と〝Micron――〟。そして、ふたつの単語の真上には、半分残った文。〝所有者はB――〟。

「タング、〝B〟って誰だ？」

タングは頭を最大限起こして瞬きもせずに僕を見つめたが、何も答えなかった。

その時、車庫と家をつなぐ扉が開き、エイミーの声がした。

「ねえ、何で歯ブラシがひつよ……ちょっと、何してんの！」

エイミーがぎょっとしたのも無理はない。一階に下りてきた時には、まさか仰向けになっているタングの股を、カメラ付きのスマートフォンと振動回数を最大にした電動歯ブラシを手に、婦人科医よろしくのぞき込んでいる夫を目撃することになるとは思ってもみなかっただろうから。

「エイミー、ぱっと見、いかがわしく見えるだろうけど、タングをきれいにしているだけだから。君に頼まれた通り」

エイミーは半信半疑だった。

「それより、タングについて手掛かりになりそうなものを見つけたんだ」僕は金属板を指さしたが、エイミーは動かなかった。

「ベン、自分が何を言っているか、わかってるの？　手掛かりがあるからロボットの尻をのぞけって言ってるのよ」

「でも、見てくれれば説明でき――」

「出かけてくる」

扉が乱暴に閉まり、僕はたじろいだ。タングもびくっと震え、胸のフラップがひょいと跳ねた。

僕はタングを引っ張り起こすと、もう一度尋ねた。「タング、〝B〟というのは誰だ？」

タングは目線を床に落として、答えない。きっとBが恋しいのだろう。どこの誰かもわからないし、タングを探して迎えにくる様子もないが。僕は壊れた箱型ロボットが哀れになった。

その夜、夕食の時間に帰ってきたエイミーは、さっきよりだいぶ落ち着いて、珍しく僕を相手におしゃべりをする気分になっていた。彼女が料理をする間、僕はキッチンのバースツールに座り、エイミーが自身の法廷弁護士の仕事について話すのを聞いていた。その間も、庭に座って馬を眺めるタングを時折気にして見ていた。さすがのエイミーも、この頃にはタングを車庫に隠しておくことは諦めていた。タングの望まない場所に彼を押し込めておくことなど不可能だと、互いに学んだからだ。まあ、少なくともタングはきれいにはなった。

エシャロットを刻むエイミーを観察しながら、今なら金属板の話を聞いてもらえそうだと判断した。

「ところでタングの金属板のことだけど……〝所有者はB――〟って書いてあってさ」

エイミーは身構えたが、興味のあるふうを装ってはくれた。「〝B〟って誰？」

「わからない。タングに訊いても教えてくれないんだ」

「それはびっくり」

軽口と言えなくもないひと言だ。僕は嬉しくなった。

「残りの文字は時とともに削れちゃったみたいでさ。金属板には他にも中途半端に残った単語がふたつあった。〝Ｍｉｃｒｏｎ――〟と〝ＰＡＬ――〟」

エイミーは野菜を刻む手を止め、思案した。「もしかしたら、彼を作った会社の名前が〝マイクロン何とか〟なんじゃない？」

「僕もそれを考えた。で、そこならタングを直せるんじゃないかと思ってさ。ネットで調べてみたんだ。タングが作られてから何年ぐらいたってそうか、当たりをつけて。シリアルナンバーは見当たらないから、一点ものだと思うんだ。ヒットしたのは一社だけ。〝マイクロンシステムズ〟だ。所在地はカリフォルニア州サンフランシスコ」

ひと呼吸置いてから、続けた。「あの辺は今頃、いい季節だろうなあ」

エイミーがまたナイフを置いた。「ベン、やめてよ」

「何だよ？　まだ見ぬカリフォルニアについて、ひと言述べただけじゃないか」

「その通り――あなたがまだ行ったことがなくて、行ってみたい場所についてね。ロボットのひびを直してくれる魔法の装置があるかもしれないとなれば、訪ねるいい口実にもなるものね。あなたの考えることはお見通しよ。今でももう十分すぎるほど、あれに時間を費やしてるのよ。まともな大人がすることとじゃないわ」

最後の非難は聞き流し、前半部分について話し合うことにした。

「でも、行ってみる価値はあるだろう？　僕はタングを手元に置きたいし、直してもられれば……ほら、アンドロイドができるようなことを二、三、教えられるかもしれない。それにあいつ、すごく寂しそうでボロボロだろ。直してやりたいじゃないか」

エイミーの口元が歪む。「ベン、あれはロボットなの、感情なんてないの。今どきにいようが、どれだけ壊れてようが、気にしてないわよ。だいたい仕事を教えるって言うけど……まともに話をさせることさえできてないじゃない。もっと生産的なことをした方が賢明なんじゃない？」

「壊れたロボットをカリフォルニアに連れていって、直ったのを連れ帰ることの、どこが生産的じゃないのさ？　考えてごらんよ、エイミー——けっこうな達成感だと思うよ」

「たいして壊れてないと言ったのはあなたじゃない。どうしてそこまでこだわるのよ」

「タングには、目に見える以上の何かがある。僕にはわかる」

「つまり、壊れかけのロボットをリサイクルに出して新品のアンドロイドを買うよりも、アメリカにあるその会社がひょっとしたら直せるかもしれないという勘だけを頼りに、地球を半周してくるって言うの？　で、それがすんでから、何かの役に立つか試してみるってわけ？」

僕は一瞬黙ってから答えた。「そこまでひどい考えってわけでもないだろう？」

夕食の間、エイミーは終始無言で、食べ終わると出かけていった。どこに行くのかも、何時に帰るのかも言わなかった。深夜に目が覚めた時も僕はひとりで、喧嘩の原因はつねに僕にあるかのように思わせるエイミーに腹が立ったから、どこにいるのかとメッセージを送る気にもならなかった。それに、訊くまでもなく、かなりの確率でブライオニー宅にいるはずだ。僕と一緒にいたくない時は、だいたいあの家に駆け込む。

翌朝になってエイミーは帰ってきたが、相変わらず口をきこうとはしなかった。

「昨夜はどこに泊まったんだ？」

僕を鋭く睨むエイミーを見て、何か隠しているなとぴんときたが、彼女は答えなかった。そのまま二階に上がり、シャワーを浴び、着替えをして再び仕事に出かけていった。

「さすがエイミー、大人らしい振る舞いじゃないか」閉まった玄関扉に向かって、僕は怒鳴った。そして、言った。「タング？　どこにいる？　一緒に馬を見にいこう」

結局エイミーは一週間、口をきいてくれなかった。こたえはしたが、初めてのことではない。やがて、ある晩、ベッドに入ったあとでエイミーが僕の方を向いた。

「ずっと怒っててごめんなさい。ふたりの間がぎくしゃくするのは嫌だわ。もしよかったら……今から、その……」

「うん?」

「ベン?」

正直なところ驚いたが、大人らしく、今までのことはなかったふりをした。

「えーっと……もちろんだよ。いつだって大歓迎だ」

僕たちの夜の営みはいつの間にかこんなふうになっていた。お伺いを立て、同意があり、行為に至る。終わったあと、エイミーは横たわって天井を見上げていた。やがて、何の脈絡もなく……。

「ベン、ごみ出しはした?」

僕はぽかんとなった。

「ごみよ――ちゃんと出した?」

「もちろんだよ。二日間で二回も出した」

エイミーは僕をちらっと見て、最後のひと言は聞き流した。

「勝手口の鍵はかけた?」

「かけた」

「ロボットはどこにいるの?」

「書斎」

エイミーは相変わらずタングを家に入れることには不満げだったが、抗議はしなかった。

「書斎のドアは閉めてある？」

「閉めてあるって。あの子がドアノブの回し方を覚えない限り、勝手に出ることはない。夜中に君に飛びかかったりしないって」自分でも大人げなかったと思う。口をきくようになった二十分後には、僕たちは互いに相手をいら立たせていた。

エイミーは僕を睨むと、こちらに背を向けて寝てしまった。

三時間後、ガチャンガチャンという音で僕たちは目を覚ました。

「今のは何？」エイミーが怯える。「ちょっと見てきて」

僕はすぐさまベッドを出たが、結果としてはその必要はなかった。階段の下から聞き間違えようのないロボットの声がしたからだ。

「ベン……ベン……ベン……ベン……ベン……」

いったん間《ま》があく。

「ベン……ベン……ベン……ベン……」

寝室を出る際、僕はエイミーをちらりとも振り返らなかった。その必要はなかった。

一週間たっても、エイミーとの間はぎくしゃくしたままだった。カリフォルニア行きについては、あれ以来口にしていない。タングは僕のあとを金魚の糞のようにくっついて歩いた。何をどうしても離れない。それは構わないのだが、エイミーのことを追いかけられると厄介で、実際タングは僕に対するほど頻繁ではないものの、彼女の後も追いかけまわした。そんな時、エイミーはたいてい、この子を連れていってよと僕を呼び、タングを追い払った。タングと書斎で過ごす時間は日に日に増え、僕は何とか彼に話をさせようと頑張った。タングの名誉のために言っておくと、彼は新しい単語をいくつか覚えた。そのひとつが〝やだ〟だ。

「タング、僕が昼を食べる間、庭で馬でも見てきたらどうだ？」

「やだ」

「今のは本当は質問じゃなくて、お願いだったんだけどな」

「やだ」

「でも、こっちもすませなきゃならない用事があるんだ。その間、少しだけ外に行っててくれよ、な？」

「やだ」

と、こんな具合である。

ある午後、タングにとってはとりわけ長くてストレスのたまる単語レッスンのあと、僕は馬が見える書斎の窓辺にタングを残し、部屋を出た。喉が渇いてキッチンに向かっていたら、エイミーが電話で話す声が聞こえてきた。邪魔をしたくなくて、その場で足を止め、書斎に戻ろうかなと思った時、会話の一部が耳に入った。

「最初にあれが来た時は思ったのよ。〝よかった、ベンもついに何かしらに責任を持つ気になったんだ〟って。でも、あれがうちにいる時間が長くなるほど、ああ、やっぱりあの人は変わらないんだってわかった。彼、一日中あの忌々しいロボットにつきっきりなのよ……あれはあれで、彼のあとを追ってばかり。私のことも追うし。嫌になるわよ。この前なんて、朝の四時に大声で叫んで私たちを起こしたのよ。〝ベン……ベン……ベン……ベン……〟って、あのばかみたいに一本調子な声で、ベンが起きて下に行くまでずっと呼び続けて。で、はっと気づいたら私たちの寝室にいるじゃない。そのうちベッドにも入ってくるわよ！　おまけにベンときたら、あれを直すためにカリフォルニアに飛ぶだなんて言い出すのよ。高校を卒業した子が大学入学までの期間に社会経験を積むギャップイヤーってのがあるけど、あの人のあれもロボット相手のギャップイヤーね。だけど、彼、もう三十四よ。バックパッカーなんかやってる場合じゃなくて、いい加減仕事に就いて子どもを持つべき年齢じゃない、違う？」

電話の相手が意見を述べる間、沈黙が落ちた。相手が何を言ったかは知らないが、エイミーは半分同意し、半分反論した。

「まあ、たしかに、あなたたちのぶっ飛んだご両親がいかにも考えつきそうなことではあるわ。でも、違うのは、ご両親なら実行に移したはずだってこと。そうでしょう？」また沈黙。「自分でもよくわからない。彼がカリフォルニアに行くなんて思いついたこと自体に怒っているのか、考えるだけでどうせ行動しないまま終わることに怒っているのか」沈黙。「でも、問題はそこじゃないの。問題なのはベンが子どものことを真剣に考えてくれないってこと。どうしてロボットなのよ？　それも何の役にも立たないロボットよ」

エイミーの声が割れ、また沈黙が流れた。

「当然彼も知ってるわよ。そのことはもう何百回と言ってきたもの」沈黙。「そりゃあ、たしかに、〝ベン、私、赤ちゃんがほしいの、どう思う？〟ってはっきり言ったわけじゃないけど、何度もほのめかしてきたわ」沈黙。「無理よ、ブライオニー、もう遅い。今となっては他にも問題がありすぎて、そのうえロボットのことにばかりかまけられては、我慢の限界だわ」沈黙。「たとえば、何ひとつ成し遂げたことがないことよ。彼に出会った頃は、〝獣医を目指して研修中だなんて、きっと賢くて優しい人なのね〟と思ったけれど、結局それはどうなった？　どうもならなかった。庭の門すら、いまだに直してくれないし。ロボットをアメリカに連れていくなんてばかげた思いつきも、どうせいつもみたいに途中で投げ出すわ」沈黙。「それはわかってるけど、出会った時からずっと大目に見てきたのよ。彼もいつかは動き出さなきゃならない……あなただってもう一度前を向いて歩き出したじゃない、そうでしょう？　どうして彼にはそれができないの？」

エイミーは僕の欠点を姉相手に数え上げては批評しているのだった。僕は社会的不適合者のような情けない気持ちになる一方で、困惑もした。エイミーはいったいいつから子どもがほしかったんだろう。出会った頃の彼女はキャリアのことで頭がいっぱいだった……資格を取得したばかりで、子どもに費やす時間など〝一生〟ないわと笑っていた。僕はそれが彼女の本音だと思った。そもそも、僕自身が子どもをほしいのかどうかも、よくわからない。考えてみたこともない。ひどい父親にしかなれなかったら、どうする？

だが、エイミーの言葉で何よりこたえたのは、〝何ひとつ成し遂げたことがない〟というひと言だ。図星だった。僕は何も成し遂げたことがない。そろそろ何かを成す時だ。

三　ガムテープ

　エイミーが出ていったのは土曜の朝のことだった。僕が珍しくタングを伴わずひとり書斎にいたら、電話が鳴った。その数分後、エイミーが部屋の入口にやってきた。

「ブライオニーから電話があったの」と、彼女は言った。

「へえ、何だって？」

「十一時以降なら何時に来てくれても構わないって。それより早いと、ブライオニーとアナベルは厩舎に出かけていて家にいないからって。ジョージーもテニスのレッスンがあるし、デイブの飛行機がこっちに着くのは午後の三時らしいの」

　姉のブライオニーは成功を独り占めしている。エイミーと同じ法廷弁護士で、ふたりは僕の欠点をおしゃべりのネタにしているらしい。僕は獣医のなり損ないだ。獣医師免許を取得しようと十二年も費やしたが、犬への麻酔投与と兎への抗生物質の投与でへまをして、最後の研修先を追い出された。ブライオニーは乗馬の腕前にしても、イギリス南部バークシャーの代表に選ばれるほどだし、子どももふたりいて——当然、男の子と女の子がひとりずつだ——航空機のパイロットと結婚して円満な家庭を築いている。ブライオニーは両親が本来望んだはずの息子そのものだった。

「今日ブライオニーのところに行く予定になってたなんて知らなかったよ」僕は少ししてから答えた。

「あなたは行かないわ。私だけ」

「よかった。じゃあ、ブライオニーによろしく伝えておいて」

「そろそろ仕事は見つかったかって言ってたわ。だから、あなたは今、ロボットと交信できるようになることしか頭にないって答えておいた」

　短い沈黙が流れた。

「他にも話があるの……」と、エイミーが切り出す。

　僕は眉を上げた。

「ブライオニーも私も、この家はあなたが保持するべきだと考えてる。もともとご両親があなたに遺した家だし、ブライオニーや私には必要ないから。あなたが必要としているようにはね」

「〝あなたが保持するべき〟って、どういう意味だ？　ここは僕の家じゃないか。僕たちの家じゃないか！」

「離婚に当たってという意味よ、ベン。私が家を取り上げるのは公平ではないから。

取ろうと思えば取れるけど、そのつもりはない」

「離婚？　誰の？　話がさっぱり見えない」

「私たちのよ」エイミーは静かに言った。「あなたとは別れる。新しい家を買うまでは、ブライオニーの家にお世話になるわ」

僕はゆっくりと息を吐き出した。「だろうね」

その瞬間、エイミーの顔から同情や穏やかさが消え、表情が曇った。

「ほらね、あなたがそんなだから、こんなことになったのよ。あなたは何ひとつ真剣にとらえようとしない。大事なのはあの忌々しいロボットだけで、他はどうでもいいのよ」

「タングがどこから来たかがわからないのも、タングをどうしたらいいかがわからないのも、あの子のせいじゃない」

エイミーは書斎を出て、ドアを乱暴に閉めた。追いかけようと立ち上がったら、エイミーの悪態が聞こえた。廊下に出ると、タングがエイミーのハイテクなスーツケースの隣で、寄せ木張りの床に座っていた。足元に油だまりができている。

「タングが不安がってる」僕は言った。

エイミーは言葉にならない叫びを発すると、レインコートをすばやくはおり、スーツケースを押して玄関を出た。玄関扉も乱暴に閉まる。呆気ない終わりだった。エイミーは出ていった。

その夜、僕は明かりもつけずにキッチンカウンターの前に座り、酒の棚から出してきたとびきり上等なシャンパンを、エイミーのお気に入りのマグカップで飲み進めていた。シャンパンは僕たちの結婚四周年を祝ってブライオニーとデイブがくれたものだった。毎年一本、結婚記念日に贈ってくれるのだ。これまでの分はふたりで飲んでしまったが、この一本は一年以上、埃をかぶったまま眠っていた。

「もしエイミーが帰ってくることがあったら、きっと激怒するな」そうタングに言って、窓から差し込む月明かりにマグカップをかざし、またひと口あおった。

タングはキッチンカウンターの端で、うなだれるように前かがみになり、頭をカウンターの上に預けていた。しょぼくれた様子で両腕をだらりと下げた姿が哀れを誘う。僕の方は腕はカウンターの上に伸ばしていたが、顔はやはりぺたりと台につけていた。何が起きているのか、タングはわかっているのだろうか。そもそも何かを理解する力はあるのか。

しばらくして、タングが体を起こし、マジックハンドみたいな手で自分を指した。胸のフラップがぱかっと開く。タングはそれを閉めてから尋ねた。「僕?」

「君?」

範囲で。


「エイミー……僕？」と、もう一度自分を指す。

「いやいや、違うよ、タング。心配しなくても、君のせいじゃない。僕たちはだいぶ前からうまくいってなかったんだ。全部僕が悪いんだ」

それに対してタングは何も言わなかったが、安心した顔をした。ロボットに可能な範囲で。

「いや、違うな。全部が全部、僕が悪いわけじゃない。そんなはずはない。僕が獣医失格なのは、僕のせいじゃない。がむしゃらに頑張らなかったのはまずいにしても、落ちこぼれなのはどうしようもないじゃないか。

エイミーは何をしても憎らしいほどそつがない。劣等感なんてものとは無縁で生きてきた。でも、僕はいつも上の子には逆立ちしたってかなわない下の子だった。そのうちに両親が事故で亡くなって、僕だってやればできるのだと証明することもかなわなくなった……それなのに、今さら何をどう頑張ればいいんだ？

僕はもっとよい夫になれたのかもしれない。エイミーももっとよい妻になれたのかもしれない――そんなふうに、エイミーは一度でも考えてみたのか？　きっとあいつはこう言うよ。〝ああ、ベン、あなたのことは今でも大好きよ。友達でいましょ〟そんなもん、くそくらえだ。エイミーなんか必要ない。ブライオニーも、他のみんなも。僕にはタングがいる、そうだろ？」

僕を見つめるタングの瞬きがいつもより速くなり、やがて腕を伸ばして、僕の袖を小さな手でぎゅっと握った。

「くそっ、やってらんないよ！　なあ、タング」僕はふらふらと立ち上がった。スツールがひっくり返り、オーク材の床に音を立てて倒れた。僕は一秒かそこら、自分の左手を見て、もう一度「くそっ」と叫ぶと、結婚指輪をカトラリーの引き出しに投げ入れた。

「なあ、タング。カリフォルニアに行っちゃおう。明日行こう」

ビンテージシャンパンで酔っ払った僕は、壊れたロボットと車の旅に出ることに決めた。みんな、見てろよ。

結局、荷造りを始めたのは数日後だった。一日は二日酔いで潰れ、その次の日は父の書斎でガイドブックを数冊吟味し、どれか一冊でも持っていくべきかを悩んで終わった。白状すると、飛行機に乗るのが憂鬱だった部分もあったのだと思う。両親の事故以来、ずっとそうだ。乗らずにすませられるならそうした。

タングはと言うと、待機させられている間、庭と家を往復しては馬を眺めていた。

僕は夫婦の……僕の……寝室のベッドに広げたスーツケースを見下ろすうちに、自分が思い描いている旅にスーツケースで出かけるなんてばかみたいな気がしてきた。

三十代がバックパッカーになったっていいじゃないか。ただし、僕はバックパックを持っていない。その結果、物を選んで購入するだけで嘘みたいに時間が過ぎる、オンラインショッピングの落とし穴にまんまとはまった。そんなつもりではなかったのに、気づいたら何時間もたっていた。画面を延々とスクロールしてバックパックの画像を片っ端から見る間、僕が何度も追い払うものだから、タングはすっかり退屈してまた馬を見にいった。

新しいバックパックが届くまでの間、一日の予算と旅の行程を組むことにした。だが、前者は単調で飽きてしまい、後者は……まあ、行程も何も、マイクロンシステムズが僕たちの探している場所である保証がない以上、最初から行き当たりばったりだ。もう一度、タングから情報を引き出してみることにした。一から訊き直すしかない。

「タング、聞いてるかい？」

「うん」

「よし。うちの庭へはどうして来たの？」

タングはエイミーみたいな顔をして肩をすくめた。

「前にも同じことを訊いたのはわかってるよ。何回も訊いた。でも、今回は文字通り、どうやって来たのかを訊いてるんだ」

僕たちは居間にいた。僕は立ち上がってソファの背にかけてあった着古したグレーのカーディガンを掴むと、庭に面したフランス窓を開けてテラスに出た。エイミーがどうしても作りたいと言って譲らなかったテラスだ――〝お客様をもてなすために〟。タングも体をガシャガシャ言わせながら出てきたので、僕は隣にしゃがみ、タングの金属の小さな両肩に手を置いた。「君はあの柳の木の下にいた。ほんの四週間余り前のことだ。覚えてるかい？」

タングは四角い頭をうなずかせた。

「あそこにはどうやって来たの？」

それでもタングには質問の意味がわからないようだったので、僕は庭の横手の門へと大股で歩いていった。「この門から入ってきたのかい？」

タングがまたうなずく。

「ということは、自分で門を開けたのかな？　それとも最初から開いていた？」

「あ、い、て、た？」タングがうーんと考える……新しい言葉に出会ったかのようだが、そんなはずはない。タングはその単語を知っていると、僕はぴんときた。ふと、タングはわざと鈍いふりをしている時があるんじゃないかという疑問が湧いた。

実演してやるつもりで門を開けたら、十月の冷たい空気の中で動かされた蝶番がキーキーと軋んだ。「こんなふうに？」

「うん」

つまりはやっぱりエイミーのせいだったんじゃないか。

「おいで、タング」と声をかけ、門を抜けて家の脇を通り、芝がきちんと刈られ、中央にはバラの植わった小さな花壇のある広い前庭に回った。数分後、タングが僕に追いつこうとしていることを告げる、ウィーンだとかガシャンだとかいう音が聞こえてきた。

「ここに来る前は、どこにいたの？」

幸い、タングもこのゲームの趣旨を理解したようで、片手を上げて通りのバス停を示した。

「バスで来たの？　どうして？」

タングは混乱して目を見開き、足を何度も踏み換えた。足元に油だまりができた。

「ああ、タング、ごめんな」

タングが目線を下にやる。僕はパンツのポケットを探り、めったに使わない、けばだらけのハンカチを見つけた。ポケットに入れたまま何年も忘れていたせいで、汚い折りじわがついている。僕はそれで、油が斜めに流れ落ちたタングの足を拭いてやった。すると、咳払いが聞こえた。顔を上げたら、隣人のミスター・パークスが自宅の前庭から、ロボット相手に次に僕が何をするのかと心配そうに見ていた。何かしでかしそうなら、目撃者になる前に止めなくてはという顔だ。

「こんにちは、ミスター・パークス。この時期にしてはいい陽気ですね」僕の言葉は口を出たそばから白い息になったが、そんな冗談もミスター・パークスには通じず、彼は洟をすすって、ひし形にキルティングされた園芸用のベスト姿でもぞもぞ動くと、上目遣いに空に居座る雲を見た。霧と手袋の季節の到来を告げる、秋特有の雲だ。ミスター・パークスはツイードの千鳥格子の、老人っぽい中折れ帽の位置を直し、フェルコ社製の剪定ばさみをお手玉のように持ち替えた。フェルコ社のものとわかるのは、エイミーがガーデニングにはまっていた時期に買わされたからだ。前庭で作業している時に、両親が遺した家にくっついてきた、おそらくは祖父母の代からあるはずの錆びついた古いはさみを使っている姿を、人に見られたくなかったのだ。

僕はお隣さんに笑顔を向け、小さく手を振ると、タングを拭く作業に戻った。ミスター・パークスがまた咳払いをする。

「その子なら三十番のバスで来たよ」と、声をかけてくる。「降りるところを見た。道を渡る前に左右をちゃんと確かめていたよ。それから、まっすぐお宅の庭に入っていった。だから、てっきりお宅でもロボットの到着を待っていたのかと思ってたんだが。そうではなかったようだね」

ミスター・パークス！　僕はキスでもしたい気分だった。ハーリー・ウィントナムの、厳密に言うなら通りの反対側のバス停は、ヒースロー空港とイギリス南西部のベイジングストークとをつなぐ路線の途中で、三十番のバスが停車する数少ないバス停のひとつなのだ。

その翌日、内側にこれでもかとばかりに乾燥剤が詰められた、新品だが倉庫臭いバックパックが届いた。僕が旅の荷物を手早く詰め込むそばから、タングがそれを引っ張り出し、ひとつひとつに十秒ほど興味を示しては、ぽいっと捨てる。やがて彼は僕のサングラスに目をつけた。

「タング、気をつけてくれよ、壊れやすいんだから」

だが、タングは僕の注意などお構いなしで、サングラスをぶんぶんと振り回したり、両手の間を行ったり来たりさせている。

取り上げようとしたら、タングは体をぎくしゃくと、だがそのわりにすばやく動かして、僕に届かないように腕を遠ざけた。僕がいら立つほどに、タングにとっては楽しい遊びになっていく。

「タング、いい加減にしろ」サングラスをひったくるように取り上げ、ケースに戻した。怒鳴るつもりではなかったし、すねて絨毯の上にどさりと座り込んだタングと、その拍子にぽんと開いてしまった胸のフラップを見たら、気が咎めた。お詫びのつもりでフラップを閉じてやった。またすぐに開いた。

「そのフラップ、どうにかしないとな。タングの内部にもよくないし――汚れちゃうだろ――誰も中の仕組みに興味はないだろうから」

タングの体が少し持ち上がり、また下がった。それと同時に、口からシューという、古いやかんや圧力鍋が立てるような音が漏れた。紛れもなくため息だ。

ふと、ひらめいた。「ここで待ってて。すぐに戻るから」

僕は大急ぎで車庫に向かうと、工具箱とは名ばかりの箱を漁った。開封していないビニール袋に入った、門用の蝶番が目に入った。僕は顔をしかめてそれを脇に放り、ガムテープを掴むと、走って二階の寝室に向かった。タングは階段の下り口近くまで出ていて、下りてこようとしていた。

「その場で待ってろって言ったはずだぞ、タング」

タングが理解していないような顔で僕を見る。ほんとかな。僕はひざまずいて、ガムテープを千切った。

「これも旅に持っていかないとな」と、タングに話しかけた。

そのままフラップを閉じてガムテープで留めようとして、タングの心臓の隣にあるシリンダーの中身が、最初に見た時には満杯だったはずなのに、三分の二に減っていることに気づいた。ガラスのひびも大きくなっている。

「タング、この液体は何のためにあるんだ？」

体をのぞき込むことができないタングのために、手鏡をかざして内部を見せてやりながら、シリンダーを指さした。タングは両手を持ち上げて、知らないという仕草をしたが、目をきょときょとと泳がせているあたり、どうも怪しい。

「大事なものなのかい？」僕はなおも尋ねた。

タングは何度か瞬きをした。そして、「うん」と答えると、フラップを閉じ、そのまま手で押さえた。

「液体がなくなったら、どうなるんだ？」

タングがそわそわと足を踏み換える。

「止まる」

僕はじっと考えた。

「つまり、シリンダーが空っぽになったら、タングの機能は完全に止まってしまうということか？」

「うん」

僕はパニックに陥った。どうでもいいバックパックなんかのために、時間を無駄にしている場合ではなかった。「ああ、タング、君を直してくれる人を探さないと」

タングがどこで製造されたのか、手持ちの手掛かり以外に情報がない以上、唯一にして最善の策は当初の計画を実行することだ。マイクロンシステムズに行こう。僕も男だ、今から乗れる一番早いフライトでサンフランシスコに飛ぶぞ。

四　プレミアム

タングとふたり、チェックインカウンターに向かう間、周囲の好奇の目が気にならなかったと言えば嘘になる。アンドロイドを連れている人は他にもいたが、ガムテープで補強した科学の宿題みたいなロボットを後ろに引き連れて空港内を歩いている男は僕だけだ。通り過ぎざまに人々のささやきが聞こえた。「うわっ、あれはさすがに買い換えないと」という若い学生の声に、「あらあら」というおばあちゃんの声。「テレビの番組か何かじゃない？」なんて声まであった。

僕は平静を装いまっすぐ前を見て、青いデッキシューズを履いた足で颯爽とチェックインカウンターに近づいた。タングも機械の体でえっちらおっちらついてきて、ウィーンと音を立てて僕の隣で止まった。ガムテープを突っつく。

「おまえのためなんだからな」僕は言った。

タングは僕を見上げて瞬きをすると、うつむいて、突っついていた腕をだらりと下げた。

「ため息をついたって無駄だぞ」

チェックインの列に並んでいたら、大きな受託手荷物のある乗客用の記入用紙が置かれた台の前に差しかかった。タングの注意が、近くにあったぴかぴかの手荷物カートにそれているうちに、手早く書き込む。途中、ポケットの中でスマートフォンが振動したが、無視した。

カウンターに辿り着くと、僕は用紙を滑らせるように差し出し、職員の女性が記入内容を確かめるのを待った。数日前まで結婚指輪をはめていた場所を何となくさする。

「では、ロボットはお預け入れということでよろしいですね？」職員がカウンター越しに首を伸ばしてタングに冷たい視線をやり、うなずいた。

タングが頭を激しく振る、ウィンウィンという大きな音がした。

「はい」それを無視して答えた。「もうひとつ、鞄もあります。新品です」すると、シャツの袖を引っ張られた。

「こわ、れて、る」

「何が？」

「タングが」

僕は旅に出ることに舞い上がり、危うく目的を忘れかけていた。タングが傷ついた子犬みたいに、両の瞼をハの字に下げてこちらを見上げてくる。決意が揺らいだ。それでも、僕は諭そうとした。

「いいか、僕と一緒のところに乗るのは無理なんだ。飛行機には人間のための場所と……ロボットのための場所がある。タングにとっては、そっちに乗る方がいいんだよ」自分で言っておきながら説得力はなく、職員の方を見たら、彼女はすっかりタングに心を奪われていた。

「一部、席をつなげて広く使える区画があります。そこなら彼にぴったりだと思いますよ。プレミアムクラスの席です」

その言葉にタングが最大限に目を見開き、ぴょんぴょん跳ねるように足踏みを始めた。僕は職員を睨んだが、何を考えているのかわからない笑顔を返されてしまった。

「プレミアムの席をふたつも取るなんて無駄遣い、できるわけがないだろう、タング。おまえには貨物室で他の荷物と一緒――」

「僕は自分のサイバー付き人を機内に連れていきますよ」後ろの男が陽気な声で割り込んできた。「サンフランシスコまでのフライトは長い。貨物室でひとりぼっちにさせるのは非人道的だと思うけど」

「非人道的？　ロボットなんてそもそもが非人道的な環境で働かされている犠牲者なんじゃないんですか？」

列に並んでいたビジネスマンと若い家族が異議を唱えたり、かぶりを振ったりした。

嘆かわしいとばかりに舌打ちする音まで聞こえた。

「タング、いいかい……」

タングが僕のチェックのシャツの袖を放し、かわりに僕の太腿に両腕を回して、放したら死んでしまうとばかりにしがみついた。地団太を踏み、金切り声を上げる。

「タング……タング……タング……ベン……タング……席……タング……タング……ベン……タング……席……ベン……」

タングはプレミアムクラスがたいそうお気に召したらしい。僕が窓際に座ろうとすると、機内への搭乗を勝ち取った、あの癇癪を再び起こし、僕が窓際を譲るまで駄々をこね続けた。チェックインカウンターで折れたのは、あれ以上公衆の面前で醜態をさらしたくなかったからだが、結局は僕を意のままに動かす方法をタングに覚えさせただけだった。こうなったらもう飲むしかないと、僕は無料のジントニックを何杯も頼んだ。短時間で必要以上におかわりしすぎたのかもしれない。窓の外を眺めているタングの横で、僕は知らぬ間に眠ってしまっていた。

数時間後、タングの冷たい金属の手で頬を突かれ、目が覚めた。

「ベン……ベン……ベン……ベン……ベン……ベン……」

「何だ？」

「ベン……ベン……ベン……ベン……」

「突くなよ、タング。どうしたんだ?」と、目をつぶったまま尋ねた。

タングは返事をしない。

僕は左目だけ開けて、タングの方を見た。僕の頬を突いていない方の手で、目の前のシートモニターを示している。

「それはテレビだ。頼むから寝かせてくれ」僕は開けた左目をまた閉じて、毛布を首元まで引き上げた。タングが頬から手を放したので、言うことを聞いてくれるのだと思った次の瞬間、その手が戻ってきた。さっきより強い力で僕の顎を容赦なく叩く。たぶん、タングもそこまで強くするつもりはなかったのではないか。

「いてっ。もう、何なんだよ、く――」

タングは瞬きもせずに僕を睨むと、頭を回転させてモニターを見つめ、また僕を見た。

ああ、タッチパネルか。

それから一時間、僕はタングが三十秒以上飽きずに見ていられるものを探すために、腐るほど豊富にある機内エンターテインメントのラインアップを延々と見せていくはめになった。その中に、タングと似たようなロボットが住む世界を描いたアニメ映画があり、案の定タングはそれに食いついた。映画にはアンドロイドも登場したが、風変わりで異質な存在として描かれているところが気に入ったらしい。映画が伝えようとしているのは、自分に正直に生きることと、人と違うことは悪いことではないというようなメッセージだろうが、タングには通じず、僕も説明はしなかった。僕にとって大事なのは、ここから九十分かそこら、タングが客室乗務員が特別に用意してくれた柔らかなイヤーパッド付きの大きなヘッドホンを装着し、静かにしていてくれることだ。僕はありがたやと目を閉じた。

九十分後、起こされた。デジャビュかと思った。

「今度は何だ？」

「もう一回！」タングがシートモニターを手で示す。

「本当にこれでいいのか？　今見たばっかりだぞ。他のものにしなくていいのか？」

タングの瞼が少し混乱したように下がり、そのうち片目だけぱちぱちし始めた。僕の提案そのものが理解不能みたいだ。

「もう一回」

僕は同じ映画をもう一度再生してやった。「映画、面白かったんだな？」

タングは答えない。

僕は片方のイヤーパッドを持ち上げた。「面白かったんだなって訊いたんだ。この映画」

「うん」と言うと、タングは僕の手を払い、聴覚機能の半分を担っている、網状に覆われた右側の穴にイヤーパッドをぎゅっと押し戻した。

「この映画の何がそんなに特別なんだい?」

タングはもう一度イヤーパッドを上げた。

「いいロボット、悪いロボットと戦う」僕がこれまで聞いた中で、これは間違いなく、タングが話した最長の文だった。

「どうして悪いロボットだと思うんだ?」

「悪いロボット、いいロボットに悪いことする」タングは自分を指してから、次にモニターを指した。「いいロボット、悪いロボットに悪いことする」

つまりこういうことだ。タングが映画を気に入ったのは、その映画では世界を支配するのはタングみたいなタイプのロボットで、かつてむごい仕打ちをしてきたアンドロイドへの復讐を果たしているように見えるからだ。真相を教えるのがはたして僕の役目なのか、決めかねた。ただ、ひとつだけはっきりしていることがある。悪いことをされたからといってやり返していいことにはならない理由を説明するには、僕は飲みすぎているか、はたまたしらふすぎた。だから、タングの金属の肩を軽く叩いて、そこの解釈は本人に任せることにした。

五　杓子定規

僕たちがサンフランシスコに降り立ったのは真夜中だった。フライトを予約した時には、時差のことも、いくらカリフォルニアでも秋ともなれば、昼間はともかく夜は冷える日もあるのだということも、考えていなかった。到着ロビーを足をするようにして歩きながら、僕はキャンバス地のデッキシューズに綿のシャツとカジュアルパンツなどという格好ではなく、セーターを着てジーンズと分厚い靴下をはいてくればよかったと後悔した。

僕たちは手荷物受取所のターンテーブルのそばに立ち、ゴムカーテンの向こうから僕のまっさらなバックパックが流れてくるのを待った。ふと、出なかった電話のことを思い出した――ブライオニーからだった。僕は顔をしかめてスマートフォンを〝おやすみモード〟にすると、ポケットに戻した。電源を切ってしまおうかとも思ったが、おやすみモードならインターネットは使える。

タングは、だめだという僕の言葉を聞かずにターンテーブルの縁に座り、ベルトコンベヤーに手を載せて遊んでいた。体を持っていかれないように、数秒に一回、手を持ち上げては体の横に戻している。

最終的にはターンテーブルから十分に離れた場所までタングを引きずっていくはめになった。長いフライトのあとで、午前三時に遺失物集積所まで行き、〝だめ〟と言っても聞かないロボットをなくしましたなどと説明したくはない。

ベルトコンベヤーに乗ってようやく足元まで運ばれてきたバックパックは、記憶にあるよりも重かった。旅への期待感は疲れのせいでいささかしぼみ、僕は早く車を借りてホテルに辿り着きたかった。それなのに、信じられないことにレンタカーのカウンターはことごとく閉まっていた。国際空港なのに夜中に車一台借りられないなんて、ひどくないか？　タクシーの利用は考えなかった。かわりに言った。「行こう、タング。バスに乗るぞ」

「バス？」

「そう。こっちだ」案内に従ってさっさか歩き出した僕のあとを、タングは排水ホースみたいな足が許す限りの速さで、ガシャガシャと追いかけてきた。

薄暗い人工的な明かりの灯るバス乗り場に、形の定まらない影がうごめき、一方の壁に並ぶ背の高いロッカーの壊れた扉が、時折バンッと開いては、また勢いよく閉まる。汚れたオーバーを着て隅に座っている浮浪者が、僕の真新しいバックパックを凝視している。

防弾ガラスを張った狭いブースに、チケット係のアンドロイドがぽつんと一体、座っていた。防弾チョッキを着ている。アンドロイドに防護が必要という時点で、危険な場所なのは明らかだ。アンドロイドはよくこういう仕事をあてがわれる。人は働きたがらないが、ただの機械を置いてしまっては味気ないような場所だ。

僕はどういうわけだかタングの前では威厳を保ちたくて、いかにも悠然とブースに向かった。タングには自分のペースで追いついてもらえばいい。

「すみませんが、この会社をご存じありませんか」僕はスマートフォンをかざし、そこに保存しておいた、タングの体に刻まれた会社名と思しき単語を見せた。

「お客様、スマートフォンは見えないところにおしまいください」アンドロイドがにべもなく告げる。

ちらりと周囲を見回して、その意味を理解した。僕が言葉を発しただけで、近くの影がひとつ、ふたつ、こちらに注目している。そのうえ液晶が煌々と光るスマートフォンを掲げていては、襲ってくださいと頼んでいるようなものだ。僕は電話を内ポケットにしまった。

そこへタングが追いついた。僕のシャツの袖を掴んで握りしめる。僕が再度、会社名を告げると、今度はアンドロイドも感じよく答えてくれた。

「その名前でしたら私のデータベースに記録がございます。マイクロンシステムズ――人型ロボットの最先端家事支援技術の開発メーカーです。全米企業の売上高番付『フォーチュン500』にランクインし、三年連続で〝生きた技術賞〟を受賞しました。最高経営責任者のミスター……」

「わかった、わかった」僕は訊き方を変えることにした。「情報をありがとう。ただ、僕が本当に知りたいのは行き方なんです」

「お客様のご要望にお応えするため、私には多様な地域情報がプログラムされています」アンドロイドがにこっと笑う。

「で？」

「恐れ入りますが、お客様のおっしゃることが理解できません。〝で？〟とはどういう意味でしょうか」

「君が僕の質問に答えてくれるのを待っている。マイクロンシステムズに関する」

「どの質問のことでしょう」

「行き方についての」

「お客様との会話を分析いたしましたが、マイクロンシステムズの所在地に関するご質問はいただいていないようです」

「ああ、もう、勘弁してくれよ！」忌々しいアンドロイドめ。こういう杓子定規なところがむかつくから、家に置きたくなかったんだ。タングも会話を字句通りにしか理解できないところはあるが、少なくともタングは愉快だ。僕はアンドロイドに、マイクロンシステムズの所在地を知っているかと尋ねた。

「はい」

僕はため息をついた。「で、どこにあるんだ？　いや、やっぱり今のには答えなくていい。かわりに教えてほしい。近くにホテルはあるか？」

「ございます。この地域には多数のホテルがあります。通りを渡った先にも一軒あります」と、指し示す。

「いや、そうじゃなくて、マイクロンシステムズの近くにあるかという意味なんだけど」

「ございます。お客様のニーズに合ったホテルが、マイクロンシステムズから二キロ弱の場所にあります」

「僕のニーズ？」

「はい。お見受けしたところ、お客様はエネルギーが低下し、休める部屋を求めていらっしゃいます。さらに、この時刻にも開いているホテルをお探しで、食べ物を購入できる売店が入っていれば、エネルギーを摂取できるのでなおよいとお考えです。マイクロンシステムズの近辺に、その条件と一致するホテルが一軒あります。こちらの印刷物に情報が掲載されています」アンドロイドは腰から上を百八十度回転させて、リーフレットを抜き出した。

僕は礼を言った。タングはブースの下からアンドロイドをじっと見ていた。僕の袖を放し、リーフレットをひったくる。

「タング、返しなさい。それ、必要なんだから」

だが、タングはリーフレットを握りしめると、それでブースの側面をぺしぺしと叩き始めた。

「タング、言っただろ――返しなさい」

タングは僕を睨むと、リーフレットを持ったまま、ふらふらと歩き出してしまった。

僕はアンドロイドに向き直り、同じものをもうひとつくれるよう頼んだ。

「さっき教えてくれたのはどのホテルかな?」リーフレットの一覧を見ながら尋ねた。

「ホテル・カリフォルニアでございます」

「その近くを通るバスはある?」

「二十二番が近くを通ります。この乗り場を出てすぐの場所から乗車できます。あちらです」と、アンドロイドが場所を示す。「ホテルの目の前に停車します」

僕は次に二十二番のバスが来るのはいつかと尋ねた。

「二十分後でございます。所要時間は五十分ちょうどです。残念ながら、その程度の走行時間のバスには車内トイレはなく、飲食物の販売もございません。ただし、万が一交通事故が起きた場合には、バスの前方と後方の二ヵ所に消火器と救急箱のご用意がございます」

僕はアンドロイドに礼を言い、バスのチケットを二枚頼んだ。

「かしこまりました。大人二枚でよろしいですか？」

「そうだな、大人一枚と、あとは……あの……」僕はタングのいる方に腕を振った。タングはロッカーに向かっていた。「タング、遠くに行くなよ」

「やだ」タングが振り向きもせずに言う。

僕はアンドロイドとの会話に戻った。

「ひょっとして、ロボット用の特別料金があったりしないかな？」

「お子様やお年寄り、お体の不自由な方、登録されたサイバー付き人や介助アンドロイドを対象とした特別料金はあります。ロボット料金はございません」

「何だよ、それ？」道理でタングがアンドロイドを嫌うわけだ。

「申し訳ございませんが、お客様のご質問の意味が理解できません。もう一度おっしゃってください」

僕は再度、大人二枚分の切符を頼んだ。そして、振り返ってタングを探した。腕を伸ばしてロッカーの扉を開けようとしていた。「タング、ロッカーで遊ぶんじゃない！ほら、戻っておいで」

「うん」と口では言いつつも、タングはその場から動かない。

僕は二十分どころか、一分たりともバス乗り場にいたくはなかったが、今は他に手近に行ける場所などない。じっと座って、ひょろひょろのイギリス人と退屈したロボットが余計な注目を浴びないよう祈るしかない。僕は憂鬱な気分で固定されたプラスチックの椅子に座ると、再度タングを探してバス乗り場を見回した。今度はロッカーの扉にジャブをかまして、〝ガンガンガン〟と大きな音を響かせている。

その時、すぐ横手にあったドアが勢いよく開き、灰色のジャージを着た白髪交じりの顔色の悪い男が現れ、タングを突き飛ばすようにしてバス乗り場を走り出ていった。よろめいたタングは、バランスを取り戻すと、目を丸くして男の方を見た。そして、すり足で僕のそばに戻ってくると、いじけてガムテープを突っつき始めた。

僕はバス乗り場の時計が時を刻むのをじりじりと見つめた。試験会場の時計みたいに、一秒ごとに針の音が大きくなる気がした。僕は無理やり席に沈み込み、両手で髪をかき上げた。これまでのところ、タングの面倒も自分の面倒もまともに見られているとは言い難い。眉を上げ、あなたにもう少し常識があったらこんなことにはならなかったのにと小言を言うエイミーの顔が目に浮かぶ。その通りだ。

旅行を計画するのはもっぱらエイミーだったから、真夜中にバス乗り場で足止めを食らったことは一度もない。それに近い事態を強いて挙げるとすれば、車で旅行中に、フランス南西部ドルドーニュのバス停の前で車が故障してとまってしまったことがあったが、エイミーがすぐさま地元のロードサービスに——フランス語で——連絡し、迎えを要請した。一時間後には、僕たちは田舎のすてきなゲストハウスでホットチョコレートを飲んでいた。

チケットブースの後ろのドアから、アナウンスが聞こえた。

「ダウンタウン・サンホセ行き、五分後に出発します。切符のご用意をお願いします」

ああ、助かった。バスの運転手が案内を終えるのを待たずに、僕は立ち上がった。

「ほら、行くぞ、タング」

タングはバスのステップを上がるのに苦戦し、僕が後ろから両手で背中を押してやらなければならなかった。タングが我が家の裏庭にやってきた際に乗ったバスは、体の不自由な人にも優しい低床バスだったが、ここではそんなツキもなかった。苦労してステップを突破しても、今度は狭い通路が立ちはだかる。タングが体をこするようにして強引に進むせいで、寝ている乗客の肘にがんがんぶつかり、当然のことながら僕たちは全員から白い目で見られた。

ただ、幸いにもバスの最後尾の席が丸々空いていた。これならタングがその真ん中に重い体を引き上げさえすれば、ゆったり座れる。道中、僕たちはサスペンションの動きに合わせて揺れていた。タングは丸い目でまっすぐ前を見据え、かたや僕は窓に頭を預けて寝ているふりをしながら、タングの様子を注意して見ていた。タングを心配させたくなかったから、胸のフラップを何度も開けてシリンダーの具合を確かめるようなことはしなかったが、果たしてどれだけの時間が残されているのか、見当もつかなかった。家の近くでタングを直せそうな人を探すべきだったのかもしれない。こんなところまで来るなんて、愚かな選択だったのかもしれない。でも、もしかしたら……もしかしたら最後には万事うまくいくかもしれない。どう転ぶか、僕には知る由もなかった。

六　ルームサービス

　バスはアンドロイドの言葉通り、ホテル・カリフォルニアの前でとまった。くたびれたホテルの向こうから、早朝の淡い光がかすかに差し始めている。僕たちはホテルの正面に、海岸線に背を向けて立った。夜明けのピンクや灰色や青が、その一帯の雰囲気をずいぶん和らげてはいたが、実情はかなりひどそうだ。すぐそこにビーチが広がってはいるものの、ホテル前の通りはサンタモニカのおしゃれな人々が集う人気スポットとは似ても似つかない。むしろ真逆と言った方がいい。目線の先にある屋根付きのバス停はぼろぼろだ。辺りを注意深く観察すると、いくつかの排水溝には使用ずみコンドームが詰まっていたし、歩道《ペイブメント》……アメリカではサイドウォークか、とにかく歩道を縁取るように置かれたベンチの下には、やはり使用ずみの注射器が不用意に捨てられていた。それでも夜が明けると思うと、気分も明るくなる。コーヒーも飲めるかもしれないし、柔らかで平らなベッドに横にもなれる。どんなにひどいホテルでも、後者くらいは提供できるだろう。実際、提供していた。ただしタングを泊めることはできないと、ホテルの経営者に告げられた。

ホテルに一歩入った瞬間に、こんな言葉が飛んできた。「おい、あんた……そう、そこの前髪が鬱陶しいあんただよ」

ギャング映画に出てくる、必ずと言っていいほど人の邪魔をする脇役みたいな男だった。メッシュのタンクトップを着て、緑のキャップをかぶり、カウンターの裏に銃を隠し持っている、質屋のおやじ。

僕が近づくと、おやじは「うちはそのタイプはお断りだよ」と言って、タングに向かって太い指を振った。

言葉を返そうとしたら、おやじに遮られた。「アンドロイド限定。張り紙が読めないのか？」と、チェックインカウンターがわりと思しき木箱の上の案内を示す。そこにはこう書いてあった。〝ロボットはお断り。料金は前払い〟。

タングは犬みたいに低くうなり、その場で足を踏み鳴らした。

「そこを何とか。数時間だけ寝させてもらえたら、それでいいから……飛行機を降りたばかりなんだ」

「耳が聞こえないのか？　ロボットはお断りだって言ってんの」

「でも、こいつは壊れてるんだ。一緒に休ませてやりたい」

「壊れたロボットなんか、なおさらお断りだね」

「わかった。他を当たる」僕はきびすを返してドアに向かいかけた。

おやじの声が追いかけてくる。「まあ、待てよ、ちょっと寝たいだけなんだな？」

僕は大きく息を吸った。「そうだ。長時間のフライトを終えたばかりなんだ。妻には捨てられるわ、くたくただわ、どことも知れない場所を探して旅をしなきゃならないわ、おまけにバス乗り場では一度ならず危ない目に遭いかけるわで、とてもじゃないが人と議論するような気分じゃないんだ。それじゃ」

「この時間に開いてるとこなんか、うちくらいだ。数時間の休憩を受け入れるとこもない。それもうちだけ。よし、こうしよう。一階の部屋を使わせてやろう。そのかわり静かにしてくれよ。うちはこの辺じゃ評判がいいんだ。ロボットを泊めたなんて、人に見られたら困るんでね、いいか？」

さっきおやじに伝えた通り、僕は議論する気になれないほど疲れ果てていた。よそを当たるという脅しを実行する気力もない。

アンドロイドはよくてロボットがだめな理由を訊くことさえ、その場では思いつかなかった。黙って部屋の代金を払い、おやじが背後にずらっと並んだフックから鍵を選ぶのを待った。おやじはカウンターに鍵を置き、追加料金を払えば朝食付きにもできると言った。時間は〝七時から十時〟だそうだ。コーヒーには惹かれたが、まずはとにかく寝たかった。その時の僕は、おやじに礼を言って部屋に向かうのがやっとだった。

ちょっとのつもりが十二時間も眠っていた。起きたら午後五時近くになっていて、僕は服のまま、汚いマットレスを覆う継ぎはぎだらけのピンク色のワッフル生地のベッドカバーの上に、ヒトデみたいに倒れていた。その間タングが何をしていたかは不明だが、寝ているのか、スタンバイ状態になっているのか、とにかく彼も僕と似たような格好で床に寝転び、目をつぶっていた。僕はほっとした。〝似たような〟と言ったのは、タングの体の大半は床についていたが、片腕だけは上に上げ、その手をベッドの横にもたせかけていたからだ。よく見ると、排水ホースの腕の〝手首〟部分が、ベッドカバーのほつれた糸に引っ掛かって動かせなくなっていた。タングが助けを求めたのだとしたら、僕は眠りが深すぎて気づいてやれなかったのだろう。糸の絡まりを解いて、腕をそっと体の横に戻してやった。

ただ、僕もずっと熟睡していたわけではない。眠りが浅いサイクルに入っている間は、何かを叩くような奇妙な音がぼんやりと聞こえていた。古い配管のせいかと思ったが、定かではない。それ以外にも甲高い音や金属がぶつかり合うような音も聞いた。まるでボイラーとやかんが喧嘩でもしているみたいだった。一度など、スプリングが弾け、ばね状のおもちゃ《スリンキー》が階段を下りていく時のような音がしたのを、たしかに聞いた。

僕は体を起こし、汚れた手で顔をこすると、部屋を見回した。チェックインした時はまだ薄暗かったから、部屋の細部にまで目がいかなかった。だが、弱まりつつあるとは言え、まだ十分に明るい秋の夕方の光の中で改めて見てみると、長く寝た分を差し引いても、ずいぶん高い昼寝代を払わされた気がした。

カーテンは向こうが透けるほど薄く、一部フックがなくなっている箇所など、やたらと低く垂れていて、ほとんどカーテンの役目を果たしていなかった。濃いオリーブ色のフロック加工の壁紙の隅には水染みがあり、そこここに色の濃い不自然な染みも飛んでいた。湿気までもが入り込んでいるせいか、部屋は放置された地下室みたいな匂いがした。

絨毯はない。タングが寝ている床板には、バスマットかと思うような小さなラグが何枚も敷かれていた。床との接触をなるべく避けようとするみたいに、四隅が上に向かって反っている。僕は急にタングに申し訳ない気持ちになった。タング用のベッドを真剣に確保してやろうとしていなかった。正直なところ、タングの金属の体が柔らかな質感を心地よく感じるのか、僕にはまだわからない。

寝る前に時計を外すくらいのことはしたようで、つけ直そうとベッドサイドテーブルに手を伸ばしたら、湿った何かに触れた。ぎょっとして手を引いた。

「うわっ。何だよ、これ」指先の匂いを嗅いでみた。油だった。妙だ。すごく妙だ。しかもここはロボットお断りのホテルなのに。気を取り直して時計を取ろうとして、ふと理由もなく引き出しを開けてみた。国際ギデオン協会寄贈の聖書が入っているだろうと思っていた。願っていたと言った方がいいかもしれない——何か、この場所を普通に見せてくれるものがほしかった。だが、入っていたのは九ボルト以上の単三電池や単四電池だった。ベッドの下から何かがのぞいているのが目に留まり、身を乗り出して確かめた。車のバッテリーだった。バッテリーが上がった時に使うブースターケーブルも何本かある。

何のためにあるのか、深く考えるのはやめにして、それらをベッドの下に押し戻し、引き出しも閉めた。やけに沈む埃っぽいベッドから立ち上がり、抜き足差し足でバスルームのものと思われる扉に向かった。ホテルのオーナー曰く、客が必要とするので全室がバス・トイレ付きなのだそうだ。そう言った時、彼は意味ありげにウィンクを寄越した。

僕は用を足しながら、バスルームをじっくりと見回した。トイレの貯水タンクの上にはセーム革のクロスと丈夫なスエード製の園芸用手袋が置かれていた。あまりトイレで使うものではない。閉じられたシャワーカーテンの向こうものぞいてみた。普通はシャンプーやボディケア用品を置くような浴槽の隅に、防錆潤滑剤WD-40のスプレー缶があった。その隣に全身をそれひとつで洗えるボディソープが並んでいる。全体的に薄膜が張ったような浴槽周りに、僕はまだそこまでシャワーを浴びたいわけでもないと思うことにした。

石鹸かと思いきやワックスだった塊で手を洗い終えた時、タングが床から重い体を起こした。僕がバスルームの扉を開けると、両手を叩いて喜んだ。

「お外行く？」

「行けないんだ、タング。本当にごめんな。この通りを少し行った先にある会社の人と話をするつもりだったけど、僕がうっかり寝過ぎたせいで、今日はもう帰っちゃったと思うんだ。明日まで待つしかなさそうだ」

タングは金属の下顎を突き出してむくれると、ガムテープを突っついた。

「床硬い」

僕は罪悪感に駆られた。壊れたロボットをベッドに寝かせてやらなかったうえに、寝過ごして、直してもらえる可能性を先延ばしにしてしまった。

「そうだよな、ごめんな。次はもっと気をつけるから。今回は疲れてただけだからさ」

「ベン、もう疲れてない？」

タングの気遣いに感謝してから、僕は続けた。「この近くに他に泊まれるところがないか、探してみようか。おいで、一緒に見にいこう」

差しているはずの夕日は、立ち込める霧のせいでほとんど見えなかった。今いるエキセントリックな宿に替わる場所を探して、歩道を一方向に歩き、いったん戻って今度は逆方面にも歩いてみたが、僕とタングのくぐもった足音は、歩くほどにのろのろと重くなった。ホテルのオーナーの言葉は本当だった。この辺に他に泊まれる場所など一軒もなさそうだ。通り沿いの商店や会社はことごとくアルミ板が打ちつけられてシャッター街と化し、訪れるものはごみくらいのようだ。通りを左右に見渡しても、冷たい霧の中で見通せる範囲内で営業している建物は、ホテル・カリフォルニアだけだった。

僕は友に向き直った。「タング、どうやらさっきのホテルに戻るしかなさそうだ。この辺には他に何もないし、遠くへ行くには霧が濃すぎる」

タングは少し萎れていたが、駄々をこねなかったのはえらかった。たまに手に負えなくなってうんざりさせられることもあるが、どうにもならない状況はちゃんと理解してくれる。

僕たちはホテル・カリフォルニアの部屋に戻った。鍵を返却していなかったことが、せめてもの救いだ。現実には、僕はまた大きなへまをしでかしただけだったが。

タングは窓辺のぐらつく椅子にどさりと座り、無意味なカーテンを開けて薄暗い景色を眺めた。僕はよくある、ホテルの情報がまとめられたバインダーを探した。さっきとはベッドを挟んで反対側のサイドテーブルの引き出しに入っていた。

それによると、朝食が食べられるレストランでは〝ロマンチックなディナー〟も提供しているらしい。〝ナット&ボルト〟や〝オイリーな彼女〟といった滑稽な名前のセットメニューが並んでいた。ロボットを毛嫌いしているはずのこのホテルのコンセプトは何なんだと、僕はしばらく考え込んだ。だが、飛行機を降りて以来何も口にしていないことを思い出したら、急に腹が減って我慢できなくなった。そう言えばコーヒーもまだ飲んでいない。カフェインが抜けて頭痛がし始めていた。

部屋を出てホテルのダイニングに――いや、その他の共用エリアにも――行ってみる気にはなれなかったので、ルームサービス用の特別メニューを頼んでみた。コーヒーもお願いしたが、機械が故障中だと言われた。

「インスタントでもいいんだけど」

「うちではそういったものはお出しできません……上質が売りなので」

僕は一瞬黙った。

「じゃあ、ビールを一緒に持ってきてもらえるかな」

食事を運んできたのはフレンチメイドの格好をしたアンドロイドだった。僕もタングも、かなり悪趣味だと思った。メイドは片側に突き出した腰に片手を当て、もう一方の手に食事のトレイを載せていた。

「中に入ってお給仕いたしましょうか」と言って、ぱちんとウィンクする。

僕は自分でできるからと断った。

彼女はもう一度ウィンクした。「かしこまりました。何かございましたらいつでもフロントにお電話くださいね、すぐに参りますから」そして、ゆったりと去っていった。

「今のは何だったんだ?」それは独り言だったが、タングは僕を見て、小さな金属の肩をわずかに持ち上げた。肩をすくめている。

僕が食事をする間、タングも僕も終始無言でどんよりしていた。食べ終わると、嘘みたいに古いテレビをなだめすかして見られるようにしようと奮闘したが、しばらくして諦めた。こうなったら時間は早いがさっさと寝てしまうに限る。僕はベッドの端に寄り、片側半分をタングに譲った。小さめのダブルベッドに、タングのあの幅だ。僕は一晩中、ベッドから落ちそうになりながら過ごすはめになった。

翌朝、ホテルの廊下やロビーはにわかに人であふれ返っていた。おまけに全員がアンドロイドを連れている。昨夜はろくに眠れず、いまだカフェインも摂れていない僕は、好奇心が湧くような状態ではなかったが、タングを見たら——僕にぴったりくっついて歩きながら、緊張気味に左右を見回している——僕以上に落ち着かない様子だった。ロビーに向かって歩く僕らに、人もアンドロイドもあからさまな好奇の目を向けてくる。

僕はバックパックを持ってきていた。ホテルやこの一帯で一日も過ごせば、部屋に荷物を置いたまま朝食に出るなど、怖くてできなくなる。僕は荷物をカウンターに置き、目の前にあった呼び鈴を鳴らした。朝番のフロント係は年のいった痩せた女で、やたらと厚化粧で、実用性を無視した長い爪をしていた。

僕はダイニングはどこですかと、丁寧に訊いた。

「あっち」彼女はしわしわの腕でロビーの反対側を示した。

僕は料金を精算すると、朝食——とコーヒー——の待つ方へ歩き出しかけて、ふと足を止めた。「何度もすみませんが、皆さんが僕らをじろじろ見るのはなぜなんでしょう？」

彼女の口紅を引いた薄い唇に薄笑いが浮かんだ。「それはあなたがロボットを連れてるからよ。みんな、何て言うか……風変わりだと思ってるのね。まあ、言っては何だけど、ちょっと変態的だしね」

「変態的？」

「周りをごらんなさいな。あなたの連れみたいな小さいのを連れている人が、他にいる？」

僕もこの頃には、僕以外にタングみたいなロボットを連れている人がいないことには慣れていたが、周囲を見回してみて、嫌な事実に気づいた。どのアンドロイドも女性で、その全員があのルームサービス係みたいに、一般社会にはそぐわない、なまめかしい格好をしている。

それでようやくわかった。タングは僕の〝お相手〟だと思われているのだ。僕はバックパックを担いだ。

「おいで、タング、ここを出るぞ」

七　ガラス

僕はフロント係に鍵を投げ返すと、猛然とホテルを出た。タングもガシャガシャとついてきたが、遅れずに歩くのは無理があった。

「ベン……ベン……ベン……ベン……ベン……待って……ベン！」

前日降りたバス停で、僕はようやく足を止めた。一分後に追いついたタングが僕を睨む。眼窩から目が飛び出そうになっている。

「ごめん、タング、でもホテルからできるだけ離れたかったんだ」

タングはうなずいた。「でも……ベン……コーヒー？」

「それはどこか別のところで探すよ」

「ふーん」

「タングが正しかった、昨日のうちにホテルを出るべきだった。さっさと行こうな」

ところが、バスの時刻表を調べたら――落書きのせいで読みにくいったらない――次のバスまで四十分待たなければならないと判明した。少なくとも、向かおうとしている方面のバスは来ない。「くそっ。タクシーをつかまえるか」

五分後、何とかタクシーを拾うと、僕はタングを後部座席に押し込み、その隣に無理やり乗り込んだ。

「どちらまで?」と運転手が尋ねる。

「えーっと……マイクロンシステムズなんだけど、わかりますかね?」僕はスマートフォンをかざして住所を見せた。

運転手はエンジン内で死んでいるネズミでも見つけたような顔で僕を見た。

「ああ、知ってるよ。そんなこったろうと思った」

「それ、どういう意味です?」車を出す運転手に、僕は問い返した。

「おたくはいかにも、ホテル・カリフォルニアを利用しておいて、次の日には何食わぬ顔で立派なビルに出社するようなタイプだってことさ」

「タイプ?」

「そう――見た目は清潔できちっとしてるけども、家では得られないことの埋め合わせを外でしてる。おたくと似たような人らがあのホテルにはわんさかいるよ。まあ、おたくのお相手みたいなのは初めて見たがね。普通は……何と言うか、もっと人間っぽいよね」

「そうみたいですね」僕は答えた。「でも、あなたは僕を誤解してる。僕たちのことを」

運転手が片方の眉を上げるのが、バックミラー越しに見えた。「まあ、お客さんがそう言うならそれでいいけども」

「実際そうだから」この話はこれでしまいだと打ち切るつもりで、そう言った。この辺の人たちがタングと僕の関係をどう見ているかを聞かされることに、いい加減辟易していた。

タクシーは霧の中を走り、立派なガラス張りのビルの前で僕たちを降ろした。スケートボード場みたいな形のビルで、両側が高く、真ん中の谷に向かって傾斜している。ビルの前には舗装された小道があり、その両側に美しく刈り込まれた矮小な木が、劇場の通路の非常用照明みたいに並んでいる。タングと僕は左右対称なその小道を、てくてく、ガシャガシャ歩いたが、入口に辿り着く瞬間まで、いくら歩いても一向にビルが近くならない気がしていた。冷たい霧に包まれたビルは、雲の上までそびえているかのようだった。

ロビーは外観からの予想を裏切らない雰囲気で、小道のものと似た木の鉢植えが点々と配置され、正面扉の近くには丈夫な革張りのソファが数脚置かれていた。ロビーの奥に高さのある受付が見える。入口からは相当な距離があるので、訪問者が受付に辿り着くまでの間は、互いに気詰まりな間《ま》に耐えなければならない。幸い、この時はカウンターの向こうに座る金髪の小柄な受付係は電話中で、僕たちがそばに行くまでそっちに気を取られていた。タングと僕以外、ロビーに訪問者はいなかった。

静まり返った空間で、僕は知らず知らずつま先歩きになっていたが、タングの金属の足が大理石の床に着くたびに大きな音が響いては、気づかれずに近づくなど無理な話だった。僕はタングを観察し、その小さくまとまった体のどこかに、タングがこの場所を覚えている兆しはないかと探した。

「この場所を知ってるかい、タング？」

「知らない」

「本当に？」

「うん」

「じゃあ、ここから来たわけではないのか？」

「うん」

受付係が感じよく電話を切る声がしたのと同時に、タングと僕は受付に着いた。

「いらっしゃいませ。ご用件を承ります」と、受付係が微笑む。

「力を貸していただけるとありがたいのですが。御社の名前をインターネットで見つけまして。どなたかロボットについてお話を伺える方はいらっしゃいませんか」

受付係はしゃれたブラウスの襟元にある、やけに大きなリボンに触れた。

「ロボットでございますか？」

「ええ、この子です」僕はタングの方を示した。

受付係は立ち上がって、カウンターの上からのぞき込むようにタングを見た。

「お約束はいただいておりますか？」

「残念ながら一か八かで来てしまったので。この子を作った方を探しているんですが、この子の底面にある金属板に〝Micron――〟と刻まれていたので、ひょっとして御社と関係があるのではと……ロボットなどを手がけていらっしゃいますよね」

「弊社が製造しているのはアンドロイドです」

「そうですか……」

「そちらのロボットは弊社のものではなさそうですね」

僕は黙ってしまった。

「他にお手伝いできることはございますか」

まさか最初のハードルで転ぶとは思っていなかった。

「この子が御社の製品でないとしても、どなたか古いロボットや、彼みたいなロボットについて知っていそうな方はいらっしゃいませんか？」

受付係は眉根を寄せ、フレンチネイルの指先で歯を軽くこつこつと叩いた。

「コーリーならお役に立てるかもしれません。所属はゲーム事業部ですが、ロボット好きなので――趣味ですね」

「それはありがたい」

「連絡を取ってみますので、よろしければおかけになってお待ちください」

タングと僕は顔を見合わせ、広い大理石のロビーの向こう側に置かれたソファを振り返った。

「せっかくですが、向こうに着く頃にはまたこちらに戻らないといけなくなりそうなので」そう言って僕は笑ったが、受付係にはおかしさが伝わらなかったようだ。微妙な沈黙をごまかすように頭をかいたら、焦げ茶色の癖毛の先が早くもくるくるにカールしていた。出会った当時は、エイミーはそんなモップ頭が好きだと言っていた。かわいいと思ってくれた。だが、出ていく頃にはそれさえも目障りになっていたようで、まるで学生みたいだと言っていた。

受付係は光沢のある薄いノートパソコンに何かを打ち込むと、微笑した。さらに何かを打ち込み、最後に小さく弾みをつけてエンターキーを押した。

「コーリーがこちらに向かっています」

こちらに向かっているはずのコーリーは、なかなか現れなかった。僕はタングの退屈レベルと周囲のガラスの壁を心配した。やがてじっとしていられなくなったタングの関心は、窓ではなく床に向かった。大理石に自分がぼんやりと映っているのを発見し、もっと近くで見ようとかがんだ拍子に、両足が滑って開いた。

怪我をしないように気をつけろよと、僕は声をかけた。

「やだ」

タングは片足を恐る恐る前に出し、大理石の上を滑る感触に目を丸くした。と、次の瞬間くるりと向こうを向き、騒々しく走り出した。何をしようとしているかに気づいた僕は、ぎょっとした。タングが頭のてっぺんから甲高い歓声を上げながら、滑らかな床をつーっと滑る。

「タング、戻っておいで」僕は小声で注意しようとしたが、飛行機の格納庫みたいなロビーで声を響かせるなと言う方が無理だ。タングの歓声と僕の注意が四方の窓にぶつかってこだました。受付係が立ち上がる。

「お客様、ロボットがそばから離れないようにしていただけますか。何かを壊されては困りますので」

僕は彼女に対して眉をひそめてから、タングを呼び戻した。タングは滑って戻ってきた。「おまえにつける手綱《レイン》が必要だな」僕は言った。

「雨《レイン》？」タングが片手で空を示す。

「手綱《レイン》だよ。馬がつけてるやつ」

タングが瞳をぱっと輝かせた。

「ベンの馬？」

「あれは僕の馬じゃないけどな。でも、そう、あの馬たちがつけているようなやつだ」

「タング、ベンの馬、好き」

「僕もだ。さあ、いい子だからこのままここにいてくれ、な？」

タングはため息をつき、床にがたんと座って胸のガムテープをいじり始めた。

長い十分が過ぎた頃、蝶番が動く鋭い音とともにガラス扉が開き、僕たちは音のした右側に顔を向けた。長身の男が近づいてくる。自分が冴えない男に思えてくるような相手だ。広い肩、焼けてはいるが赤茶色まではいかない肌。デザイナーシャツにしゃれたハーフパンツという装いは、会社にふさわしいとは思えなかったが、彼にはよく似合っていた。とてもロボットおたくには見えない。彼はこちらに手を差し出してにっこり笑った。完璧な歯がのぞき、両頰にくっきりとえくぼができた。

「コーリー・フィールズです。はじめまして」

「ベン・チェンバーズです」

「カイラから、僕に見てほしいロボットがいると聞きました。売る予定なんですか？」

タングが僕の脚にしがみつく。

「いえ、そうではなく、この子は壊れてまして。助けていただきたいんです。直せる人を探してるんです」冷静でいようとしたが、僕の声は自分の耳にも焦って聞こえた。

「こちらへどうぞ。見てみましょう」コーリーがもう一度にっこり笑った。

先ほどのドアを抜けて、日が差し込むガラス廊下へと案内された。ロビーからは見えなかったのは、プリズムか何かをうまく使っているからか。廊下を少し進んだところで、コーリーが突然左側の壁を突き抜けた。追いついてみると、やはりガラスの扉を押さえてくれていた。

そこは会議室だった。環境に配慮したウォーターサーバーが設置され、しゃれているが座り心地の悪そうな椅子が、やはりガラス製の大きなテーブルを囲んでいる。コーリーはそのひとつに座り、僕にも席を勧めてから、タングを呼んだ。

「おいで、少年。傷つけたりしないから」

タングが確かめるようにこちらを見上げたので、僕はうなずいた。タングはガシャガシャと歩いてコーリーの前に立った。コーリーが眼鏡を取り出す。意外だった。僕がこれまでカリフォルニアについて聞きかじってきた限りでは、ここではもはや視力が悪いのは違法なのかと思っていた。

「妻がね」と、コーリーが眼鏡を振る。「僕はレーザー治療を受けたかったんだけど、彼女が眼鏡は〝知的〟に見えるからって。人をインテリか何かみたいにさ。困ったやつだよ」そう言って、タングを見た。「彼、珍しいよね。少なくとも今の時代では」

「たしかに。ちなみに壊れているのはシリンダーです。そのフラップの内側にあります」僕は実際に見せようと、タングのガムテープを途中まではがした。

コーリーはガラスのひびを確認すると、うなずき、頬を膨らませた。「カイラの言う通り、残念ながら彼はうちの製品ではないな。創業当時にさかのぼって考えても。うちの型とは違うんだ。こういうパーツの入手先もわからないし、仮に手に入ったとしても、シリンダーのつなげ方がわからない。シリンダーを一から作ってもらう手もあるだろうけど、誰に頼めばいいか、どの程度時間がかかるのか、見当がつかない」

「そんな」僕は不安になってきた。だが、コーリーの次の言葉が僕の心配を多少は和らげてくれた。

「まあ、でも僕ならそこまで心配はしないな。まだしばらく時間の猶予はありそうだ。シリンダーは交換できる時にした方がいいけど、いつ死んでもおかしくないというような状況ではない。君がそれを恐れているなら」

僕は肩の力が抜け、ふうっと息を吐き出した。息を止めていたことすら、自覚していなかった。

「シリンダーの中の液体が何か、わかりますか？」僕は尋ねたが、コーリーはかぶりを振った。

「申し訳ないけど、僕にもわからない。考えられるものはいろいろある。潤滑油、冷却水、燃料。単にバランスを保つためのものってことも考えられる。ほら、人の耳にも液体があるだろう？」コーリーは肩をすくめた。「たぶん、このロボットを作った人はものすごく急いでたんだろう。だが、人工知能《AI》の知識は想像以上にあるはずだ。たとえば、ここを見て」コーリーは、タングの腕と体が接合されている部分を示した。「一見ただのホースだが、作り手は意図的にこれを使っている。おそらく、彼が本来使いたかった資材が揃ってなかったんじゃないかな。だから手近にあった代用品を使った。こういうホースを使えば、ロボットはさまざまな動作が可能になる。硬い金属を溶接していたなら、この子は今できることの半分もできなかったはずだ。見ての通り、ロボットの体は動かすことのできないただの箱だが、それを可動性の広い腕が補っている。足も同じだ。彼はすべて承知の上で作っている。作った本人を探し出すのが一番なんじゃないかな」

タングをちらりと見たら、目を大きく見開いていたが、考えていることまでは僕には見抜けなかった。その時点では、コーリーの提案に賛成でも反対でもないように見えた。

コーリーが顎をさすった。「極言すれば、ほとんど意図的だと思う」

「意図的？」

「そう、製作者のしたことがさ。ほら、エッフェル塔が建てられた時も、当初は一定期間で解体される予定だったけど、今も残っているだろう」

「話についていけてないんだけど……」

「この子の体も、長く持たせる気はなかったんだと思う。シリンダーも含めて、一時的なものと考えてたんじゃないかな」

「でも、なぜそんなことをするんです？」

コーリーはもう一度肩をすくめた。「さっきも言ったように、彼は急いでたのかもしれない。必要な部品がなかったのかもしれない。機会があればアップグレードするつもりだったのかもしれない」

「アップグレードというのは、まったく新しいものにするってことですか？ それともこの子を作り直すって意味ですか？」

「どちらもあり得る」

僕はうなずき、ふと思った。

「もうひとつお尋ねしたいことが」

「どうぞ」

「製作者が男だと確信されているようなのはなぜですか？」

　コーリーはにっこり笑って椅子に深くもたれると、指を振って見せた。「いい質問だ。確信はないよ、九割がた間違いないとは思うけどね。これまでたくさんのAIを見てきた。そうすると、だんだん作り手の癖みたいなものがわかるようになる。経験ってやつだな。筆跡を見て、男が書いたか女が書いたか、何となくわかるだろう？　それと同じようなことだよ。断言はできない、ただ何となく……男の作品って感じがするんだ。文字通りね。この子はすごく男っぽい」

　同感だった。「初めて会った時から、男の子だとわかった。声が男の子っぽいというのもあるけど、それだけじゃないんですよね」

「不思議なもんだよな。僕らは皆、こういう機械を人と重ね合わせて見る。すっかり情が移る人も多い。この通りをちょっと行った先に、アンドロイド専用の墓地もあるよ」

「冗談でしょう？」

　コーリーは首を横に振った。「いいや。アンドロイドを役に立つペットのように思う人もいるんだ。まあ、君が考えていることはわかるけど――そんなのはカリフォルニアだけだって思ってるだろう？」

　僕はいやいやという仕草をしたが、コーリーの言う通り、たしかにそんなようなことを考えていた。

「それはともかく、君の旅だかミッションだかの話だけど。僕は何もできないが、ひとり、助けになってくれるかもしれない友人がいる。まあ、友人というか、ネット上の仲間なんだけど。ハンドルネームはキティーキャット9835、本名はリジー・キャッツ博士だ」

「ロボットを作っている方なんですか？」

コーリーはまたかぶりを振ると、眼鏡を外し、清潔な指で目をこすった。「いや、テキサス州ヒューストンの博物館で働いている。ロボット歴史学者でね、会ってみる価値はあると思うよ、ベン」そこでいったん言葉を切り、僕の目をまっすぐに見た。「アップグレードをお勧めするけどね。何ならうちの最新モデルを特別価格で提供するよ。使ってみれば、その子よりはるかにいろんなことができるとわかる。当然、最初から故障してるなんてこともないしな」コーリーはあははと笑って、僕の二の腕をぴしゃりと打った。

その時まで辛抱強く待っていたタングが、足を激しく踏み換えて、僕の腕にしがみついた。痛いほどの力だった。今の話をタングに聞かせてしまったことが申し訳なくて、僕は胸が締めつけられた。はたから見れば、僕がタングを連れ歩いている姿は奇妙に映るのだろうが、僕の中ではタングの存在はもはや当たり前になっていて、アンドロイドと比べるとひどく見劣りすることも忘れてしまう。それに、タングだってそこまで古いわけじゃない。六歳にもなっていないだろう。まあ、ＡＩの世界ではそれでも十分に古いのだろうけれど。

「いや、その、結構です、ありがとう。この子と離れたくはないので」

コーリーは肩をすくめた。「まあ、それならそれでいいさ。これ、僕の名刺。万が一気が変わった時のために」そして、身を乗り出して僕の耳元で大きめの声でささやいた。「僕が君なら、ロボットの気分を害する心配なんてしないけどな。誰だっていつかは買い換えるんだし、彼はすでに壊れているんだから……理解してくれるさ」

エイミーみたいなことを言う。僕にはタングが理解するとは思えなかったが、口には出さなかった。時間を取ってもらったことと、次に当たる先を助言してくれたことに感謝した。失礼する前に、最後にもうひとつだけ質問した。

「この辺にコーヒーマシンなんて、ないですよね？」

八　ワイルドでいこう！

　タクシーの運転手に、ここから近くて評判のよいレンタカー会社に連れていってくれるよう頼む頃には、僕は人間らしい気分を取り戻し始めていた。すべてはマグカップ一杯の熱くておいしいコーヒーのおかげだ。それを淹れてくれたコーリー・フィールズは、僕の新しい親友だ。

　道中、タングと口論になった。

「だめだ、タング。諦めなさい、な？」

　タングが空を指す。「プーーレーーーミーーアーーームーーーーーーー」

「だめだ。説明しただろ、あれは高すぎる」言いながらも、自分の嘘を自覚していた。本当は、コーリーからタングには〝しばらく時間の猶予がありそうだ〟と聞いたのをいいことに、時間のかかる方法を選んだだけだ……飛行機を避けるために。

　駄々をこねようとするタングに、正直にそう伝えればよかったのだろうが、プライドが邪魔をした。

「プーレ――」

　僕はいい加減にしろというようにタングに向かって人差し指を立てた。タングは僕をちらっと見ると、ガムテープをいじった。今回は、僕も毅然とした態度を貫けた。少なくとも、ごみ処理場行き寸前のロボットの大雑把な脅しに屈したりはしなかった。

　それから二十分間は主導権を取り戻した。ただし、その時間はレンタカー会社の窓口係がこう尋ねた瞬間に終わった。「どういった車をご希望ですか?」

　タングは僕の脚を両手で掴んでつねりながら、車台が低くてタングでも乗り込める車がいいと主張した。要するに強力エンジン搭載のツードアのマッスルカー、もっと具体的に言うならフォード・マスタングがいいというわけだ。僕はそれを却下した。だが、タングもだめだという僕の常套句を聞き入れない。窓口係は僕に加勢し、操作性が高く、タングを持ち上げて車に乗せられる巻き上げ機付きの車を勧めてくれた。タングはまったく食いつかなかった。

　結局、マッスルカーを借りた。

　若い窓口係は運転免許を取得できる年齢にも達してなさそうだったが、それでもロボットのみすぼらしさは気にするまいと、懸命に仕事に徹していた。あいにくマスタングはすべて貸し出し中なのだと言ってくれた彼に、チップを盛大に弾んだら、彼は車に――クライスラーのダッジ・チャージャーだ――少し余分にガソリンを入れてくれた。まあ、レンタカー会社の駐車場を出られるか出られないか程度のおまけだが、その気持ちが嬉しいじゃないか。

タングはウィンウィン言いながら、体を引き上げるように助手席に乗り込むと、目に入るボタンを片っ端から押したりいじったりした。嬉々としてラジオのダイヤルを回すものだから、カリフォルニア発のロックが流れたかと思うと、カナダ発のバラードになり、キリスト教チャンネルになった。

「タング、ラジオを消してくれ」

タングは手を引っ込め、背もたれにどさっともたれてガムテープをいじった。

「ごめん。順調に走り出したら、タングの好きなものを聴いていいから。な?」

タングが小さな足を上下にぶらぶらさせるのを見て、僕は同意と受け取ることにした。

いざ出発だ。サンホセを過ぎた辺りから、山がちだった地形が平坦になった。厳しい気候に強い灌木が点在するばかりの砂の大地の上に、飛行機雲がたなびく淡い水色の空が広がる。遠くに目をやれば山々の影が見えるものの、いくら走っても辿り着かない。あたかもその山々は風景画の一部で、永遠に追いつけないよう、つねに僕たちの少し先を移動しているみたいだ。

タングは僕が許可した通り、さっそくラジオ局を切り替え始めた。次々に回して、一向に落ち着く気配がない。タングがようやく気に入るラジオ局を見つけた頃には、車は何にもない広大な大地を縦断する州間高速道路五号線をひた走っていた。タングが選んだ局から流れてきた歌に、僕の心は沈んだ。

少し前まで、ローンの心配もない住み慣れた我が家で、好きなことをして幸せに暮らしていた。僕を愛してくれる妻もいた。まあ、最後のひとつは違っていたわけだが、少なくとも僕に対する情はあったはずだ。たぶん、いつかの時点までは。それなのに、今の僕は砂まみれのサボテンと回転草ばかりのカリフォルニアで、ダッジ・チャージャーを走らせている。妻もなければ仕事もなく、どこへ向かっているのかも皆目見当がつかない。おまけに、ラジオ局はたくさんあるのに、よりによって「ワイルドでいこう!」を流している局を選ぶレトロなロボットを連れている。

フロントガラスを睨みながらラジオのつまみに手を伸ばしたら、タングの金属の拳でがつんと押さえ込まれた。痛みにたじろぎ、手を引っ込めた僕を、タングがぎろりと睨む。彼はこの歌がいたく気に入ったらしい。助手席側の窓を下げ、精々だらしなく座席にふんぞり返ると、一方の短い腕を窓の縁に預け、開け放った窓から勢いよく入ってくる風が目をくすぐる感触に、楽しげにキャーキャー言っている。その声が風を受けて振動する。タングが窓から頭を出し、やがては上体を目一杯乗り出すものだから、ガムテープが風にあおられて激しくはためき、ビール瓶に迷い込んだハエみたいな音を立てた。

「タング、窓を閉めて……うるさすぎる!」僕が叫んでも届きやしない。「タング」と、脇腹を叩いた。「窓を閉めなさい……それじゃ歌が聞こえないだろ!」僕がカーステレオを指すと、タングは席に座り直し、窓を閉めた。

それからしばらくは、タングはリズムに合わせて片足だけをかすかに動かしていた。それが次第にはっきりとわかる動きになり、そのうちにもう一方の足も加わり、腕も動き出し、しまいには自作のぎくしゃくダンスでこのドライブソングへの愛を表現して、僕を笑わせた。僕がこらえきれずに笑うのを見て、タングは嬉しそうに両足をぴょこぴょこ蹴った。だが、大音量で流れ続ける曲を聴くにつれ、僕の気分は沈んでいった。タングにはこんなにも豊かな個性があり、それは日ごとに育っている。それなのに、この子は〝ワイルドにはいけない〟のだ。タングは……〝奴隷となるために生まれてきた〟。そのうえひびの入ったシリンダーからは液体が漏れ続けていて、いずれは寿命が尽きてしまう。そう思ったら悲しくなった。

単調な景色が続く州間高速道路五号線は、やがて都会的なロサンゼルスの縁を通り、またすぐに平地と虹がかかる山々だけの世界に戻った。それでも途中で風力発電機が見えてくると、タングは見入った。ブレードの動きについていこうと、円を描くように頭を小さく動かしている。発電基地を通り過ぎてからも、体を目一杯後ろに向けて、風力発電機が遠くかすんで見えなくなるまでリアウィンドウから見つめていた。

僕は何時間も休みなく運転し続けた。クルーズコントロールを使えたのは幸いだった。こうも景色が変わらないと、刺激がなさすぎて集中力が落ちてくる。僕はいつしかエイミーのことを考えていた。今、何をしているのだろう。この場に一緒にいたなら、彼女は何と言うだろう。きっと、とりとめのない考えごとをしてないで、運転に集中してと注意されるだろうな。

知らぬ間にアリゾナ州に入り、ニューメキシコ州が近づいてきた頃、まくっていたシャツの袖をタングに引っ張られ、物思いから覚めた。車は町——と言ってもたいしたものではなかったが——に入っていて、僕は無意識のうちに速度を落として運転していた。タングが車の後ろを指している。

バックミラーをのぞいたが、何も見えなかった。

「ウー……ワン」とタングが言う。「ワン」そして、僕が戸惑うと顔をしかめた。

「何だよ、相棒。犬みたいな声を出して」

タングは座り直し、甲高い声を上げて足をばたばたと蹴った。

「犬の真似をしたのか？　どうして？」

「うん。犬」

なぜ犬になったのかと、僕は尋ねた。

「犬。犬。犬……」タングはそう繰り返して、また後ろを示した。

今度は僕も運転席側の窓を下ろし、首を出して車の後ろを見てみた。トランクのすぐ後ろ、バックミラーには映らないが、ぎりぎり目視できる位置を車にぴったりくっついて走っていたのは、ダックスフントだった。

僕は前に向き直った。できることなら、車を追いかけてくる小型犬のことは無視したい。まっすぐ前を見て、見たところゴーストタウンのような町を何事もなく通り抜けたい。だが、運命のいたずらか、ふいに尿意を催した。ため息をついてサイドミラーに目をやったら、ダックスフントが車の後ろからひょこっと顔を出し、またひょこっと引っ込んで見えなくなった。どうやら右に左に走りながら、それでも不思議と遅れずに車を追走しているらしい。

「犬……犬……犬……」タングが一定の間隔で、ダックスフントが助手席側に姿を現すたびに言う。

「うるさいぞ、タング、犬なのはわかってるよ」そう言ったものの、車をとめてダックスフントが追ってくるわけを確かめないわけにはいくまい。

「どっちみち用も足したかったしな」僕は車を歩道に寄せ、金物屋と酒屋と食料雑貨店の前にとめた。三つとも閉まっていた。通りを左右に見渡した限りでは、すべてが閉ざされているようだ。ドアも、窓も、シャッターも。

「この町はどうなってるんだ？」僕は車を降りながら独り言を言った。「公休日《バンクホリデー》か？ゾンビに襲われたか？」足をつんつんとされて見下ろしたら、犬の細長い顔がこちらを見上げていた。全身赤毛で、澄んだ瞳は緑色で、片耳の半分は欠けていて、どうだと言わんばかりに——ダックスフントの定番アイテムの——水玉模様の赤いスカーフを首に巻いていた。僕はしゃがんで頭を撫でてやり、目を細めて首輪についた札を読んだ。

「こいつ、カイルって名前らしいぞ。カイルだって——うけるな！」

タングはよっこらせと車を降りて、ガシャガシャ言いながら僕の方まで回ってきた。犬の脇腹を突く。ダックスフントはそれに応えるようにタングの足や底面の匂いをふんふんと嗅いだ。そして、短い足を上げてタングにおしっこを引っかけた。タングは悲鳴を上げて犬を追い払おうとしたが、犬は動じない。瞬きもせずにタングの顔を見上げている。当然のことながらタングはご立腹で、僕までおかしがるものだから、ますます不機嫌になった。

「そう怒るなよ、タング。この子は友達になりたがってるだけなんだから」

「友達」タングは考えるようにその言葉を繰り返した。「ベン、友達。犬、友達じゃない」

僕は足でしっしっとダックスフントを追い払うと、タングを拭いてやれるものを探した。車のトランクにあったセーム革のクロスくらいしか見当たらなかった。

「もう行く」タングが言った。

「気が変わったのか。数分前まで止まれって言ってたくせに」

「町に人いない、犬だけ。犬、変……お漏らしする。だから町も変」

タングの理屈に異議を唱えるつもりはなかったが、まずは用を足さなくてはならない。犬はと言えば、短い足で車の周りを小走りに回って、タイヤやフロントグリルの匂いを嗅いでいた。

僕は町の目抜き通りを歩いて、カフェやバーなど、トイレを使わせてもらえそうな店を探したが、開いているところは一軒もなかった。仕方なく、路地にあった大型のごみ収集容器の陰で用を足した。タングがこちらをじっと見ているのが、視界の端に見える。出すものを出すと、僕は足早に表通りに戻り、もう少し様子を探ってみた。

「妙な場所だな」と、またひとりつぶやいた。通りらしい通りはこの一本のみで、そこに並ぶ店はただの一軒も開いておらず、一軒家にしてもアパートメントにしても、例外なく窓が覆われている。どこかで道を間違えたに違いない。もっとも、あれだけ広いアメリカの高速道路で、果たして間違えようがあるのかは疑問だった。

あらゆるものの表面を、砂漠の砂埃がベニヤ板のように覆っている。周囲を見回しながら歩いていたら、とある店の窓の内側に張り紙を見つけた。〝帰宅許可が出るまで閉店〟と書いてある。僕は立ち並ぶ商店や家々の端まで歩いた。最後の家の柵の柱に、千切れたビニールテープがはためいていた。黄色いテープに大文字で書かれていた言葉は、〝注意〟と〝放射線〟だった。

ぎょっとして、車まで全速力で駆け戻った。タングは混乱した顔で僕を見ていた。

「タング！　車に戻れ――すぐにここを出るぞ！」

カイルは相変わらずタイヤの周りを嗅いでいた。僕はカイルの柔らかな腹に手を回して抱き上げ、後部座席に放り込んだ。

タングはますます混乱した。小さな目が内側に寄っていく。

「心配しなくていいよ、タング。ただ、ここからは離れないと。今すぐに。カイルも連れていく――置いていったら危ないから」

タングの表情が曇った。エイミーもよくこの顔をしていた。タングが頭を回転させてカイルを見たら、カイルは突進するようにしてタングの顔を舐めた。タングは悲鳴を上げ、パニックを起こして手を振り回した。僕のことを睨みつけ、助手席にどさっと座り直す。

まさか自分が、ダッジ・チャージャーにレトロなロボットと被曝した犬を乗せて砂漠をひた走る日が来るとは想像もしていなかった。だが、時として人生は奇妙な回り道をするもので、そんな時には人生とハイタッチでもして流れに乗るしかない。もっと悲惨な秋の過ごし方だってあるのだ。たとえば破綻寸前の結婚生活を送りながら、自分の家なのに足音を潜めて歩くとか。うん、それと比べたら今の方がはるかに愉快だ。

すでに相当な距離を運転していたし、車を路肩に寄せて車内で寝たりもした。それなのに、僕たちはようやくテキサス州に入っただけで、ヒューストンは一向に近くならない。景色の変わらない道が延々と続き、僕たちを追い越していく車と言えば、大きなタンクローリーやピックアップトラックばかりだ。そのうちの一台は荷台に馬の死骸を載せていた。

腹も減ったし、いい加減くたびれたので、最初に見つけたガソリンスタンドに入って給油すると、料金を払いがてら食べ物を調達しに店に入った。電子レンジで温めるホットドッグと、スライスチーズ、他にもおいしそうなおやつをいくつか選んだ。カウンターの向こうの太った店員は、地下室に手榴弾でも隠し持っていそうな男だったので、長居はしたくなかった。だが、現金で支払ったら話しかけられてしまった。

「道に迷ったのかい？」

「あー、いや、そんなことはないと思う」

「いや、迷ってるね」

「どうしてそう思うのかな」

「おたくがここにいるからだよ。しかもあっちの方角から来た。あっちに何があるか、この辺のもんはみんな知ってるよ」

「あの町のことか？　人っ子ひとりいない」

「そう、犬一匹以外はな。あいつは飽きもせず行ったり来たりしてる」

「行ったり来たり？」

「そう」店員は話を打ち切るように言った。カイルについてはそれ以上話すことはないらしく、だが、会話は方向を変えて続いた。「本人は気づかないまま、この辺に迷い込む人はおたくが初めてじゃない」店員はカウンターに地図を広げ、ずんぐりとした指で現在地を示した。「ここが今いる場所」と言い、指を別の地点に移す。「で、おたくがいるべき場所はたぶんここ。おたくらみたいなのが、何をどうやってここに迷い込むのかは謎だが、この道をひたすらまっすぐ行くと交差点に出るから、そこを右に曲がりな。それで正しい道に戻るはずだ」

　店員が示している地点を見た。たしかに、道はそのまままっすぐヒューストンにつながっていた。〝そのまままっすぐ〟と言ってもまだ数百キロの距離があるが、仕方がない。ここは広大なテキサス州だ。

「差し支えなければ教えてほしいんだけど」と、僕は尋ねた。「あの町に何があったの？」

「放射能漏れだよ」と答えながら、店員は僕のホットドッグをカウンターの後ろの電子レンジに放り込んだ。「あそこは近くの原子力施設の作業員のために作られた町でね。だから俺もここで商売してる。でも、俺はばかじゃない。原子炉のすぐ近くにいるのなんてごめんだから、ちょっとばかり離れたところに店を構えたのさ」

「賢明だね」と、僕は言った。「今にして思うと」

「だろう。とにかく、そこで何をやってたにしろ問題が起きて、施設の連中が町の人間を全員退避させて、町を封鎖したんだ」

店員は僕の不安を感じ取ったらしい。

「大丈夫――うんと昔のことだから。おたくに影響はない。その証拠に俺は元気にここにいるだろ？」

僕を安心させるための言葉だったのだろうし、実際多少は気が楽になった。もう少しで〝うんと昔〟というのはどれくらい昔なのか、訊きそうになったが、知らない方がいい気がしてやめた。

店員にもう一度礼を言うと、湯気の立つ、やけに柔らかくなってしまったホットドッグを手に車に戻った。

「だいじょーぶ？」と、タングが尋ねる。

「ああ、心配しなくていいよ」本当は自信を持って言い切れる心境ではなかったが、断言した。タングを不安がらせたくない。まあ、それは、席に油の染みがついてしまってはレンタカーの保証金が戻ってこないからだったが。ただ、タングのひびの入ったシリンダーという差し迫った問題もある。それについては、僕は気が気ではなくなっていた。

耳元で鼻をフンフン言わせる音がして、僕は跳び上がるほど驚いた。振り返ると、カイルがホットドッグに食いつこうとしていた。タングが食事を必要としないことに慣れきっていて、犬が腹をすかせている可能性にまで頭が回っていなかった。僕はホットドッグの端を千切り、カイルにやった。カイルは栄養失調には見えなかったが、そこは犬、こんなおいしいものは食べたことがないとばかりにあっという間に平らげた。僕はポテトチップスの袋を開け、何枚か、手のひらから食べさせてやった。

僕は食べ終わるとすぐに車を出した。店員はああ言っていたが、犬一匹の町《ワンドッグ》からなるべく遠くへ離れたかった。ただ、現実には車には犬がいて、その犬をどうすべきか、僕は判断しかねていた。

「タング、もうしばらくこの辺にいることになるかもしれない。カイルの飼い主を捜さないと」

それから間もなくして、カイルが飼い主を必要として——そして、望んでも——いないことを知った。僕がひどいジャンクフードをやったせいなのか、はたまたタングが後ろを振り返ってはカイルの耳をマジックハンドの手で突いたり、足をつねったりしたせいなのか、とにかく次のトイレ休憩と夕食のために車をとめたら、カイルは自ら車を降りた。トイレまで着いてくるのかと思いきや、熱いアスファルトの上にちょこんと座っている。僕は数歩進んだところで、振り返ってカイルを呼んだ。

「犬、置いてく」タングが車の中から言った。

「そんな意地悪を言っちゃだめだ、タング」

僕はカイルのそばに戻ると、痙攣する膝を曲げてしゃがみ、カイルの前に手を差し出した。カイルはその手を舐め、手の下に鼻をすりつけるようにして、頭を撫でてとねだった。

その時、背後から声がした。「よう！　カイルじゃねえか」

振り向くと、チェック柄のシャツに色の薄いジーンズ姿の顔のいい男が、ふんぞり返るようにしてこちらに歩いてきた。カイルのそばで腰をかがめ、顔の前に手のひらをかざす。カイルはハイタッチをした。

「この子を知ってるの？」僕は尋ねた。

「ああ、知らないやつなんかいないよ。この辺じゃなじみの顔だから」

「飼い主は誰なんだろう」

　男が笑うと、意外なほど白い歯が数本のぞいた。「こいつにご主人なんていないよ。町の人らはひとり残らずカイルを引き取ろうとしたけど、カイルは束縛されるのを嫌ってさ。行く先々でえさはもらうけど、留まるのは数時間かそこら。家に帰りたいんだな」

　カイルの家はどこなんだろうと、僕は尋ねた。

「あっち方面にある小さな町だよ」と、男は方角を示した。「人は住んでない、この犬だけだ。たぶん、そういう生き方が好きなんだ。だからって、一匹狼ってわけでもない。自由でいたいんだな。ペットになんかなりたくないんだよ」

「でも、この子には首輪が……」

「ああ、してるよな。誰がつけたのか、誰も知らねえんだ。たぶん、昔の飼い主だろうけど。あの町がまだ生きてた頃にさ」

「参ったな。ちょうどその町から連れてきちゃったんだ。迷い犬なのかと思ってさ。僕らの車を追いかけてきたから」

「それ、いつもやるんだよ。おかしなやつだろ」

カイルがそうだよと相槌を打つようにキャンと大きく吠えて、ジャンプした。

「置いてきた方がよかったのかな？　家から引き離すつもりじゃなかったんだ」

男は片手を振って僕の心配を退けた。「平気、平気。こいつ、ヒッチハイクが趣味だから。この辺に迷い込む人、ほんと多くてさ。時々、そういう人の車に一緒に乗ってくるんだよ。さてと、俺はそろそろ行かないと」男は僕と握手をすると、カイルともう一度ハイタッチをした。「またな、カイル。俺でもしないようなことはすんなよ」

男の背中を見送りながら、僕はガソリンスタンドの店員との会話を思い出した。〝行ったり来たりする〟と、彼は言っていた。どうやらカイルは僕たちをシャトルバスがわりに利用したようで、おまけにそういうことは初めてではないらしい。

背後でドアが開いて、タングが僕の隣にやってきた。

「置いてく？」と、持ちかける。

「あー……そうだな、そうしてもよさそうだ」

タングは跳ねるように足を踏み換え、歓声を上げて僕の両脚に抱きついた。

「ベンとタング」タングは言った。「ベンとタング」

「よしよし、タング、言いたいことはわかったから」僕はタングの腕をほどき、ふたりで夕食を買いにいった。

九　生きとし生けるもの

日もだいぶ傾き始めた頃、よさそうなモーテルを見つけた。蹄鉄型の一階建てで、道標によれば州間高速道路十号線沿いのフォートストックトン近辺にある。モーテル選びの基準はとにかく清潔そうなこと、しっかり維持管理されていること、そして何よりオーナーが殺人犯ではなさそうなことの三点だった。最後のひとつは、最初のふたつを見た限りでは問題なさそうだと僕が勝手に判断したのだが、よく考えれば、人殺しがドライバーをおびき寄せようとするなら、むしろ清潔で人が泊まりたくなるようにしておくのではないか。だが、その時点ではそこまで考えが及ばなかった。

道路からモーテルの駐車場に入る。敷きつめられた細かな砂利が、タイヤに踏みしめられてジャリジャリと鳴った。車をゆっくり進める間、タングはフクロウみたいに頭全体を動かして、あるものを追いかけていた。熱い視線の先にあったのは、〝ようこそ！〟と書かれたネオンサインだった。黄色と青の光が気に入ったらしく、ネオンが点滅するたびに、こんなすばらしいものは見たことがないとばかりにキャーキャーと甲高い歓声を上げている。

タングの声を聞きつけて、長身でがっしりとした体格の男が、足を踏み鳴らすようにモーテルの片端にあるプレハブの事務所から出てきた。テキサス人の典型みたいな男で、カントリーロック歌手を思わせるステットソンをかぶり、口髭と顎髭をセットで蓄え、チェックのシャツを着て散弾銃をオウムみたいに肩に載せている。だが、視線を膝下に転じると、一方の脚は色褪せたデニムに覆われていたが、もう一方は金属製で、キャデラックのごとく夕日を反射して光っていた。

それを見てタングが目を丸くした。タングにとっては、男は不幸な事故の犠牲者でもなければ、おそらくはこっちの可能性が高そうだが、退役軍人でもなかった。タングにとっては男はサイボーグ、おとぎばなしに登場する人間とロボットの融合体そのものだった。

「部屋をお探しかな?」

「そうなんです。ふたりで泊まりたいんですが……ツインベッドで」

男は片方の眉を上げたものの、うなずいた。事務所の方に頭を傾げ、歩き出したので、僕たちはついていった。

「いいのを連れてるじゃないか。味があって、懐かしい。うん」

僕はちらりとタングに目をやった。仮にその頭からハート型の泡がもくもくと出ていても、驚かなかっただろう。モーテルの男にとっては、タングは錆びついたロボットでも時代への逆行でもなかった。味があって懐かしいと言ってくれた。おまけにこのテキサス人は、ダックスフントのカイルを除けば、僕と僕の旧式ロボットを二度見しなかった、初めての人だった。参った、僕まで彼に恋をしそうだ。

「ありがとう、僕もそう思います。ほとんどの人は時代遅れの代物としか見ないけど」

「いいや。あんたが連れてるのは純粋に美しいロボットだ」

僕はタングのガムテープをちらりと見た。

「いや、まったく、こういうのは今じゃとんと作られない」

「それは言えてますね」

その頃には僕たちは事務所に入っていて、テキサス人は壁にずらりと並んだ鍵に指を走らせていた。

「ほら。八号室だ。ツインベッドで、ひとつは壊れて、高さが低くなってる……ちびすけも少しはのぼりやすいかもしれない」

僕は感謝した。

「礼なんていいよ。テレビもあるし、水もお湯も出るし、シャワーも完備だ。洗濯ロボットも毎晩巡回してる。何かあったら、いつでも呼んでくれ。それじゃあ、おやすみ」

ベッドが壊れているからなのか、それともタングが気に入ったからおまけをしたくなったのか、彼はかなり割安な料金を提示してくれた。

荷物を取りにいったん車に戻った時、車の窓に映る自分の姿が目に入った。いい加減シャワーを浴びないと。洗濯ロボットに何着か洗濯してもらうのも悪くない。宿泊客に効率よくクリーニングサービスを提供できる洗濯ロボットは、ホテルやモーテルでよく使われている。僕はアンドロイドを持つ意味は理解できないが、洗濯ロボットは例外だと思っている。彼らは便利だ。それに基本的には礼儀正しい。扱いも簡単だ。ロボットの体に洗濯物を放り込み、コインを何枚か入れてやれば、いなくなる。いや、厳密には部屋の隅にでも行って、独り言でもつぶやくみたいに音を立てながらパンツをぐるぐる洗ってくれる。預かった服を持ったまま本当にいなくなってしまうわけではない。誤作動を起こした場合は別だが。まあ、そういう例はごく稀だ。最近のモデルではまず起きない。

洗濯ロボットにまつわる嫌な思い出はひとつしかない。あれは数年前、まだ一緒にいてお互いに幸せだった頃、エイミーが出張でジュネーブに行くことになった。僕もついていき、ふたりで湖を見下ろすすてきなホテルに泊まった。宿泊費はエイミーの事務所から支給され、それがまた驚くほど気前のいい額だった。ホテルには何でも揃っていたから、出張期間中、ホテルから一歩も出ずに過ごしたとしても退屈はしなかっただろう。エイミーの会議は翌日からで、彼女の同僚もまだ到着していなかったので、一日目の夜は夫婦水入らずで過ごせた。僕たちはホテル内のレストランで食事をした。ところが、ちょうどコースの肉料理を食べていた時に、しっかり一杯分のワインが入ったグラスを僕が倒してしまい、エイミーの膝にまでこぼれた。ワインは、ふんわりとしたクリーム色のワンピースに――よりによってエイミーのお気に入りの一着だった――千分の一秒ほどの速さで染み込み、その夜を台なしにした。僕たちはデザートを食べることなく店を出た。

「エイミー、本当にごめん。明日、洗濯ロボットに見てもらうから」

「でも、明日じゃ遅すぎるわ。染みが落ちなくなっちゃう。すぐに処置しないと。ひと晩、つけ置きするしかないわ」

「だったら、まずはフロントに持っていって、この時間でも使えるロボットがないか訊いてみるよ」

部屋に戻るとエイミーはパジャマに着替え、大事なワンピースを僕に渡した。元通りになるかは僕にかかっていた。

それなのに、フロントに行くと稼働中の洗濯ロボットはすべて使用中で、残りはドックで充電中だと言われてしまった。

「どうかお願いします。妻のお気に入りのワンピースで、彼女、かんかんなんです。ジュネーブにいる間中、沈黙の刑なんて困るんです」

「ムッシュ、お力になりたいのは山々ですが、この時間にご利用いただける洗濯ロボットはございません。よろしければ明朝一番にお伺いするようにご予約をお取りいたします」

僕は、前髪が目にかかる学生みたいな髪型と、イギリスの子犬みたいな目で、精一杯訴えた。

「そこを何とか……本当にどうにもなりませんか？」

フロント係は唇をすぼめて思案した。「そうですね、最近洗濯ロボットを新しく入れ替えたばかりなので、古いものが何体か、地下の倉庫にあるにはあります。しばらく使っておりませんでしたし、フランス語しか話せませんが、お客様の部屋に伺えるだけの充電が残っているものがあるかどうか、よろしければ確認いたしましょうか」

「ありがとう」僕はふうっと大きく安堵の息をついた。「本当にありがとう」

しばらくして、ホテルの保守点検係の男が、すり足で歩く洗濯ロボットを引き連れてやってきた。うっすらと埃をかぶったロボットは困惑しているようだった。

「ムッシュ」と、男がしわがれ声で呼びかけ、手を振ってロボットの方を示した。ロボットが僕に向かって瞬きをする。男はその場を去り、僕は洗濯ロボットとふたりきりで残された。

「フランス《パルレ》語を《ヴ》話せますか《フランセ》？」と洗濯ロボットに訊かれた。

「ノン」と、僕は答えた。ビールをふたつくださいだったら、かろうじて言えるが、ここではそれは役に立たない。アンドロイドと僕は見つめ合った。夜ももう遅かったが、それでもフロント近くにはまだ人の姿がちらほらあったので、恥をかかないように、僕は洗濯ロボットを移動させることにした。スパに通じる廊下を見つけ、そこの椅子に腰かけた。ここならちょうどいい。洗濯ロボットは僕の向かいにしゃがみ、洗濯物が出されるのを待った。僕はため息をついて、ワンピースを指さした。

「これ。デリケート。おしゃれ着洗い。わかる？」

洗濯ロボットは目をぱちくりさせ、カチカチという音を立て始めた。僕は座ったまま身を乗り出し、ロボットの正面にある金属板の文字を読んだ。やはりフランス語で書かれていたが、その下に次のような簡単な英語表記もあった。

一――ノーマル
二――お急ぎ
三――フルコース

四——天然素材

五——リネン

〝フルコース〟が何を意味するのかはわからなかったが、ワンピースに使いたいモードではない気がした。服の素材も知らなかったが、ラベルを確かめたら五十パーセントはシルクで、残りの五十パーセントは聞いたことのない素材だった。〝お急ぎ〟モードというのがよさそうに思えた。何しろエイミーは時間との勝負だと言っていた。

僕は洗濯ロボットに指を二本立てて見せた。

「二《ドゥ》?」

「そう《ウィ》」

洗濯ロボットはフランス語でさらに何か話し、僕は、ワンピースを中に入れて規定の料金を入れろと言っているのだろうと解釈した。その通りにした。あとはもう、座って待ちながら、染みがきれいに落ちることを祈るしかない。

洗濯が始まって二十分が経過した頃、洗濯ロボットがにわかに立ち上がり、その場を離れようとした。

「えっ……あの、もしもし? その……どこに行くんだ? ……ちょっと、勘弁してくれよ」僕は洗濯ロボットを追いかけ、行く手を遮ろうとしたが、相手が僕を押しのけて歩き続けるものだから、いかにも無知なイギリス人ですという体であとを追いかけるはめになった。洗濯ロボットはフロントに向かっていた。僕は胸を撫で下ろした。フロントでなら、スタッフに間に入ってもらえる。

ところが、洗濯ロボットは異様な速さでフロントも通り過ぎ、エレベーターへとまっしぐらに進むではないか。僕は慌てて走って追いかけながら、フロント係を大声で呼んだ。

「ロボットが妻のワンピースを持ったまま逃げようとしてる！　助けてください。あれを止めて！」

フロント係は息をのみ、洗濯ロボットにフランス語で叫んだ。ロボットはぴたりと足を止め、頭をフロント係の方に向けた。それからしばらく、フロント係と洗濯ロボットの攻防が続き、最初はロボットが優勢のようだった。最終的にはフロント係がロボットの頭を拳で叩いて決着がつき、カチッという音とともに洗濯槽の扉が開いた。石鹸水と一緒に流れ出たエイミーのワンピースは、ぞっとするような黒っぽい緑色に変わり果てていた。

「最悪《メルド》」フロント係がつぶやいた。

モーテルのオーナーの言葉通り、その夜、洗濯用アンドロイドが部屋にやってきた。

控えめにドアをノックする音がした時、タングは壊れたベッドに星型みたいに手足を広げて寝転がっていて、僕はシャワーを浴びていた。

「タング、悪いけど誰か見てくれるか？」

沈黙。

「ドアだよ、タング、ドア」

「ドアが誰か……見る？」

「ドアを開けてみてくれって意味だ。誰が来たのか、確かめてくれ。頼むよ」しばらく待っていると、バスルームにかすかな空気が流れ込み、シャワーカーテンが揺れた。

「誰だった？」

「アンドロイド」タングは不満げだ。

「ああ、洗濯ロボットが来たのか？」

「うん」

「ちょっと待つように伝えてくれるか？」

「待つ？」

「そう、洗濯したいものがあるから」

「アンドロイド、もう帰る」タングが言う。

「タング！　待つように伝えてくれって言ってるだろ！」

僕は急いでシャワーを止め、腰にタオルを巻いた。バスルームを出ると、タングが洗濯ロボットの鼻先でドアを閉めようとしているところだった。

「タング、洗濯ロボットに何て言ったんだ？」

「今すぐあっち行け」

「僕がお願いしたことと正反対のことを言ったんだな」

「うん」

「どうして？」

「ベンはアンド・ロイド、いらない。ベンにはタングがいる」

「あのな、タング、たしかに僕にはタングがいるよ。だけど、きれいな服だって必要なんだ。わかるか？」

タングは下を向いてガムテープをいじり出した。

「いいか、時にはアンドロイドが必要なこともあるんだ。それに、あのアンドロイドはタングに嫌なことはしてないだろう？」

「してない」

「だったら、いいじゃないか」

僕は腰にタオルを巻いただけの姿で暖かなテキサスの夜に走り出ると、洗濯ロボットを連れて部屋に戻った。ありがたいことに、そのアンドロイドは新しいモデルだった。ベッドは壊れているかもしれないが、このモーテルのオーナーはAIに関しては抜かりがない。僕はアンドロイドの胸部にハーフパンツを何本かと下着、それからシャツを数枚入れて、コインを数枚投入した。アンドロイドはその場に座り、体の内部で洗濯が進む間、じっと中空を見つめていた。

タングは自分のベッドに腰かけ、アンドロイドを見下ろしていた。ふたりの見た目は天と地ほども差があった。ふたつの箱が積み重なっただけのタングは傷だらけで、へこみもあり、少々錆びも出ている。かたや洗濯ロボットは、曲線を描く体は滑らかで光沢があり、動きも静かで、やるべき仕事を淡々とこなす。

アンドロイドは洗濯が次の段階に進む時にだけ、目を覚ました。その際、自分を睨むタングを同様に睨み返した。ふたりを見ていると、開拓時代の西部の町の本通りにでもいる気分になる。

洗濯がすむと、アンドロイドは〝ご利用ありがとうございました〟と言って腰を上げ、部屋を出ていった。タングはふくれっ面で下からじとっと僕を睨んだが、それでも目に見えてほっとしていた。

「さてと、改めて教えてくれないか。何でアンドロイドが嫌いなのか」

「やだ」

「焼きもちを焼いてるのか？」

答えが返ってくるまで、一瞬の間があいた。「違う」

「だったら、どうしてだい？」

タングは黙り込んだ。

「意固地になるなよ、タング。話してごらん」

「もう寝る」

僕は部屋の片隅のがたつく木の椅子に、ため息とともに座り、腕組みをした。「あ
あ、そうかい、勝手にしろ」


その夜、僕はなかなか寝つけなかった。服のままベッドに横になり、カーテンの小さな隙間から、点滅するネオンサインを見つめていた。北極のオーロラみたいなにじんだ光とデジタル時計みたいな光点が、部屋にも忍び込んで壁に映っていた。

エイミーのことをぐるぐると考えた。今、何をしているだろう。どこに泊まっているんだろう。誰かと一緒なのか。幸せなのか。一緒にいた頃は、理不尽で頭の固い人だと思っていたが、僕の心の奥底に潜んでいた何かがふいに前面に出てきて、おまえにも責任はあると告げた。僕がもう少し……エイミーのストレスにならずにいられたなら、ひょっとして彼女は今も僕を愛してくれていたかもしれない。

零時頃、僕は深夜も営業しているバーを探しにいくことにした。タングは両腕を頭

に載っけて、ぐっすり眠っている。彼は眠るとチッチッチッと音を立てる。かわいいが、気になってしまって余計に眠れない。ただ、その音がしているということは、今夜はこのままスタンバイ状態が続くということでもあるから、置いていっても平気だろうと思った。

僕はむっとするような暖かな夜道を、モーテルから一番近い、規模としては〝ワンドッグ〟に近いが、あれよりもずっと活気のある町まで車を走らせ、営業中のバーを見つけた。

店の隅の天井近くに据え置かれたテレビではボクシングの試合が放送されていて、常連客らが時折ボクサーに指示を出していた。僕が木の扉を押して店内に入ると、グラスを磨いていたバーテンダーが軽く会釈をして、またテレビ画面の方に顔を戻した。僕はバースツールに腰かけた。

「何にします?」バーテンダーが画面を見たまま注文を取る。

僕は棚をざっと見渡し、ビールを頼んだ。バーテンダーはバドワイザーの栓を抜いて僕の前にボトルを置くと、試合観戦に戻ったが、僕はそれで構わなかった。

長い間、黙って冷えたビールを飲んでいた。最初の一本はすぐにあき、爽快な喉ごしが、モーテルからここに来るまでの短時間で早くも汗ばみ埃っぽくなってしまった不快感を帳消しにしてくれた。僕は二本目を頼んだ。ごくごくと、瓶を何度か大きく傾けてから、気をつけないと二本目もすぐにあいてしまうと我に返った。モーテルまではできればダッジ・チャージャーで戻りたい。かと言って、高速道路を蛇行運転して、茶色い帽子をかぶった保安官代理に止められたくもない。面倒を見なくてはならないロボットだっている。僕が留置場にぶち込まれたら、タングはどうなる?

しばらくして、ふと視線を感じた。そっと左右を見やると、カウンターの端にいた、僕を除けば店内で唯一試合を観ていなかった、灰色の立派な口髭を蓄えた常連らしき男が、じっとこちらを見ていた。目をやったのは失敗だった。これでは声をかけたも同然だ。僕と目が合うや否や、男は慣れた様子ですっとこちらに寄ってきた。少々酔っているのか、ボウリングのピンでも倒すみたいにスツールを邪険に押しのけている。男が隣に来ると、より細かい部分にも目がいった。煙草をのむらしく、左手の指二本が黄色くなっており、着ているシャツはジムビーム色に染められていた。

「俺はサンディ」と、男が手を差し出した。じっとりと冷たく、骨張った手だ。

「ベンです」

「ビールのラベルを剥がしてるやつを、人がどう言うか知ってるかい?」(今しがた、僕がしていたことだった)サンディが僕のビール瓶の方に顎をしゃくった。

僕は知らないと答えた。

「あいつには女が必要だと思うのさ」

「女ならいますよ。いや、いた」

「ほう」

「今はロボットがいる」

沈黙。サンディがぼうぼうの白い眉を片方だけひょいと上げた。

「いや、つまり、面倒を見なきゃならないロボットがいるってことです……だから、女にかまけてる暇はない。あいつを直さなきゃならないから……ロボットを」

サンディは言葉に詰まり、眉間にも長い鼻にもしわを寄せた。

「それはその……なかなか立派な仕事だな」

「獣医《ベット》ほどじゃないけど」僕は言った。

サンディの目が期待でかすかに輝いた（元がどんよりしているから、よくわからなかったが）。「いや、まあ、たしかに退役軍人《ベット》にはいい面もいろいろあるが、苦しみも一生消えないってことを忘れちゃいけない」サンディは背中を丸めるようにして前を向くと、壁に書かれた細かい文字でも読もうとするみたいに前方を見据えた。「そう。この目で見た光景は一生忘れられないんだ」

「あ……いや、僕が言ったのは獣医師のことなんだけど」

「うん、何だって？」

「だから、僕が言いたかったのは……いや、気にしないで」

だが、サンディは話をやめない。

「それで、どこにいるんだい、あんたのかわいい……ロウボットは」その単語を、サンディはかぶせものや詰めものをした歯が並ぶ、大きな口で転がすように言った。低音のテキサス訛りは耳に心地よかった。

「モーテルで寝てます。と言うか、スタンバイ状態になってる」

「安全なのか？」

「〝安全〟って？」

「あんたが一緒にいなくてさ……その子は平気なのか？」

「そりゃ平気でしょう？」

「だけども、あんたはその子の面倒を見てるんだろ？　それなのに、ここで俺と飲んでる。大丈夫なのかと心配するのは当然だろう」

僕としては〝一緒に飲んでる〟わけではないと言いたかったが、黙っておいた。かわりに、こう答えた。「あいつはロボットだ、何を心配することがあるって言うんです？」

「目が覚めて、あんたがいなかったらさ。怖がりゃしないのかね？　ひとつ、話をしてやろう。ある時、牧場で働いててな。あれはまだ俺の手がまともに動いていて、かわいいジニーも生きてた頃だ。とにかく、俺は人型のちっちゃなロウボットを持ってた。一五〇センチくらいだったかな」（と、手で胸元辺りを示す）「砂金を選別するために砂礫を洗いにいく時は、いつも一緒に連れていった」

サンディが話すのを聞きながら、僕は全部作り話なのかなと思い始めていた。軍人だったのか、牧場で働いていたのか、鉱夫だったのか、本人でさえ決めかねている。

「……とにかく、ある晴れた日に、木の下でちょいと昼寝をすることにしたんだ。起きたら小さな相棒はいなくなってた。必死であちこち探したよ。日が暮れたあとも、次の日も。遠くに行けるわけがないと思ってた。何日かして、やっと見つけた。下流を探してみたら、川が蛇行しているくぼみのところにいたんだ」

「無事だったんですか？」

「いいや、だめだった。うつ伏せで川の中に倒れてた。呆気なく逝っちまった」サンディは口笛を吹きながら肘を基点に前腕を倒し、最後は手のひらをバーカウンターに叩きつける動作で。ロボットが顔から川に倒れる様を表した。「乾かそうとしてみたが、あいつらはいったん濡れちまうと、ドライヤーを当てようがオーブンであったためようが、袋に米を詰めて乾燥させようが、どうにもならないだろ」

「かわいそうに」僕は言った。

「ああ、そうだよ、かわいそうだ。だから、もう一度訊くがね、あんたのロウボットは、あんたがそばにいなくて平気かい？」

僕はぞっとして胸が苦しくなり、その場に固まってしまった。サンディの話には信憑性がない気がしつつも、僕は思いがけずほろりときて、だからこそ不安になった。僕がいない間にタングが本当に目を覚ましたとしたら？　あいつはどう思うだろう。どうにかして部屋から出て、僕を探して歩き回るだろうか。それに、ひびの入ったシリンダーはどうなっている？　そう言えば、ここしばらく液体の残量を確認していなかった。

「帰らなきゃ」唐突にそう言うと、僕はスツールから立ち上がった。

「ああ、そうしな」サンディがうなずく。

僕はもう一度サンディと握手を交わした。「会えてよかったです、サンディ」そして、財布から紙幣を何枚か抜き出すと、カウンターに置き、バーテンダーに声をかけた。「僕の分の代金です。残りはこの人の次のドリンク代にして」サンディが帽子のつばを軽く上げ、僕はバーを飛び出した。心臓の鼓動の激しさに、足が追いつかないほどだった。

急ぎダッジ・チャージャーに戻り、安全な範囲で——何杯か飲んでいたので——懸命に車を飛ばした。駐車場に車を乗り入れた段階で、何かがあったのだとわかった。

青い警光灯がモーテルを照らし、僕の部屋の入口前に小さな人だかりができている。従業員も宿泊客も全員集まっているのではないか。腹に嫌な力が入り、手がにわかに汗ばんだ。僕は車を適当にとめると運転席を飛び出し、部屋までの数メートルを走った。金属足のオーナーが僕に気づき、上から睨みつけてきた。両手を腰に当てている。

「おまえか。どの面下げて戻ってきた。この鬼畜が」

「すみません、誰か、何があったのか説明してくれませんか。とりあえずそこを通してください。タング？　大丈夫か？」

僕にはタングの姿が見えなかった。小さな人だかりはびくとも動かず、押しのけようにもなかなか前に進めなかった。

「恥を知れ」金属足の男がなおも続ける。

ようやく目にとらえたタングは、壊れた低いベッドに毛布にくるまれて座っており、隣にしゃがんだ警察官が、タングの小さな肩をぽんぽんと叩いていた。僕が急いで部屋に入ると、ふたり揃ってこちらを振り向いた。

「これはあなたのロボット？」

「そうです。タング、大丈夫か？」

「うん」タングはうつろに答えた。

僕はその場にしゃがんでタングを抱きしめた。毛布が床に落ち、タングが腕を伸ばした。

「毛布。毛布。毛布。毛布」

「わかった、わかった。ほら」僕が毛布で肩をくるんでやると、タングはまた落ちたら大変とばかりに、両手で強く握りしめた。

「何があったんだ、タング？ 教えてくれ」

だが、タングが答えるより先に警察官が説明を始めた。

「こちらのオーナーから零時半頃に電話をもらったんですよ。この部屋から悲鳴が聞こえたって……」

金属足があとを引き取った。

「俺はショットガンを手にドアを蹴破った……そしたら、あんたのちっちゃな友達が金切り声を上げながら、この世の終わりみたいに騒いでるじゃないか。部屋をぐるぐる回りながら、〝ベン！ ベン！ ベン！ ベン！ ベン！〟って叫んでる。だから警察に電話したんだ」

僕はようやく落ち着いて息ができるようになってきた。

「つまり、この子に何かあったわけじゃないんですね？ 毛布にくるまれてたから、川にでも落ちたのかと思った」

「いいや。怖がってただけだ。あんた、最低だぞ。こんなふうにちびすけを置いてったりして。ひとりでどっかに出ていっちまったら、どうするつもりだったんだ」

ドアを蹴破られない限り、タングが鍵のかかった部屋から出ていくことはないと伝えようかとも思ったが、金属足の言わんとしていることはわかった。

「怖かった」タングが言った。

「そうだよな、本当にごめんな」僕はタングのひんやりとした頭にキスをした。その行為に、僕を含めたその場の全員が驚いた。

「ミスター……」

「チェンバーズです」

「……ミスター・チェンバーズ」警察官が膝を鳴らしながら立ち上がった。「この辺りではロボットへの虐待は許されません。あなたが何をする人で、どこから来たかは知らないが、ここではロボットは働き手で、我々には大事に扱う義務がある」

僕の部屋にぎゅうぎゅうに入ってきていた人々の最後尾にいた老人が、大声で割り込んできた。「そうとも。でないと壊れちまう。そうなったら収穫もままならん」

「彼は今時の気取った高級アーンドロイドとは違うかもしれない」警察官が制服を払いながら続けた。「それでも彼だって生きている。それを肝に銘じることだ」

「そうだ」と老人が同調し、彼の妻と思しき女と、遅れて現場にやってきた数名がうなずいた。

「まあ、あなたを逮捕するだけの理由はないのでひとまず引き揚げます。でも、次にやったら……」

僕はひざまずいて許しを請いたくなるほどに、恥ずかしさと自己嫌悪に苛まれていた。こんな真似は二度としないと、警察官に誓った。

「当たり前だ」と、金属足が割り込んできて、タングの顔の高さまで体をかがめた。「なあ、このままうちの子にならないか?」

ふいに冷たいものが僕の全身を駆け抜け、体がかすかに震えた。タングは頭を回転させて金属足を見ると、その頭を右、左とひねり、きっぱり〝ノー〟と意思表示をした。

「ベン」と小さくつぶやき、手を伸ばして僕の手を握った。

「まあ、好きにしな」と言うと、金属足は僕に向き直った。「だが、あんたには朝一番に出ていってもらう、いいな? このモーテルからはしょっちゅう悲鳴が聞こえるなんて評判が立ったら、商売上がったりだからな」

警察官が部屋をあとにし、見物人たちもそれに続いた。僕はこの土地の人々のロボットに対する思いの強さに驚き、僕がタングを心底大切に思い始めていることが伝わっていない事実を悔しくも思った。まあ、態度で示せていたとは言い難いかもしれないが。僕は自分の感情に面食らっていた。最後の見物人が出ていくのを待って、タングのシリンダーを確認した。コーリーの見立ては楽観的だったようだ。まだ一定量の液体が残ってはいたものの、カリフォルニアにいた頃からは目に見えて減っていた。

僕たちは早朝にモーテルに別れを告げた――タングは道義的に優位な立場で、僕は当然のことながら反省しきりで。

十 展示品

モーテルからヒューストンまでの最後の道のりを——ほんの七時間だ——僕たちは気の置けない同士だからこその沈黙の中で過ごした。タングは僕を許してくれたようだったが、僕はいまだに己を恥じていた。僕がタングのお気に入りのラジオ局を選ぶと、タングは流れてくるビートに合わせて足をぴょこぴょこさせながら、窓の外を後方に流れ去っていくサボテンをひたすら眺めていた。

ヒューストン近郊に着いた時にはゆうに昼時を過ぎていて、太陽が上空で暑いほどに照っていた。僕はコンビニエンスストアで食べ物を調達し、まっすぐ博物館に向かうことにした。

ヒューストン宇宙博物館は、NASAが所有するやや商業的な古い施設で、煉瓦と金属でできた古い倉庫を子どもたちが社会科見学で訪れては、二十世紀最後のフロンティアについて学んだりしている。昨今は宇宙旅行に興味を持つ人も少なく、天井からミニチュアのロケットや太陽系の模型が下がる博物館のエントランスホールは、実際の人気を考えると過度に広く立派に思えた。ホールを囲む四方の壁には、それぞれ複数の出入口があり、その先にさまざまな展示を行っている展示室があった。ホール中央には金属製の階段があり、中二階にも一階と同様に展示室のドアが配置されていた。各出入口の前には来館者に道順を示す矢印の書かれた案内が歩哨のように立っていた。もっとも、エントランスからは書かれている内容までは読めない。僕たちの目的は観光ではなくここの職員に会うことだったので、僕は迷いのない足取りで総合案内所に近づくと、リジー・キャッツ博士に会いたいのですがと告げた。

「僕が……僕たちが伺うことは博士もご存じです」（カリフォルニアからここに向かう道中、食事休憩の間にEメールで短いやり取りを重ねていたのだ）

「少々お待ちください」受付係がキャッツ博士と連絡を取る間、僕は静かに待った。

「すぐに参りますので、おかけになってお待ちください。よろしければお水もどうぞ」

僕は椅子を探して周囲を見回したが、ひとつも見当たらなかったので、両手をポケットに突っ込んで待った。だが、キャッツ博士が〝すぐに参る〟様子はなく、僕はコーン型の紙コップで冷水機の水を飲んだ。そして、タングがいなくなっていることに気づいた。辺りを見回しても姿はない。ちらりと受付係に目をやったが、爪を磨きながら雑誌をめくるのに忙しそうで、タングの行方を知っているとは思えなかった。

「キャッツ博士がお見えになったら……すぐに戻りますとお伝えいただけますか。面会をキャンセルなさらないでくださいと」

　返事は待たず、展示室を見にいった。立派な階段は当たるだけ無駄だ。展示室に足を踏み入れたまさにその時、別の部屋から凄まじい音がした。音のした方へ横滑りするように急ぐと——今いる展示室の隣だった——タングが片手をパーテーションロープの向こうに突き出して立っていた。足元には、アンドロイドの見本と思われる物体がばらばらに崩れ落ちている。

　僕を見て、タングが凍りついた。

「タング、いったい何をしてる？　それを壊したのか？」

「違う……」

「タング、今の答えは嘘じゃないのか？」

「嘘？」

「そう。間違っているとわかっていること、本当ではないことを言うことだ。本当は展示品に触って壊しちゃったんじゃないのか？」

　タングはじっと考えている。ゆっくりと慎重に引っ込めた手に、プラスチックの指が握られている。僕の視線が手元に注がれていることに気づくと、タングはそれを床に落とした。指はころころと転がり、僕のサンダルから出たつま先に当たって止まった。

「タング、どうなんだ？」

「そう」タングは床に目を落とした。

「まあ、正直に答えたことはよかった……時間はかかったけどな。でも、何で展示品に触ったりしたんだ？」

タングに答える暇はなかった。その前に、背後の出入口からリジー・キャッツ博士が入ってきたからだ。

そのロボット歴史学者は、僕たちが博物館に来てわずか十分で彼女の展示品のひとつを叩き壊してしまったわりには、驚くほど感じがよかった。タングはキャッツ博士の執務室の、ひび割れのできた緑色の革張りの椅子に座り、シリンダーを見てもらっていた。最後に確認した時から液体がそこまで減っていないのを見て、僕は安堵した。博士はタングのフラップを閉め、細く長い指でガムテープをなぞるように貼り直すと、今度はタングの体を丹念に調べ始めた。片方の腕を上げ、もう一方も同じようにすると、足を小刻みに振り動かした。タングがこらえきれずに体をぶるぶるさせた。たぶん、こそばゆくて笑っているのだ。博士は癖の強い金髪を巧みにまとめてポニーテールにし、紫色のコットンブラウスにワイドパンツを合わせていた。僕が想像する学芸員とはまったく違う……むしろ、どこかエイミーみたいだ。

僕は自分の裂け防止《リップストップ》素材のキャメル色のハーフパンツとビルケンシュトックのサンダルと白シャツを見下ろした。どこからどう見ても観光客だ。季節は秋——正確を期すならハロウィン——だったが、まだ暖かい。テキサスの人と違って僕は暑さに慣れていないのだ。自分の格好を気にしながら、僕は頭に手をやった。量の多い癖毛は母譲りで黒かったが、父同様に白いものが混じり始めている。

　僕の服装に気づいていたのだとしても、キャッツ博士はそれを表には出さなかった。それよりもビンテージ品みたいな僕の連れに夢中だった。僕は、最も必要なのはタングのシリンダーを直せる人だが、タングについて博士にわかることがあれば、些細な情報でも教えてもらえるとありがたいと説明した。タングを庭で見つけたことも伝えた。エイミーについては何となく黙っていた。

「彼、すばらしいわ」キャッツ博士が言った。

　僕はそうですねと答えた。

「ある日ひょっこり現れたんですよね？　信じられない、ここにはどうやって辿り着いたんですか？」

「消去法で。運にもだいぶ助けられました。あとはコーリーのおかげです」

　キャッツ博士はうなずいた。「コーリーとはチャットルームで知り合ったんです。ＡＩを趣味とする人たちの。あ、変な目で見られる前に認めておくけれど、私、おたくですよ。コーリーはアンドロイドのメーカーで十代向けのリアリティゲームのデザインを手がけていて、私は、そういう若い子たちが今に至るまでのAIの歴史を忘れないようにしている……まあ、多少はね」博士の声に羨望の響きが混じる。博士は机の向こうに座ったまま、しばらくじっとタングを見つめていた。

タングと僕は横目で目を見合わせた。

「考えてるの」だいぶたってから、博士が言った。

タングは椅子に座って足を小さくぶらぶらさせていたが、邪魔はせずにおとなしくしていた。ふいに博士がにっこり笑い、立ち上がった。

「残念ながら彼のことは何もわからないし……直すこともできない。彼の内部にある部品は初めて見るものばかりだわ。一点ものなんでしょうね」博士は僕の不安げな顔に気づいて、慌てて続けた。「でも、助けになってくれそうな人になら心当たりがある。名前はカトウ・オーバジン。大学時代の友人なんですけどね。数年前に東京に戻ったの」

「なすび《オーバジン》？」

「おかしな名前でしょう？　彼の名前、日本語で茄子という意味らしいの。でも、こっちに来たら誰も正しく発音できないから、私たちにわかる言葉に翻訳したんです。たぶん、もうひとつの言い方の〝なすび《エッグプラント》〟じゃ、間抜けに聞こえると思ったのね。もうずいぶん会っていないけれど、すごい人ですよ。きっと助けになってくれる」

「そう思われる根拠は何でしょう？」また別の場所に送られるのかと思ったら落胆もしたし、シリンダーのタイムリミットが迫っているかもしれないと考えると恐ろしくもあった。それでも、まったく当てがないよりはいい。

「彼、大学卒業後はAIの世界でめきめきと頭角を現して、業界でもトップの人たちと仕事をしていたから。ロボット好きなら誰もが夢見るような仕事を手がけていたわ。ロボットのことで彼が知らないことがあるとすれば、それはそもそも知る価値のないことよ。彼、アンドロイド関連の極秘プロジェクトのメンバーに抜擢されたんだけど、それが途中で頓挫して、職を失った。あれはそう……八年くらい前かしら。彼について私が知っているのはそこまで」

希望が湧いてきた。「彼の住所や電話番号をご存じだったりはしませんか」

「連絡を取り合うこともなくなってしまったから」博士はうつむき、指をしきりに絡ませた。彼女の声には後悔の念がにじんでいた。だが、その顔がふいに明るくなった。

「でも、メールアドレスでよければわかるわ」博士は付箋にすばやく何かを書くと、こちらに差し出した。住所だった。

「これは？」

「私の住所。今夜、食事に来てもらう時に必要だろうから。あいにく手元にカトウのメールアドレスはないんです。家に帰って探さないと」

数秒間、僕はぽかんとしていたに違いない。その間、博士は一方の口角だけを上げるようにして微笑んでいた。そして、僕が赤面すると、にっこり笑った。

「いいえ、ほんとはね、どこか外に食べにいこうって誘おうかと思ったんだけど、ロボット連れのあなたには難しいだろうし、だったら家に来てもらったらいいかなって」

「でも、見ず知らずの他人ですよ？　危ない男かもしれないのに」

「そう願うわ」博士は意味ありげににっと笑った。

タングとふたり、車に戻ったが、運転できる精神状態に戻るのに数分かかった。

「いったい何が起きたんだ？」と、独りごつ。

「博物館の女の人に会った」タングが応じた。

「ありがとう、タング。でもそうじゃなくて……いや、忘れてくれ」

エンジンをかけ、混乱したまま博物館の駐車場から車を出した。「誘われたのは、きっとイギリス英語の発音のせいだな」と、つぶやいた。僕の発音はニュースキャスター並みにかっちりしている。僕の数少ない取りえのひとつだ。エイミーは出会った頃からこの話し方を気に入ってくれていた。

東京行きの次のフライトは明朝だったので、僕は今夜のモーテルを探した。受付で鍵をもらい、タングとふたり、部屋に落ち着いた。僕がシャワーを浴びて再度出かける支度をする間、タングが暇を持て余さないように、テレビをつけてリモコンを渡してやった。ドアをノックする音がしたのは、僕がちょうどバスルームを出た時だった。

「誰が来たか見てみてくれるかい、タング」

洗濯ロボット事件のあと、僕は〝ドアを見てくる〟とはどういう意味か、タングにわかるように説明しようと頑張ったが、どうにもぴんとこないようなので、言い方を変えることにした。タングはベッドからよいしょと下りると、ドアに向かった。

ところが、次の瞬間、タングは久しく聞いていなかった鋭い悲鳴を上げ、一目散にクローゼットの中に逃げ込んだ。扉を閉めようとしている。

「何だ、何だ？　タング、どうした？」僕は半開きになった部屋のドアに飛んでいった。

一二〇センチほどの魔女が、箒とぬいぐるみの猫を手に立っていた。持っていた銀のバケツをこちらに突き出し、首を傾げる。

「トリック・オア・トリート！」

ちっ、ハロウィンか。「うちのロボットが怖がってるじゃないか。さっさと帰ってくれ！」

「トリック・オア・トリート！」

「繰り返さなくても聞こえてるよ。さあ、帰って。ほら、とっとと行けって！」僕は毅然とした態度――に見えることを祈りつつ――外を指さした。効き目はあったようで、少女はくるりときびすを返すと走って逃げた。だが、ドアを閉めたと同時に、忍び笑いと何かがぶつかる小さく鈍い音が数回聞こえた。もう一度ドアを開けたら、魔女とその仲間数人がダッジ・チャージャーに卵を投げつけていた。

「おい、ガキ、人の車に何てことするんだ、離れろ！　これだから子どもなんてほしくないんだよ！」僕は子どもたちの背中に向かって叫んだ。

それは本音だと、十五分後、洗剤まみれのスポンジで車を力任せに洗いながら、僕は思った。エイミーとは早い段階で子どもについて――ハロウィンのことも――話し合っていた。我が子によその子よりましな衣装を探してやったり、彼らが近所の家を襲撃して菓子をねだって回る間、つき添ったりするのはごめんだから、子どもはいらないねと互いに納得していた。だが、いつからかエイミーの気持ちは変わったらしい。去年のハロウィンでは、せっかく子どもたちが〝トリック・オア・トリート〟を言いにきたのに玄関を開けてやらないなんて大人げないと、僕を咎めた。

「ベンってば、子どもがせっかくしていることなのに」

「前と言ってることが違うじゃないか。ハロウィンなんてくだらないんじゃなかったっけ？」

「そうよ……そうだけど……私はただ……」

「まあ、人それぞれだからいいけどさ」僕はエイミーの心境の変化が理解できなかった。だが、当時は気持ちが変わった理由を尋ねようともしなかった。


卵がかぴかぴに乾いてしまう前に対処したにもかかわらず、車の汚れを洗い落とすのにだいぶ時間を食った。おかげで部屋に戻った時点で約束の時間に遅れそうだったのだが、それ以上に問題だったのは、タングがクローゼットにこもったまま頑として出てこないことだった。タングは引き出しやハンガーの間に潜り込んでいた。もっとも、奥行きのないクローゼットなので箱型の体が収まりきらず、扉は微妙に開いていた。その細い隙間から、怯えきってしょぼくれたタングが縦長にのぞいていた。僕が扉を開けようと引っ張ると、内側からタングの両手が出てきて扉を押さえてしまった。

「もういいだろ、タング、大丈夫だから。さっきのは子どもがちょっとはしゃいでいただけだ。本物の魔女なんかじゃないから。ほら、出ておいで」

「やだ」

「頼むよ、タング。今すぐ出発しないとリジーとの約束に遅刻しちまう。リジーのこと、覚えてるかい？　さっき会った女の人」

「うん」

「出ておいで、タング、頼むから。魔女はもう帰った、みんな帰ったから。とっくの昔に。今頃きっと、お菓子の食べすぎで気持ち悪くなってるよ」

「ベン、絶対?」

確信はない。

「うん、絶対だ、間違いない。それに今夜は僕らも遅くまでここには帰ってこないし、あの子たちだってもう来ることはないよ——僕らが戻る頃にはベッドで寝てるさ」

タングは扉を押して、ガシャガシャと音を立てながら外に出てきた。僕がバスルームにゾンビや斧を持った殺人鬼でも隠してやいまいかと疑うように、頭を忙しなく回転させて警戒している。それでもやがて大丈夫だと納得すると、タングはベッドにのぼって枕に身を預けるように座った。

「映画?」

「今はだめだよ、タング。言ったろ、リジーとの約束にすでに遅れてるんだ。今すぐ出発しないと」

「僕、ここで映画見てていい?」

「だめだ。もう二度とおまえをひとり残して出かけるつもりはない。それにキャッツ博士は——博物館のお姉さんは——タングにも来てねと言ってただろう? それなのに行かなかったら失礼になる」そう説明しながらも、僕はひそかに、タングを置いていけたらよかったのにと思っていた。少し思案したものの、その考えは脇に押しやった。

「おいで、タング」僕はもう一度声をかけた。「ダッジに乗って出かけるんだぞ……わくわくするだろ？」

タングはしばし考えると、うなるような、フゴフゴというような、おかしな声を出しながら、体を半ば持ち上げ、半ば転がすようにしてベッドを下りた。

「わかった。行く。おいで、ベン。遅刻だよ」

十一　ディーゼル

「やあ……どうも……おお……うぃーっす……いや、〝うぃーっす〟はないだろ、何考えてんだ。どうも、こんばんは。やあ、調子はどう？　やあ。うん。やあでいいな。シンプルにいこう」

タングと僕は、リジー・キャッツ博士の部屋がある、テキサスのにぎやかな歓楽街に面した建物の前に立っていた。

「ベン、何でドアと話してる？」

「彼女に何て挨拶するか、考えてるんだよ」

それ以上タングに質問されないうちに、僕は呼び出しボタンに手を伸ばした。指がボタンに触れたと同時に、小さな画面に顔が映し出され、明瞭な声が聞こえてきた。

「ふたりして、いつまでそこに立ってるつもりかと思ったわ。さあ、入って、入って。部屋は二階よ」

僕たちがエレベーターを降りると、リジーが待っていた。日中と同じ、コットンブラウスにワイドパンツという装いだったが、今回は淡い緑と青の組み合わせで、下ろした髪はウェーブを描き、彼女が頭を動かすと踊るように揺れた。エイミーの髪とよく似ている。どこか懐かしいファッションは女性らしさを醸し出していて、そんなところもエイミーと似ていたが、エイミーの柔らかな一面はキャリアを積むほどに退廷させられ消えていった。一緒にいた時はその変化に気づかなかったが、今になってそんな自分に愕然とした。リジーを前にしてみると、エイミーの変化は顕著だった。

午前中に会った時よりは自分が見苦しくないことを願った。バックパックから多少はましなパンツを引っ張り出し、モーテルにあった旅行用アイロンでシャツにアイロンもかけてきた。髪の癖と白髪は相変わらずだが、こればかりはどうしようもない。

「やあ!」と、僕は挨拶した。ほとんど叫ぶようになってしまった。

タングはびくりとなり、リジー・キャッツも形のきれいな濃い色の眉を上げた。

「どうも!」と叫び返して、リジーは笑った。僕が頬にキスしようとしたら、思っていたのとは逆側の頬を差し出された。

リジーはその場にかがんで、色白の小さな手をタングに差し出した。タングがこちらを見上げるので、うなずいたら、彼も自分の手を差し出したが、リジーは握手するかわりに身を乗り出してタングにもキスをした。タングが片手を上げてキスされた頭に触れる。そうできるものなら、きっと顔を真っ赤にしたことだろう。リジーはタングの手を握ったまま向こうを向くと、僕たちを部屋に通し、玄関を閉めるよう僕に合図した。

キャッツ博士のこぢんまりとしたアパートメントは、しゃれていながらも温もりがあり、居心地がよかった。リビングには茶色の絨毯が敷かれ、隣のキッチンはビニールフロアだった。角部屋なので、隣接する二面の壁に窓がある。そこから通りのバーやレストランのネオンサインの明かりが入り、壁や床を照らしていた。窓台に、表と裏の両側に三角の目と笑っているような長方形の口が彫られた小さなかぼちゃが置かれていた。街明かりがその穴を通って、絨毯に三角や四角の長い影を作っている。

「飲み物は何がいい？」と言って、リジーがこちらに両手を差し出した。それで初めて、自分がここに来る途中で買ってきたワインのボトルを握りしめていることに気がついた。僕がそのまま固まっていたら、リジーがそっとボトルを受け取った。「これ、私に？」

「うん」と、僕は答えた。「そう、君に」

「ありがとう」リジーの顔には、なかなか手ごわい相手だわと書いてあった。

「ごめん」僕は謝った。「いつもはこんなじゃ……いつもはもっと取っつきやすいんだけど。緊張してるみたいだ」

「そうだと思ったわ。ワインを開けてくるから、よかったら座ってて」

リビングにはソファと肘掛け椅子が置かれ、どちらにも、アステカ柄風のシェニール織りの上掛けがかかっていた。コーヒーテーブルにはマグカップの輪染みができた『ミュージアム・トゥデイ』や『学芸員』といった雑誌が何冊か置かれていた。『ロボットガイド』もある。僕はタングを隣に座らせるつもりでソファを選んだが、タングはまっすぐ肘掛け椅子に向かうと、よじ登ってゆったりともたれ、肘掛けに両手を載せた。

「柔らかい」タングが言った。

博士がうなずく。「それ、私のお気に入りの椅子なの。テレビを見る時はいつもそこに座るのよ」

僕はそわそわして、タングをどうにかキャッツ博士の大事な椅子から飛び降りさせようとした。

「いいの、いいの、そのままで。私はこっちに座るから」博士は僕にワイングラスを差し出し、ボトルをコーヒーテーブルに置くと、僕の隣に腰かけた。「それから、私のことはリジーと呼んでね」

彼女はソファに横座りして、背もたれに片肘を預けてワインを飲み始めた。リジーとタングの両方を見るには、僕はかなりくつろいだ感じでソファに深く座らなければならなかったが、タングがまた退屈して部屋をうろつき、万が一にも何かを壊したらと思うと恐ろしくて、目を離せなかった。もっとも、目を離さなかったところで、結局タングは本棚の端に置かれた鉢植えのオリヅルランに早々に目をつけ、鉢の側面を覆うように放射状に垂れ下がる葉を、毛糸を追いかける猫みたいに、ぺしぺしと叩き始めた。

僕は気が気でなかったが、キャッツ博士はどんと構えていた。

「社会科見学の生徒の団体をしょっちゅう相手にしていると、いやでも寛容になるわ。タングも子どもみたいなものよ」

沈黙が落ち、リジーはちょっと失礼とソファを立つと、キッチンに入った。

「ポットローストはもうオーブンで蒸し焼きにしているんだけど、じゃがいもを剥いちゃうわね」

僕は手伝いを申し出たが、彼女はゆっくりしていてと言った。

じゃがいもの皮を剥くリジーを見ていたら、エイミーのことや、最初にタングを連れてカリフォルニアに行きたいと伝えた時のことを思い出した。エイミーは野菜を驚くほど正確に、一心不乱に、ほとんど敵《かたき》のように切っていた。一方、リジーの包丁さばきはもっと優しく流れるようで、ダンスみたいだった。

途中、気まずい間《ま》があいて、何か面白いことを言わなきゃとは思ったが、僕の話術は僕を見捨ててどこかに行ってしまったようだった。タングは足をぶらぶらさせながら周囲を見回し、静かな部屋に、何かしでかしそうな雰囲気を漂わせている。案の定、肘掛け椅子からよいしょと床に下りると、リジーのかぼちゃをつまみ上げた。

「ベン、これ何？」

「かぼちゃだよ」

その返事ではタングには何もわからない。

「かぼ、ちゃ、って何？」

「野菜だよ、タング。食べるものだ」

タングが無表情でこちらを見る。僕の言葉が信じられないらしい。

「内側の部分を食べるのよ」リジーがキッチンから助け船を出してくれた。「外側は飾りに使うの。ハロウィン用の」

ハロウィンのひと言に、タングが目を見開いた。「魔女！」と金切り声で叫び、かぼちゃからぱっと手を離し、部屋から飛び出そうとして壁に激突した。

「え、ちょっと、何……？」リジーがキッチンから出てきて、僕がタングを助け起こすのを手伝ってくれた。ふたりでタングを肘掛け椅子に連れ戻しながら、僕は、昼間モーテルにハロウィンの仮装をした子どもたちが来た一件を説明した。

「怖かったの」タングはリジーに訴えた。

「それはかわいそうに。でも、大丈夫よ」リジーはタングをぎゅっと抱きしめた。

「ここには魔女はいないから。それにほら、怖ーいかぼちゃもいなくなったでしょ」と、床の上でぐしゃっと潰れているオレンジ色の塊を指さした。

「本当にごめん」僕は謝った……またしても。

「気にしないで、本当に」

リジーがかぼちゃを片付ける間、再び気詰まりな沈黙が流れた。僕は手伝いを申し出たが、やはり断られた。沈黙をどうにかしたい一心で、僕は尋ねた。「カトウ・オーバジンのことだけど、連絡先は見つかったかな？」

リジーは、今それを訊くの？という少し戸惑った顔をして、質問を退けるように手を振った。

「それならあとでちゃんと探すから」と言い、「必ず」とつけ足した。

リジーはシンク下のごみ箱にかぼちゃを捨てると、調理に戻り、じゃがいもを手際よく鍋に入れた。チッチッチッ、シュワッと、ガスコンロが点火する小さな音がした。

リジーはふきんで手を拭くと、リビングに戻ってきて僕の隣に腰かけた。再び沈黙が流れ、彼女が出し抜けに尋ねた。「で、奥さんとはいつ別れたの？」

あまりに唐突だったから、僕は面食らってしまって言葉が出なかった。

「奥さんとは……離婚してまだそんなにたってないんじゃない？」と、リジーがさっきよりも優しい口調で問う。

そして、僕が声を取り戻すよりも先に、僕の膝に手を伸ばし、ゆっくりと僕の左手を持ち上げた。思いがけずエイミー以外の女性から触れられ、腕がぞわぞわとした。その感覚をどうしていいかわからなかった。リジーはいい匂いがした——爽やかな香水の香りと、肉や玉ねぎを炒めた匂い。僕は飢えたような気分になった。

「かつて指輪をしていた場所がへこんでる。今もその跡がわりとくっきり残っているということは、最近まで指輪をしていたということだわ。ついでに、もしも死別したのなら、今も指輪をはめているんじゃないかと思う」リジーはそこでいったん言葉を切った。「それで、いつ別れたの?」

「あー……数週間前……かな。すごい洞察力だね」

「ほら、私も一応独身女性だから……気をつけないとね。そこのところははっきりさせておかないと」

リジーの方が僕よりよほど都会で生き抜くためのしたたかさと賢さを持ち合わせている。リビングでワインを飲みながら、ロボットと、元妻に似てなくもない、自信に満ちた魅力的な女性と過ごしているという現実は、もはや僕の脳の処理能力を超えていた。気が動転して帰りたくなったが、それではリジーに失礼だ。やがて、彼女が言った。「お子さんは?」

「いない」それ以上話すつもりはなかったが、リジーが見つめ続けるので、話さなくてはならないような気になった。「前の妻が……まさか子どもをほしがってるとは思ってなかったんだけど、彼女が出てい——別れる直前に、実はほしかったんだと知った」

「なるほどね」リジーは相槌を打った。「たしかにあなたはお父さんっぽくはない」

気分を害してもおかしくはない発言だったが、嫌な気持ちにはならなかった。「うん、そうだと思う。昔から、いい父親にはなれる気がしなかった。そもそも、子どものことを意識して考えるような機会もなかった」

「違うわ、ベン、そういう意味で言ったんじゃない。いい父親になれなさそうだと思ったわけじゃなくて——むしろ逆よ。父親ではないだろうと思ったのは、あなたが本当にいい人そうだから……もし子どもがいたなら、今頃家で一緒に過ごしているはず。ここに私といるんじゃなくて」

「そっか」と言ったきり、リジーの言葉にどう反応すればいいのかわからず、僕は黙り込んだ。リジーは小さく笑うと、話を戻した。

「博物館で働いていると、出会いなんてそうそうない。会った男の人みんなに見境なく住所を渡して回ってるわけでもないしね」リジーの声は寂しげで、少し弱気になったように聞こえた。

「それは褒め言葉と受け取っておくよ」

リジーが微笑むと、小さな白い歯がこぼれた。「そうして」

彼女の賛辞に落ち着かなくなった僕は、話題を当たり障りのないものに戻した。

「ところで、君はなぜ博物館で働いているの？」尋ねながら、タングが廊下にふらふらと出ていくのが目に入った。連れ戻そうと腰を浮かしかけたら、リジーが僕の手を取り、好きにさせてあげてと合図した。

彼女は少しばかり長く僕の手に触れていたが、やがてその手を引っ込めて言った。

「宇宙博物館で働いてちゃだめなの？」気を悪くしたような口ぶりだったが、それは上辺だけで、本当は彼女自身、博物館は自分の居場所ではないと思っているようだった。

「だめじゃないよ」僕は緊張して咳払いとも笑いともつかない声を出した。「そういう意味じゃなくて……ただ、コーリーから君はロボット歴史学者だと聞いていたから」

「彼、そんなこと言ったの？」リジーが嬉しそうに笑って頬を赤らめると、瞳の明るい緑が際立った。「彼は褒め上手なの。私はただ、チャットでロボットの話をするのが好きなだけ」

僕は、なぜそれを仕事にしなかったのかと尋ねた。

「私のはただの趣味だもの。大学時代も、優秀なのはカトウだった。私には彼を追いかけるなんて無理だった。あ、彼と同じ道を進めるはずはなかったたって意味ね。ロボットに精通してはいても、私にはそれを生かす場所がなかった。この辺にはロボット博物館はない。そういう仕事に就こうと思ったら引っ越すしかないけれど、ここには家族もいるし」リジーは唐突に立ち上がると、窓辺に寄った。沈みゆく夕日が痛いほどに差し込み、ふいに部屋中の本が燃えているように見えた。

「わかるよ」僕は姉のブライオニーのことを思い浮かべていた。姉も生まれ育った場所から離れられずに隣町に落ち着いた。「君がアンドロイドを持ってないのは意外だけど」

リジーが振り返って肩をすくめた――華奢な肩が耳に届きそうなほど大げさに。

「単純なことよ。手が出ないだけ、今のお給料じゃあね。中古でさえ高いから。置き場所だってないし」リジーが手を振って示した部屋に余分なスペースはなく、床に積み上げられた本や雑誌が、リジーがここより広い部屋に引っ越すのを待っていた。「この狭い部屋のどこに充電ドックを設置するの？　玉の輿に乗るか、宝くじを当てるかしたら、その時はアンドロイドをずらりと揃えるわ。見つけられたらロボットもね。自分じゃ気づいてないだろうけど、あなた、ほんとに幸せよ。今じゃ、タングみたいなロボットはどこも作らないもの……そもそも、作れなかった」

余計なことを言ってしまったと悔やむように、リジーはいったん口をつぐむと、続けた。「タングを直してあげられなくてごめんなさいね。手掛かりになるようなことも知らないし。量産されていた初期のロボットから、現在のアンドロイドに至るまでのデザインの変遷についてなら教えられるし、今後の展開も予想できるけど、そのどこにタングみたいな風変わりで美しいロボットが当てはまるのかは、私にもわからない。でも、カトウならきっと助けになってくれるわ。彼は……」リジーは話をやめ、ちょうど部屋に戻ってきたタングの方を見た。顔に口紅を塗っている。「あらら、ごめんね、おちびちゃん。ふたりだけであなたの話をしたりして。ちゃんと、あなたとおしゃべりしなくちゃいけないわよね」リジーはタングの前にしゃがんで彼の手を押さえると、ポケットからティッシュを取り出して顔を拭ってやった。「ベンとの旅行は楽しい？」

タングは直接話しかけられたことに驚き、足をそわそわと踏み換えた。

「う、うん」

「今までで、一番好きだった場所はどこ？」

「ダッジ」

リジーが問いかけるように眉を上げて僕を仰ぎ見た。

「レンタカーに乗ってる時が一番楽しかったってことだ。ダッジ・チャージャーなんだ」

僕はリジーにこれまでの旅の話をした。ダッジ・チャージャーを借りることになったいきさつや、カイルと放射能に汚染された町のこと、アンドロイド・フェティシスト・クラブのこと。リジーは僕の隣に座り直し、何度も大笑いした。

「アンドロイドの売春宿⁉」

「びっくりだろ? ホテル・カリフォルニアには僕もさすがについていけなかったよ」

「でしょうね! そんな場所があるなんて、私も初めて聞いたわ。で、その人たちは本気であなたも……?」

「そう」

「その話、絶対カトウにもしてあげてね。唖然とするはずよ。彼、どんなものにもつねに敬意を払う人だったから。相手がAIであってもね」

リジーがふと寂しげな顔をした。だが、その気持ちを振り払うように、かわいらしい小さな口で僕にまた笑いかけた。

「失礼かもしれないけど、あなたはAIに関心を持つようなタイプには見えないわよね」

「実際そうだよ、興味はない。アンドロイドがほしいと思ったこともない。妻……元妻はほしがってたけど、僕はほしくなかった」

リジーにタングの話をするのは楽しく、彼女がタングの言動にいら立つことなく面白がってくれるのが嬉しかった。エイミーとの最後の一ヵ月とは大違いだ。彼女はタングを歩くキャスター付きごみ箱みたいに扱い、タングを手元に置きたがる僕のことも同様に扱った。エイミーが出ていったのは、お互いのためにもよかったのかもしれない。

もっとも、リジーはのんびりくつろぎながらも僕を茶化すことは忘れなかったが。

「電話もいまだに古いタイプを使ってるんじゃない？」と言って、腕組みをする。

僕は否定し、スマートフォンを取り出して見せた。「カメラも懐中電灯も、全部ついてる」

リジーはソファの背もたれにどさっと倒れるようにして、けたけたと笑い出し、そのまま止まらなくなって、しまいには腹を抱えて笑った。僕はそれ以上恥をかかないように電話をしまった。

「でも、ロボットやアンドロイドの類については君の言う通りだよ。基本的には命あるものの方がいい。獣医になろうと、何年か研修を受けていたこともある」

リジーの笑いもひと段落したようで、僕の最後のひと言はちゃんと聞いていた。

「こともある？」

「うん。あまり順調ではなかったけど。今にして思えば、両親は僕を応援してくれてたし、よくあそこまで辛抱強く見守ってくれたとも思う。でも、ふたりとも事故で死んでしまって……僕は立ち止まったまま前に進めなくなった。どうしていいかわからないっていうかさ」

「それはつらかったわね。いつかまた挑戦してみるつもりはあるの？」

「もしかしたらね。いい加減ちゃんとして、家に戻ったら何かしら仕事を見つけないといけないとは思ってる」僕はそこで大きく息を吸った。「ただ、何をしてもこうだめだと、そのうち挑戦すらしなくなる」

リジーは一瞬考えてから、言った。「あなたが何をしてもだめな人だとは思わないわ」

「ほんとに？」

「ほんとよ。両親を亡くすのはとてもつらいことよ、ベン。焦らず、自分を少し大目に見てあげて。それにタングを連れてこんなところまで来られたじゃない。それってかなり大変だったはずよ」

最後に人から褒められたのは、思い出せないくらい昔のことだったから、僕は心に温かな明かりが優しく灯るのを感じた。

「ありがとう」と、礼を言った。

リジーがそこで話題を変えてくれて、ありがたかった。取り留めのない話をしているうちに、あっという間に時が過ぎ、気づけばお邪魔をしてから一時間以上が経過していた。食事はまだだったが、リジーは抜かりなく準備を進めていた。小さなキッチンから彼女が尋ねてきた。「私たちが食べる間、タングは何をしていたいかしらね？」

「何をしていたい？」

「そう。タングも食事をするの？　もししないなら、私たちが食べるのを見ているだけじゃ、飽きちゃわない？」

「それは、んー……どうなんだろう」僕は改めて思い返してみた。そんなこと、これまで考えたこともなかった。僕が食べる間、タングはいつも興味津々で見つめていた。少なくともそのように見えた。そうでなければ窓の外を眺めにいくか、テレビを見るかしていた。タングはどうしたいのか、本人に尋ねたことは一度もない。

「タングはごはんを食べるの？」リジーは直接本人に尋ねた。

「食べない」タングが答えた。

「でも、何か飲んだりする必要はないの？　あなたのエネルギー源は何？」

「エネルギー源？」タングは僕を見つめたが、僕はヒントをやることにまで気が回らなかった。リジーと同じくらい、タングの答えに興味があった。

「タングは何を使って動いているの？」リジーは言葉を変えて問い直したが、あまり効果はなかった。これまでの経験から、リジーが求めているような返答は期待できないだろうと、僕にはわかった。

「わかんない」案の定、タングはそう答えたが、少ししてこう続けた。「ディーゼル」

「ディーゼル？」リジーと僕は同時に訊き返した。

「時々、ディーゼル燃料飲む。特別。一年に一回か、二回。たくさんはだめ。よくない……でも好き」タングはそわそわと周囲を見回すと、すくい上げるように僕たちを見た。少しきまりが悪そうだ。まるで重大な秘密を強引に引っ張り出されてしまったかのようだ。実際そうなのだろう。

僕はラグの上に座るタングの隣に腰を下ろし、彼の四角い肩に片手を置いた。「タング、どうして今まで教えてくれなかったんだ？　言ってくれたら用意したのに」だが、タングは僕の言葉を退けるように手を振った。

「だめ。飲んだらだめなの……しょっちゅうは」

「でも、今年に入って一度でもディーゼル燃料を飲んだ？」リジーが尋ねた。

「飲んでない」

「それなら、今、少し飲んでみる？」

リジーは僕に向き直った。「下の車庫にとめてある車のトランクにディーゼル缶を積んであるから、よかったらそこから少し取ってくるわ……手間でも何でもないもの」

「どうしよう……」タングが同意を求めるように僕を見た。

「飲みたいなら少しもらったらいいさ。大丈夫、飲みすぎないように僕たちが注意して見ておくから」

リジーがディーゼル燃料をなみなみと注いだコップを差し出すと、タングははじめこそためらいがちにちびちび飲んでいたが、次第にペースが上がった。何口か飲んだ時点でけらけらと笑い始め、僕たちがリジーのおいしいポットローストを食べ終わる頃には、肘掛け椅子からずり落ち、片手だけ椅子に載せたまま天井を見上げていた。

「タング、大丈夫か？」僕は声をかけた。

「うん」

「本当に？」

「うん」タングは答えた。

「お腹がいっぱいになったら教えてくれよな？」

返事がないので心配になった。だが、タングが眠ると聞こえてくる、例のチッチッという柔らかな音がし始めた。

「どうしてタングは眠るんだろう」僕はリジーに尋ねた。

彼女は肩をすくめた。「つねに新しいことを吸収していたら、あなただって眠くなるんじゃない？　タングは子どもと一緒――周りで起きていることを脳が処理するのに、睡眠が必要なのよ。時々、電子回路をクールダウンさせる必要があるのかもしれない」

タングは、彼のことを話す僕たちに反応するみたいにもぞもぞと小さく動いた。椅子に載っていた手がずり下がり、体の脇にゴンという音を立てて落ちた。

「僕ら、うちのロボットを酔わせちゃったみたいだ」

「私たちも人のこと、言えないけどね」

たしかにそうだと、言われて初めて気がついた。ここまで車で来たのに、すっかり忘れて、数時間のうちにリジーが注いでくれたワインを一滴残らず飲んでしまった。こうなったらタングとふたり、モーテルまでタクシーで帰り、明朝、再度タクシーで車を取りに戻るしかない。

「訊きたいことがあるんだけど」リジーが唐突に僕の思考に割り込み、隣に座ったので、僕は体がぞわっとして、胃に妙な緊張が走った。「ＡＩに興味がないのに、どうしてロボットと旅に出ることにしたの？　この子の何がそうも特別なの？」リジーはすっかり熟睡しているタングに目をやった。

僕は少し考えてから、答えた。

「こいつがうちの庭に来た時は何だか哀れに思えて、どうやって我が家まで辿り着いたんだろうと、それが気になってしようがなかった。でも、タングを知れば知るほど……ただのレトロなロボットでもないし、アンドロイドともまるで違う。学習能力があるのは間違いない。単純に命令を実行するだけじゃないんだ。いや、むしろ命令はほとんど実行しない。頑固で、僕がすることにいちいち何でと質問する。だけどタングは……タングには思いやりがある。君が言うように特別なんだよ」

僕は息を継ぎ、タングのいいところをさらに挙げようとした。リジーが僕にキスをしたのはその時だった。

翌朝、僕はリジーのベッドで目を覚ました。隣に寝ていたのはリジーではなくメモだった。

ベン、会えてよかったわ。タングにも。楽しい夜をありがとう。襲っちゃってごめんね——たぶんワインのせいね。またヒューストンに来ることがあったら、お茶でも飲みましょう。朝ごはん、適当に食べていってね。出口はわかるわよね。よい旅を。探しているものが見つかるといいわね。リジーより。

追伸：カトウによろしく伝えてね。彼の近況、知らせてくれる？

メモの隣にもう一枚、カトウ・オーバジンのメールアドレスが書かれた紙が置かれていた。僕はほっとした。リジーは〝酔った勢いで寝てしまった翌朝〟の、これ以上ないほどの気まずさを互いに味わわずにすむよう、僕を起こさず、そっと仕事に出かけてくれたのだ。

僕はそのまましばらくベッドに横たわり、昨夜のことを思い返した。リジーとのセックスはちゃんと覚えていたから、少なくとも途中で萎えずに最後までできたのは確かだ。だが、エイミーが知ったら何と言うだろうと思ったら、少し申し訳ない気になった。結婚指輪をはめていた場所をさすった。リジーの言う通りだ。指輪の跡がまだへこんでいた。

妙に気が塞いでしまい、僕は起き上がった。体をひきずるようにして、見知らぬ他人も同然の女性のベッドから出ると、片手で髪をかき上げ、下着を探した。ふと、肘掛け椅子からずり落ちたまま眠ってしまったタングのことを思い出し、焦った。だが、リビングに様子を見にいくと、タングは同じ場所でまだ眠っていた。ただし、その体には毛布がかかっていた。

「優しい人だ」僕は誰にともなく言った。「エイミーならこんなことは絶対にしない」エイミーも完璧ではないのだと再確認し、なぜだかほっとした。

僕はタングをぽんぽんと叩いて起こそうとしたが、タングは低く唸って僕の手を払いのけた。すぐには起きそうになかったので、タングのことはそのままにして、昨夜の皿を洗うことにした。

十二　セキュリティ

僕はタングを起こし、リジーに〃おう、サンキュ、僕もすごく楽しかった〃という短いメモを残すと（この言葉通りに書いたわけではないが）、荷物を取って正式にチェックアウトするためにモーテルに戻った。二日酔いのタングはダッジに残り、車のドアに頭を預けてため息をついていた。僕たちは卵の汚れが落ちてぴかぴかになったダッジをヒューストンの空港のレンタカー事務所へ返しにいった。正確には返しにいったのは僕で、ただでさえむっつりしていたタングは、車を返却するのだと気づくと不機嫌になった。

「言っただろう、今からふたりで東京にいるリジー博士の友達に会いにいくんだ。そりゃ、できることなら僕も飛行機なんかより車で行きたいけど、さすがに無理だ。車を東京へは持っていけない」

「何で？」

「何でって、何さ？　今言っただろ、飛行機に乗るからだよ。だから持っていけないんだ」

「何で?」

「何で飛行機に乗るのかって意味か、それとも何で車を飛行機に載せられないのかという意味か、どっちだ?」

この問いにタングは混乱した。自分が何を言いたいのか本人もわかっていないのだ。いまだに〝何で?〟の意味をとらえきれず、そこから一歩進んで論理的に自分の主張を展開することも、まだまだタングには難しい。だから、こちらの誘導にもあっさり引っかかってくれる……今はまだ。いずれは僕を言い負かすようになるのだろうが。

それ以降は、レンタカー事務所に向かう間、タングはおとなしく座ったまま、怒った顔で助手席のドアの縁を撫でていた。タングはダッジを手放したくなかった。文字通りに。一対のマジックハンドの手が車のドアハンドルを握った時の力の強さといったら、驚異的だ。同様に、その手が雪だるま型のロボットから出ていて、そのロボットが金属の肺を目一杯使って金切り声を上げた時の、周囲の人々の視線の痛さといったら、これまた驚異的だ。いや、どちらも驚くことではないのかもしれない。〝恐ろしい〟と言った方が適格かもしれない。恐ろしいし、恥ずかしい。

今回は、タングを貨物室に預け入れるという選択肢ははなから考えなかった。チェックインの列に並んで順番を待ちながら、僕はどうしたものかと思案した。果たして今回もプレミアムシートを取っていいものか。この先もしばらく旅は続くかもしれず、資金が底をつかないように注意しなければならない。地球の反対側から銀行に電話して、定期預金から普通預金に金を移してもらえるよう交渉するのは容易ではないだろう。タングは旅の連れとしては、エイミーと変わらないほど金がかかるようになりつつあった。彼女には旅のたびに何かとアップグレードさせられた。ある時はホテルの部屋をスイートルームにさせられたし、ある時はモルディブで遊覧船に乗るはずが、ヘリコプターで上空からの景色を楽しむ遊覧飛行にさせられた(僕はちっとも楽しめなかった)。それと比べたら、タングにかかる金などまだかわいいものだ。プレミアムを取らなければならないのなら、そうするしかないか。

「お席はいくつお取りしましょうか」

タングが僕ににじり寄り、小さな金属の足で、ビルケンシュトックを履いた僕のむき出しのつま先を踏んづけた。

「ふたり分、お願いします」

職員は満面の笑みを僕に向けた。

「かしこまりました。お席のクラスはいかがいたしましょう。当社にはエコノミー、ビジネス・エコノミー、ファースト・エコノミー、クオリティ・エコノミー、ビジネス・クオリティ、クオリティ・ファースト、ビジネス・ファーストがございます。ファーストクラスもございます」

僕は違いを説明してくれるよう頼んだ。

「違いはいろいろとございます。よろしければそちらに寄っていただき、パンフレットをご覧いただいてから、再度列に並び直して……」

僕は彼の申し出を丁重に断り、ロボットにも座れる席をお願いした。

彼はカウンター越しにタングをのぞき込んだ。「ロボットは貨物室にお預け入れいただいた方がよろしいかと思います」

タングがパンツの上から僕の足にしがみつく。

「預けるつもりはありません。彼にも座れる席を教えていただけますか」

職員は脂ぎった鼻の上で眼鏡を押し上げ、ため息をついた。「上位の三クラスであれば問題ないかと思います」

僕は思わずまじまじと彼の顔を見た。「それ以外では……？」

「当社のシートは各種アンドロイドの幅には対応しております。どなた様にもフライトを楽しんでいただくことが我が社の使命です。ですが、ロボットへのサービスの提供は通常はしておりません。とりわけお客様がお持ちのタイプには。そのため、それの幅に対応可能な席となると上位三クラスのみとなります」

「彼ですよ」僕は訂正した。「彼。それ、ではなくて」

「いずれにしても状況は同じです。彼が座れるだけの席幅があるのは、上位三クラスのみです」

「だったら、その中で一番安い席をお願いします」

「かしこまりました。ちなみに、失礼ながらチップの埋め込みはおすみですか」

「チップ？」

「ええ」

僕は問いかけるように彼を見た。

「新しい方針なのです。貨物室ではなく客室に搭乗してアメリカを出るすべてのロボットに対し、マイクロチップの埋め込みが義務付けられました。我々人間のICパスポートのようなものですね。チップが埋め込まれているか、もしくはお客様のパスポートにロボットの記載があるか、いずれかの要件を満たしている必要があります。いかがですか？」

「よくわからないな。イギリスを出国して、サンフランシスコで入国した際には何も訊かれなかったんですよ。単純に、余分に費用がかかるという扱いでした」僕はその時のことを思い返してみた。ヒースロー空港では、タングを僕と一緒に搭乗させずに貨物室に預け入れると僕自身が主張して、白い目で見られた。それが、ここではタングはがらくた扱いで、たかだかチケットを買うだけのことで、次から次に障害が立ちはだかる。

「申し上げました通り、新しい方針なのです。ヒースロー空港も今は同様かと思います」

「仮にチップが埋め込まれてなくて、パスポートへの記載もなかったら？」

「ご搭乗いただくことはできません。もしくは、貨物室へのお預け入れとなります」

「たいそうなサービスだな」

「ありがとうございます。それでは預け入れになさいますか？」

「いや、預け入れはしない。一緒に客室に乗せたい」

「チップの埋め込みはおすみですか？」

「いや、正直なところ、たぶんチップは……」

ふいにパンツのポケットを引っ張られて目をやると、タングがにっこりと僕を見上げていた。「何だ、タング？」

タングは僕のパンツを掴んでいない方の手を精一杯上に伸ばして背中側に回した。人で言うところの肩甲骨の辺りをこんこんと叩く。

「もしかして、チップが入ってるって言いたいのか？」僕は尋ねた。

タングがうなずく。

「どうしてもっと早く教えてくれなかったんだ?」

「ベン、知る必要なかった」

僕はため息をついた。「たしかにな」そして、職員に向き直った。「チップが埋め込まれているようです」

「かしこまりました」彼はカウンターの向こうからワイヤレスの携帯装置を取り出した。タングは背中を向けて、職員にスキャンさせた。しぶしぶだった。それはそうだろう。ペットみたいな扱いを受けるのは不本意なのだ。

職員はコンピューター画面を見て、おやっという顔でもう一度確認すると、眉をひそめた。

「何か問題でも?」僕は尋ねた。

職員は僕を見て、タングを見て、また僕を見ると、最後にコンピューター画面に視線を戻した。汗ばんだ額を拭い、鼻梁をかく。やがて彼はため息をつくと、かぶりを振って航空券と搭乗券を二名分、差し出した。

「今のは何だったんだ?」チェックインカウンターから離れながら、半ば独り言のようにつぶやいたら、タングが四角い肩を上げて肩をすくめた。保安検査場に向かう途中、僕はタングの前にひざまずいた。

「タングがあんな扱いを受けるはめになってしまって、ごめんな」

「大丈夫。ベン、悪くない」

「そうだけど……」

タングは僕の片手をマジックハンドの手で握った。「ベン?」

「うん?」

「ありがとう」

「何が?」

タングは僕のもう一方の手も取った。

「席」

僕たちは無言で保安検査場に向かった。これ以上、出国を阻む降って湧いたような新方針に抵触していなければよいのだが。

保安検査場が近づくと、僕は暗い気持ちになった。目の前には種別に分けられた列ができていた。案内によると、僕は〝人〟と書かれた案内板の下の金属探知機をくぐればいいらしい。近くには〝アンドロイド〟と表示された探知機もあり、人型ロボットが列を作って順番を待っている。一方、〝ロボット〟と書かれた案内板は、あまり近くない場所に、隅に追いやられるようにしてあり、その下に埃をかぶった探知機が置かれ、その後ろに機械同様に埃をかぶったような係員がいた。そこには誰も並んでいなかった。

タングも僕と同時にそれらの状況を把握した。僕はタングの気持ちが心配になり、彼のひんやりとした頭に手を載せた。だが、タングは振り返ることなくロボット用の探知機に向かって歩き出した。僕の視線の先で、タングがアンドロイドの列のそばを通り過ぎる。人工的なささやきがさざ波となってタングを追いかけた。アンドロイドたちがタングをからかっているのだ。ばかにして笑っている。僕はかっとなった。

「おい、黙れよ。独りよがりのクローンどもが。そのチタンの体に何を詰め込まれたところで、独創的な思考なんてできもしないくせに。自分の列に並ぶことに集中して、僕の友達のことはそっとしといてくれ――彼には感情があるんだ」

タングは歩き続ける。

「大丈夫だからな、相棒」僕は呼びかけた。「僕もすぐに向こう側に行くから。探知機をくぐったら、そこで待っててくれな……すぐに行くから!」

すぐになど、ちっとも行けなかった。何しろこちらは長蛇の列だが、ロボットの列はタングひとりだ。僕は、タングがおとなしく探知機の下を通り抜けるのを見守ることしかできなかった。年老いた保安検査員はタングをしばらく突き回すと、胸のフラップを開けて中をのぞいた。彼女がタングに何やら話しかけ、タングが僕の方を指し示す。僕は、人や機械を押し分けてタングのもとに飛んでいきたい気持ちをこらえなければならなかった。

やっとのことで探知機をくぐり抜けると、僕は磨かれた床の上を横滑りするようにしてタングを探した。タングは、互いの探知機の中間に位置するベンチに腰かけていた。視線を床に落としながらも、誰かがそばを通るたびに、僕かなと思って顔を上げている。僕がようやく合流すると、タングの顔がぱっと明るくなった。ひょいとベンチを下り、僕の脚に両腕をきつく巻きつける。

「長いこと待たせちゃって、ごめんな」

「ベンのせいじゃない」

「何か言われたかい？　保安検査場の女の人にさ」

「うん」

「何て？」

「タング、何で空港にいるか、誰といるか」

そこで、ふと思った。タングにチップが埋め込まれているなら、そこに住所情報も記録されているのではないか。

「係の人は、タングのチップのことは何か言ってたか？」

「うん」

「何て？」

「チップ、壊れてるって。直すが必要って」

「それを言うなら、直す必要がある、だよ。まあ、タングの体はぼろぼろだから、チップが壊れていても驚きはしないな。それにしても、よくそれで通してもらえたな」

「うん」

きっとタングが気の毒になり、爆弾でもなさそうだし、中にコカインが隠されているわけでもなさそうだと判断したのだろう。ふと、チェックインカウンターの職員のことを思い出した。彼もまた、タングをスキャンした際にチップの故障に気づきながら、それ以上咎め立てはしないことにしたのだろう。どうもタングには、希望をかなえてやりたくさせる不思議な力があるらしい。子犬に似ている。

「優しいおばちゃんでよかったな」僕は言った。

「うん」タングは僕と手をつないだ。「もう飛ぶ?」

「うん、もうすぐ出発だ。空を飛ぶよ」

十三　楽あれば苦あり

東京への空の旅は期待通り快適だったが、気分がよかったのは、非礼極まりないジョージ・ブッシュ・インターコンチネンタル空港をあとにできたからでもある。怖い思いをしたサンフランシスコのバス乗り場を考慮に入れても、ヒューストンの国際空港はこの旅で一、二を争うひどい場所だった。とりわけタングは、空港での一連の出来事に自尊心をひどく傷つけられた。タングが嬉しそうにしていると自分も嬉しくなるのだと気づいて、僕は驚いた。

ビジネス・ファンシー・クラスだかクオリティ・ファンシーだか知らないが、とにかく席に座ってシートベルトを締めるや否や、タングは前回と同様に、僕に機内エンターテインメント用のシートモニターをスクロールさせ、選択肢を表示させた。今回の十三時間のフライトでは、タングはとあるゲームにはまって遊び続けた――相手をぼこぼこにする格闘ゲームだ。タングが嬉々として操作していたのは、小柄で華奢なのに太腿の筋肉だけはびっくりするほど発達した中国人の女の子のキャラクターだ。

キックなど、どの対戦相手の頭よりも高く上がる。

僕は前回と同じ作戦を取ることにして、ジントニックを何杯か流し込むと、眠った。

機上で見る夢というのは妙なものだ。ジンが回って朦朧となった頭で見た夢には、ブラトップとミニスカート姿の、三本足の犬型ロボットが出てきた。犬は、オーバーとミニスカート姿の浮浪者に変身し、浮浪者はエイミーに変身した……残念ながらミニスカートははいていなかったが。タングに何度か、いびきをかいていると突かれたが、僕はそのたびに眠りに戻った。

客室乗務員が着陸準備のアナウンスを始めると、ゲーム画面は消えてしまい、タングはショックを受けた。拳で肘置きをばんばんと叩きながら金切り声を上げる。今に始まったことではないが、僕はタングに〝オフ〟スイッチがあればいいのにと思った。

機長が機内放送で、東京は〝小雨がちらついている〟とアナウンスした。だが、飛行機の小さな楕円形の窓から見る限り、小雨ではなく滝のような雨に見える。タングは不安に目を見開き、その瞼がハの字に下がった。

「大丈夫だよ、タング、傘を買ってあげるから」

到着ロビーに出て間もなく、一九六〇年代の出始めの頃から見た目の変わらないビニール傘がずらりと並ぶ自動販売機を見つけた。タングは傘をいたく気に入り、さっそく開くと、金属製の体操選手よろしくくるくると回した。僕が傘を閉じなさいと注意しても、タングにはその場でさしてはいけない理由が理解できなかった。

「傘をさすのは外に出てからにしなさい、タング。そのための傘なんだから」

「タング……傘……今」

「だめだ。だいたい、おまえがさすと人の首の高さになる。よその人に突き刺さったり、顔に当たったりしたら危ないだろう」ふくれっ面のタングは言うことを聞かない。

「タング、閉じないなら取り上げるぞ。いいのか？」

タングは一、二秒考えると、傘を閉じて脇に挟み、あいた両手でガムテープをいじった。

「ほら、タング、こっちだ。特急列車のマークがある」僕は案内の出ている方向に歩き出した。

「とっ、きゅー？」

「そうだよ、タング。ものすごく速い列車で、あっという間に東京の真ん中に連れていってくれるんだ。しかも、外に出なくても乗れそうだ」

「えー……」タングはうなだれ、両腕をがっくりと体の両脇に落とした。脇に挟んだ傘も放す。僕はサンダル履きのつま先を危うく直撃しかけた傘を拾い上げた。

「電車を降りたら、さしてもいいから。約束する」

ひとたび特急列車に乗ってしまえば、タングは傘のことはきれいさっぱり忘れた。土砂降りの雨の中、列車は東京を取り囲む美しい田園風景の中を高速で走り抜けていく。僕はタングにあれこれ指さしてやりながら、ふたりで窓からの景色を楽しんだ。海岸線ぎりぎりに立ち並ぶ家、山肌を覆う、黄金色や橙色や茶色の秋の森、稲穂の実った四角く平らな水田。やがてそれらの風景は、東京近郊の景色にのまれていった。カトウ・オーバジンにはメールで連絡してあるが、返信はなく、東京のどこを目指せばいいのかがわからずに僕は不安だった。とりあえず感じのよさそうなホテルを見つけて、連絡を待つしかないだろう。

僕は列車の旅の終盤を賢く使い、終着駅に着く頃には、スマートフォンでホテルを見つけ、行き方も入念に調べていた。一方タングは、列車に乗っている間中、席に立って顔と手を窓にぺったりとつけ、高速で流れていく景色に向かって「ウィーーーーー」と興奮した歓声を上げていた。

傘に関しては、僕はタングに誤った情報を与えていた。いざ特急列車を降りると、ここでの乗り換えも外に出る必要はなく、そのまま東京メトロという、見事な迷路へと足を進めればいいだけだった。おかげで、次に電車を降りたら今度こそ傘をさせるからと、タングに言い聞かせるはめになった。タングは少しむくれて、ガムテープをまたいじった。そろそろ貼り替えた方がよさそうだ。ホテルに着いたらそうしようと、僕は心に留めた。

いったん地下鉄に乗ってしまえば、タングの気持ちはすぐにそれた。今回彼が夢中になったのは電車の速度でも車窓からの景色でもなく、日本独特の趣向――歌う地下鉄だった。駅に停車するたびに軽やかな到着メロディが流れるのだ。おまけに駅ごとにメロディが違う。タングにはそれが面白かったらしく、席に座ったまま足をぶらぶらさせ、大喜びでキャーキャー言っていた。僕が何度「しーっ」と注意しようと、例のごとく知らんぷりだ。だが、他の乗客の迷惑になるという僕の心配とは裏腹に、タングが電車を面白いと喜んだように、乗客もタングを気に入り、面白がった。地下鉄に乗って十分もしないうちに、タングは制服姿の女子高生のグループや、かっちりとしたスーツ姿の会社員たちに囲まれていた。皆、タングと写真を撮りたがった。日本人が入れ替わり立ち替わり、お決まりのピースサインをしながら写真を撮る様子を、なぜか僕まで少し遠巻きに眺めていた。タングも真似してピースをしようとしていたが、いかんせん指がないので無理だった。

いったい何が起きているのか、タングが理解しているとは思えなかったが――写真を撮るという概念をおそらくわかっていない——注目されて嬉しそうだった。タングも僕も、これまでさんざんばかにされて笑われてきたから、この国の人たちがありのままのタングを好意的に受け入れてくれるのは、ありがたかった。うん、僕は日本が大好きだ。

日本に対する僕の温かな気持ちは、ホテルまで歩く道すがら、冷たい雨が降り出すと、少しだけしぼんだ。だが、タングは気にしなかった。ついに訪れた傘の出番に、ビニール越しに雨を見上げながら歩いている。ポトポトと音を立ててビニールに当たる雨の雫にすっかり夢中だ。途中で、キューブ型の小さな車に乗った陽気で小さなおじいさんが、乗せていこうかと声をかけてくれたが、どう考えても豆粒みたいな車にタングが収まるとは思えなかったので、丁重に断った。白状するなら、意地になっていた部分もある。東京に来ることを決めたのは自分なのだから、誰の力も借りずにタングを連れてホテルまで行くのだと、そう思い決めていた。

ザ・サンライズはビジネスホテルで、フロント係は、ずぶ濡れのバックパッカーと、その腰丈ほどの身長の、傘を振り回しているロボットの登場に少し面食らっていた。それでも彼らはこれぞフロントの鑑と言うべき態度で接してくれ、僕は十五分とたたずに、気のきいた清潔な部屋で人生で一番長いシャワーを浴びていた。

その夜、僕は五十三階の角部屋の窓から街を見下ろしていた。往来の激しい複数車線の高速道路を、オフィス群や昔ながらの背の低い寺や高層ホテルの脇を縫うように、車が途切れることなく走り抜けていく。

僕は金魚鉢型のグラスに入れたウィスキーベースのオールドファッションドをかき混ぜ、丹念に削られた角氷同士がカランカランとぶつかる音に耳を傾けた。タングはふたつの窓の間に立ち、左右の窓に片手ずつついて、一方の窓に顔をぺたっとくっつけては、もう一方の窓にも同じようにした。左右を変えるたびに頭が窓ガラスにゴツンと当たる音がすることを除けば、テニスの試合でも観ているみたいだ。

僕と同じで、タングも東京のような場所は初めてなのではないか。外に出て街を散策してみたい自分と、怖くて出ていけない自分がいた。僕は小さな町出身のちっぽけな男だし、タングは全般的に小さい。僕たちはこの圧倒的な大都会にはいかにも場違いだった。

「すごいな」僕は誰にともなくささやいた。

「うん」タングが相槌を打った。

それから一時間、僕たちは黙ったまま、それぞれに物思いにふけっていた。

こういうホテルに泊まるのは、エイミーとの新婚旅行に続いて人生で二度目だ。子ども時代にはホテルに泊まったことがなかった。父が計画するのはたいていがクルージングやスキー旅行だったし、そうでなければ日中両親だけで出かけても問題のない、キッズクラブ付きの施設を使っていた。僕が新婚旅行先にニューヨークを推したのは、その反動だ。僕たちは予算が許す範囲で最高級のホテルに泊まった。

「すてきよね」と、あの時エイミーは言っていた。

「ホテルのこと？　うん、いいよな」

「そうじゃなくて、お金の心配をせずにこういうところに泊まれることが」

「うん、それもそうだろうな」

金の心配をするような環境に身を置いたことのない僕は、実際にはエイミーの気持ちは理解できていなかった。だが、エイミーにとっては大きなことだった。貧しい子ども時代を過ごしたわけではなかったものの、本人曰く、家の金がつねに足りないのは自分のせいだという気がしていたそうだ。四人きょうだいの末っ子で、エイミーがいる分、うちは〝余分に生活費がかかる〟と聞かされて育ったらしい。大学に進学して法廷弁護士を目指すというエイミーの固い意志は家族を驚かせ、彼女の成功は家族を萎縮させた。エイミー曰く、家族にとっては都会で働き始めてからの彼女は高慢で、クリスマスや誕生日に通り一遍のショートメッセージを交わす以外、連絡を取り合うこともなくなってしまった。そんな背景を抱きながらも、精神の安定と良識を失わないエイミーを、僕はいつも尊敬していた。それは彼女の持つ強さのひとつだ。

あの時も、僕は今と同じように窓辺に立ち、マンハッタンを見下ろしていた。エイミーがそばにやってきて、後ろから僕を抱きしめた。一日、あっちこっちの店をのぞいて歩いたあとだったので、彼女の腕は少し日に焼けていた。

「大丈夫?」と、エイミーは言った。「まだご両親のことを考えているの?」

「うん……いや……少しな。家のことをね」

「家?」

「帰ったらリフォームした方がいいんだろうな。今はまだ、ほとんど両親がいた頃のままだから」

「ベン、あれからそう時間がたったわけじゃないんだもの。急がなくていい。それに、あなたが自分でやることはないわ。業者に頼みましょう」

エイミーの言葉に僕は微笑んだが、無言のまま、自分でもよくわからない憂鬱さを振り払った。僕は、僕を愛してくれる、自信に満ちた美しく有能な女性と眠らない街にいる。そして、その人は僕なら彼女を幸せにできると信じている。すべてを考え合わせれば、僕は失った以上のものを得たはずだった。

ひとつの記憶は、次の記憶を呼び起こした。今度思い出したのは、生まれ育ったハーリー・ウィントナムの家だった。エイミーが出ていった、あの家だ。頭の中で、僕は部屋をのぞいて回り、戸棚を開けたり、勝手口の鍵がかかっているかを確かめたりした。廊下の気圧計をこつこつと叩き、持ち手付きのレトロで醜い長方形の旅行用時計のねじを巻く。それは父が結婚二十五周年の記念に母に贈ったものだった。エイミーも僕もその時計が好きではなかったのに、いまだに居間の暖炉の飾り棚に置かれたままで、面倒くさいおもちゃみたいに、頻繁にねじを巻いてやらなければならない。

その時、はたと気がついた。口ではエイミーに実家をリフォームすると言いながら、僕はそれをしなかった。もしかしたら本心では家をいじるつもりなどなかったのかもしれない。キッチンのように、エイミーが一部改修した場所はあるものの、基本的には両親が亡くなった時から何ら変わっていない。エイミーが引っ越してきた時もそのままで……エイミーが出ていった時もそのままだった。僕はエイミーとの家庭を築こうとしないまま、無意識のうちに、子ども時代の思い出の家に彼女を閉じ込めていたのだ。自分がそこまで両親を好きだったとは自覚していなかった。ふたりが亡くなった時、僕は何も感じなかった――憤り以外は。ブライオニーと僕を遺して死んだことへの怒りや、半人前の僕を一人前の大人へと導くことなく逝ってしまったことへの怒りだ。もっとも、事故当時、僕はすでに二十八歳だったが。

心の中でからっぽの家に佇んでいたら、父の書斎の電話が鳴った。あの時の音は今も鮮明に覚えている。鋭く突き刺さるような音だった。両親は居間に電話を置いていなかった。皆が携帯電話を持っているのだから必要ないと言っていた。一方で、携帯電話の電波の不安定さから、固定電話が見直されていた時期でもあった。固定電話なら、少なくとも会話がぷつぷつ途切れることはない。

「ミスター・ベン・チェンバーズかミズ・ブライオニー・チェンバーズはいらっしゃいますか」ブライオニーは結婚後も旧姓を名乗っていた。

「ベンは僕です。どちら様でしょうか」

「私、オックスフォードシャー警察の家族支援課の担当官です。大変申し上げにくいのですが、実は事故がありまして」と、女性の声で告げられた。

彼女の言葉の意味をすぐにはのみ込めなかった。友人の中にオックスフォードシャー在住の人はいただろうかと、記憶を辿った。そうして思い出した。そこで開催中の軽飛行機のフェスティバルで、両親が自家用機を飛ばしているはずだ。僕は頭の中が真っ白になり、何を言っていいかわからなかった。

「そうですか。病院に伺った方がよろしいですか？」

電話の相手は一瞬沈黙した。

「ええっと……そ……そうですね、そうしていただくことになります」

「両親の身に何があったんでしょう」

「病院の住所をお伝えしますので、まずはそこで直接お会いした方がよろしいかと思います」

「いえ、わかっていることがあるなら今教えてください、差し支えなければ」答えを曖昧にして先延ばしにされることに、急に腹が立った。相手が何を告げようとしているのかは察しがついていた。他のことであるならば、すでに教えてくれているはずだ。

「本当はこんな形でご家族にお伝えしたくはないのですが……ご両親の飛行機のプロペラに異常が発生したんです。事故の詳細はまだわかりませんが……おふたりともお亡くなりになりました。心よりお悔やみ申し上げます」

「お悔やみなんて気にしないでください」僕は頭が働かないままにそう言った。

「ミスター・チェンバーズ、訃報に接した瞬間の反応と、あとからやってくる感情とが一致しないのは、ごく自然なことです。あなたかお姉様のいずれかに身元の確認にいらしていただく必要がありますが、何かありましたら私がいつでも対応いたします。質問でも他のことでも、遠慮なくご相談くださいね」

彼女は僕に警察署の代表番号と内線番号、さらには携帯電話の番号も教えてくれた。使うことはないだろうというのが、その時の僕の感想だった。何を質問するというのだ。両親は〝死ぬときゃ死ぬんだから〟といつもの無謀な旅に出て、今回は帰ってこない。それだけのことだ。飛行機事故で死ななかったとしても、タイの絵を描く象に嫌われ、牙で突き刺されたかもしれないし、南極辺りでペンギンに噛まれて破傷風で命を落としたかもしれない。時間の経過とともに感情が変化するという警察官の話は僕も理解していたが、彼女の想像しているような形で僕が悲しみを表に出す日が来るのか、正直なところわからなかった。

ブライオニーの反応は僕とは違っていた。彼女は泣いた。葬儀の準備を懸命にこなし、また少し泣いた。そして、前を向いた。

思い返すと、両親の死についてエイミーと話し合ったことはほとんどない。故郷から遠く離れた東京の真ん中で窓辺に立ちながら、僕は両親を恋しく思っている自分に気がついた。だが、これ以上両親の死にまつわる記憶に浸りたくはなかった。幸せと呼べるはずのない思い出だ。何か気の晴れることがしたくなった。

「さてと、タング。出かけるぞ」

「出かける?」

「そう、出かけるんだ。せっかく世界でも指折りの刺激的な街にいるんだ。部屋にこもってガラスの内側から眺めているだけなんて、もったいない」

タングは不安になるといつもそうするように、目を天井に向けた。ガムテープをいじり始める。すっかりぼろぼろになっていたので、僕はこの機会にテープを貼り替えることにした。

「大丈夫だよ」と声をかけながら、フラップの上に新しいガムテープを貼った。「タングのことは僕が守るから。心配いらない。最悪の事態なんて、そうそう起こりやしないから」

結果的には、最悪の事態とは僕がカラオケバーに行ってみようなどとひらめいて、哀れなロボットを強引に引っ張っていったことだった。タングはそれなりにいい子にしていたと思う——僕と比べれば、はるかに行儀よく振る舞っていた。

酔っ払うつもりではなかった。もともと飲んでいたのがオールドファッションドだったから、それを通すつもりだったのに、なぜサッポロを飲むことになったのか。ちなみに今ではサッポロが日本のビールの中では一番好きだ。それはさておき、個別の椅子ではなく、テーブルを挟んで両側に柔らかなベンチがあるボックス席が気に入ったタングは、自分からちょこんと座りにいった。だから、僕はタングを席に残して、バーカウンターに飲み物を買いにいったのだ。頭ではオールドファッションドを頼んだつもりなのだが、ビールを出されたということは、バーテンダーの耳には「どうも、お勧めのビールは？」に聞こえたのだろう。数杯飲んだところで、僕はいつの間にかカラオケのステージに立ってスタンドからマイクを引き抜き、大きく息を吸って肺を広げていた。イントロが流れ始めるまで、何を選曲したのかさえ、自分でもわかっていなかったと思う。どこかまったく別の場所から、僕の声をした酔っ払いが『愛のかげり』の歌詞を叫んでいるのが聞こえてきた。

三十秒もしないうちに、ステージを取り囲むように日本人の客が集まってきて、小さな猪口を掲げながらやんややんやと盛り上げてくれた。その全員がぱりっとしたワイシャツにネクタイをして、仕立てのよいパンツをはいている。ジーンズに花柄のシャツを着て、濡れたデッキシューズを履いている僕とは大違いだ。客の心を掴んだことに気をよくした僕は、曲が終わって皆に拍手されると、もう一度聴きたいかと尋ねた。だが、それに対する答えを僕は聞き誤ったらしく、イントロが流れ始めると、不満げなぼやき声がそこここから上がり、皆、自分のテーブルに帰ってしまった。それでもめげずに歌い続けていたら、店員がひとりやってきて、僕がステージから降りるのを支え、席まで連れ帰ってくれた。親切な人だ。タングはテーブルに顔をぺたりとつけ、腕を両脇に力なく下げて座っていた。何をすねているのか、僕にはさっぱりわからなかった。

あんなふうに歌ったことも、タングと僕の人生にカトウが登場した時に、僕があんな状態だったことも、すべてはビールをうっかり数杯飲んでしまったのが原因だ。カトウが僕たちの席にやってきた時、僕はテーブルに頬をつけて潰れており、タングは見るからにうんざりして、壁に寄りかかってぼんやりとガムテープをいじっていた。それでも彼は驚くほど寛容だった。カトウのことだ……まあ、でも、それはタングにも言えることか。

「少し前からおふたりの様子を見ておりました。あなたの歌、とてもよかったですよ」

「どうもどうも。ありゃ楽しいね」そう答えてから、僕はどうにか頭を上げた。

「不躾な質問で申し訳ないのですが、そちらのロボットをどこで手に入れられたか、教えていただけませんか」

僕がしらふだったなら、きっと訝しげに眉でも上げて、正しく持った猪口をくいっとやってから、こう尋ねただろう。「なぜそんなことをお知りになりたいのですか。ロボットに特別な興味でもおありですか」対するカトウは、僕が差し出した猪口を受け取りながら、こう答えただろう（彼が何者かを知っている今だからこその想像だが）。「ええ、昔からロボットには興味がありましてね。一応……人工知能の専門家の端くれでして。ですから、カラオケバーに珍しいロボットがいればわかるんですよ」

だが、その時の僕はしらふではなく、よってその後の展開も違っていた。

その日本人にロボットのことを訊かれた僕は、テーブルから顔を上げ、どこまでも礼儀正しい表情でこちらを見下ろす男を、横目でちらっと見た。

「そらあ、はなすと長くなるよ。いーや、そうれもないな。短いや。こいつ、庭に来たんれすよ」

「彼は……お宅の庭師なのですか」

「いやいやいやいや……僕の庭に来たの。やらぎの下に座っててね。もう、放っといてもらえますかね。僕はじ……じ……時差ぼけらんで」

その時になって、僕の思考はようやくこの会話に追いついてきた。「ちょっ……ちょっと待った……なんれそんなことを?」

男はタングの排水ホースみたいな腕を持ち上げた。「かつて、こういう手足を作っていた人物を知っているからです。昔のことだし、このロボットは彼の最高傑作とは言えないけれど」男はタングに向き直った。「ごめんね」と、否定的な発言を謝る。

「それでも間違いない。おそらく彼は急いでこのロボットを作ったんでしょう」

「奇遇だなぁ、実は僕もあなたのような人を探してるんれすよ。何だっけ、赤いもの……いや、紫か……エッグ……エッグプラント。そう、何とかなすび《エッグプラント》さん」

「オーバジン?」

「そう、それ!」

「カトウ・オーバジンですか?」

「正解!」そこでまた思考が追いつくのを待った。少し時間がかかった。「えっ……ええっ……なんれそれを知ってるんです?」

「僕のことだからです――カトウ・オーバジン」

「まじれ？」

十四　公職機密

翌日、タングと僕はカトウの事務所を訪ねるため、百階以上あるのではないかという高層ビルのエレベーターに乗っていた。AI業界ではそれがはやりと見えて、カリフォルニアのコーリーの会社同様、この建物もガラス張りだった。それにしても、今ここにいることだけでも奇跡に思える。大都会の東京で、バーでばったり会うなど、百万にひとつあるかないかの偶然だ。あとになって知ったのだが、昨夜のバーはカトウの事務所から比較的近く、彼の行きつけだった。やはり百万にひとつの奇跡だ。

僕は前夜の会話をほとんど覚えていなかったが、カトウ曰く、僕は彼に悪態をつき、なぜメールに返信をくれなかったのかと尋ねたらしい。それに対してカトウは、返信はしたので、見落としているのではないかと答えた。そして、タングをじっくり調べたいので、明日の午前十一時に連れてきてもらえないかと、名刺を差し出し、必ず来てくださいねと念を押した。今のあなたは〝したいはずの質問に集中できる状態ではない〟し、そもそも〝タングをきちんと見る〟には店内は暗すぎるからと。カトウが驚くべき寛大さを見せたのは、この時が最後ではない。

エレベーターが上昇するヴーンヴーンという絶妙な音に、僕の胃はむかつき、二日酔いの頭が割れそうになった。エレベーターのかごは一面がやはりガラス張りになっていて、タングは嬉々として頬をガラスにくっつけ、往来の激しい通りが眼下に遠ざかる中、「ウィーーーー」と歓声を上げていた。僕はとてもじゃないが見られなかった。

「タング、頼むから静かにしてくれ。頭が痛いんだ」

タングは僕を振り返り、頭を回転させてガラスの方に向き直ると……続きに戻った。

僕は額をさすり、浅い呼吸を繰り返した。

エレベーターがポンと鳴り、五十三階に到着したことを告げると、僕たちは左右両側に伸びている廊下に出た。どっちに進もうかと迷う間もなく、左手に少し行った先の扉が開き、カトウが顔を出した。

「ミスター・チェンバーズ、どうぞこちらへ」と、柔和な笑顔で迎えてくれるものだから、僕は昨夜の自分の態度がますます恥ずかしくなった。

「ミスター・オーバジン……さん」僕は日本の礼節にならって敬称を付けてみた。

「昨夜はひどい醜態をさらしてしまい、申し訳ありませんでした。普段はあんな……あんなふうではないんです」僕は両手を合わせてお辞儀した。日本映画でそのように謝る人を見たことがあったからだが、かえって失礼になっていたらどうしようと心配になった。だが、カトウはにっこり笑って握手を求めてきた。

「どうかお気になさらず。僕もアメリカ暮らしが長かったですし、東京を訪れるイギリス人も大勢見てきました。時差ぼけの人も……見たことがあります。私のことはカトウと呼んでください」

「お気遣い、ありがとうございます」僕に敬意を払ってくれるカトウに、僕は純粋に感動した。「僕のことはどうかベンと呼んでください」

「さあ、ベンもタングちゃんも、中へどうぞ。状態を調べてみようね」あとになって、タングの名に〝ちゃん〟付けをするのは愛情表現のひとつなのだと知った。僕自身はその場ではわからなかったが、タングには通じたらしく、彼はカトウににかっと笑いかけると、その脇をガシャガシャと音を立てながら通り過ぎ、カトウの事務所に入っていった。

実に美しい部屋だった。家具はほとんどないのに、すべてがあるべき場所に収まり、一方の壁際には、金属の腕らしきものが入った、丈夫な透明アクリル樹脂の箱が置かれていた。箱の一面には穴がふたつあいていて、そこにゴム手袋が取りつけてあった。

僕の視線に気づいて、カトウが箱の方を示した。

「近頃は講義が仕事の中心で、他にコンサルティング業務もしていますが、ロボット技術の研究も諦めきれなくて。ロボット業界をやめたあともロボットから離れられないという人は、案外多いんですよ。皆、今後も取り組めるものがほしくて、やめる際に何かしらを手元に残すんです」

「なぜ手袋が取りつけてあるんですか?」僕はかがみ込んで、冷たく湿っぽい手でゴム手袋に触れてみた。

「本体に極力埃がつかないようにするためです」

「ああ、それはそうですよね」ばかな質問をしてしまった。一応弁解させてもらうと、まだ頭がフル回転していないのだ。

「お茶でもいかがですか、ベン。もしよければ、コーヒーもお出しできますよ」

本音を言えばコーヒーに惹かれた。かなり惹かれたが、漆塗りの盆に、湯気を立てている繊細な作りの急須が置かれ、その隣に茶碗がふたつ用意されているのが目に入った。「日本の緑茶です……時差ぼけによく効きますよ」

カトウは僕をからかっているのだった。彼は典型的な日本の紳士でありながら、ユーモアのセンスも兼ね備えている。好きにならないわけがない。

カトウは僕に、緑がかった黄色の茶を淹れた茶碗を差し出すと、タングの前にしゃがんだ。そして、キャッツ博士と同じように順に調べ始めた。シリンダーを確かめ——液体の残量は半分をわずかに切っていた——フラップを閉じると今度は腕を上げ、タングに足を揺すらせ、とそんな具合だ。ただし、カトウの方が手足にかける時間は長く、一本ずつ確かめてはうなずいていた。

「体の底面に文字の刻まれた金属板があるんです。時間の経過で削れてしまってますが、あなたなら書かれていることを理解できるかもしれません。タング、ミスター・オーバジンに金属板が見えるように、横になってくれるか？」

タングは小さく肩をすくめると、横になった。股を広げることには、さほど抵抗はないらしい。カトウは丁寧に観察しながら、小さな金属の接合部分を触って確かめた。カトウは多くの点で典型的な日本人男性に見えた。黒い短髪、黒い目、きちんとしたビジネススーツ。もっとも、オフィスでは上着は脱いで、ドアの内側に丁寧にかけていたが。それでいて、カトウは僕が東京で見てきた日本人とは何かが違った。飛び抜けて背が高いせいかもしれない。

カトウは立ち上がると、タングを助け起こした。タングはすぐに事務所内をうろつき、アクリル樹脂の箱のゴム手袋に手を突っ込んだ。そして気がすむと、今度はドアを開けて廊下に出ていった。僕が呼び戻そうとすると、カトウは遠くへは行けないから大丈夫だと言った。

「タングを直せそうですか？」僕は楽観的な気持ちになっていた。

「いいえ。残念ながら必要な部品がありません」

僕は肩を落とした。「あのシリンダーが何のためにあるのかは、わかりますか?」

カトウはかぶりを振り、コーリーとほぼ同じ内容を繰り返した。「燃料を入れるためのものと考えられなくもないが、そうであるなら、もっと精巧なシステムが構築されているはずだという気がします。ですが、朗報もありますよ。シリンダーの役割を知っている人物ならお教えできます。少なくとも、知っている可能性はある」

「ご存じなんですか?」

「ええ」と、カトウは言った。「ボリンジャーです」

「ボリンジャー?」

「〝所有者はB——〟。かつての同僚なんです、ボリンジャーは。かなり風変わりなイギリス人です。私の教育係《メンター》で——ロボット学において彼以上の頭脳に出会うことは、この先もないでしょうね」

おおっ。ついにBの正体に辿り着いた。

「そっちの、半分消えてしまっているふたつの単語はどうでしょう? どちらかは、タングを製造した会社の名前なのかと思ったんですが、今のところ空振りで」

「どちらも会社名ではありませんね。これは住所の一部です。最後にボリンジャーについて聞いた話によれば、引退してミクロネシアの離島で暮らしているそうだから……〝Micron〟はそれのことでしょう。〝PAL〟については推測ですが、おそらくパラオのことなんじゃないかな。そこに私書箱があるんだと思います」

「優雅なリタイア生活に聞こえますね」

「そうですよね。ただ、実際には引退というより……隠遁と言った方が近いかもしれない」

それは具体的にはどういうことかと、僕は尋ねた。

カトウは僕に、手仕事の美しいオーク材の応接椅子を勧めると、自身も、きちんと整理された机の向こう側にある、やはりオーク材の回転椅子に腰を下ろした。

「ボリンジャーと初めて会ったのは、東アジアＡＩコーポレーションに入社した時です。狭き門をくぐり抜けて、僕にとっては、そう、ちょっとした金星でした。僕はボリンジャーの下で働き、希望して携わったプロジェクトには、会社からも潤沢な資金が投資されていました。プロジェクトのメンバーは十二名ほどで、皆、高額の報酬を支給され、施設内の特別なマンションの部屋をあてがわれていました。大阪の近くです。よい暮らしをさせてもらいましたが、その分仕事はハードでした」

「どんな仕事をされてたんですか。プロジェクトの内容は？」

カトウは急須の方を示し、僕が茶碗を差し出すと、二杯目を淹れてくれた。カトウの言う通りだった。彼のお茶は二日よ――時差ぼけによく効く。

「我々はロボットの知覚と認識の研究開発を行っていました。具体的には、受けた指示をもとに、それを遂行する最良の手段を自ら判断し、さらにはその指示の正否を見極められるだけの〝生きた〟ロボットの原型を作ろうとしていたんです。我々の研究はゆくゆくは軍事技術に転用されたでしょう。そういうことは珍しくありません」ロボット技術の行きつく先について、カトウは割り切ったように述べたが、その口調は寂しげだった。

「それで、成功したんですか？　その原型の開発は」

「いいえ。いや、はいであり、いいえでもあるかな。本来は人型ロボットを一体のみ作り、我々の管理下で、知覚し判断することを学習させるはずでした。ところが、実際には制御可能な範囲を超えた力を持つ、成人サイズのロボットが約二十体もできてしまった。ロボットは正否を見極められず、プロジェクトの主目的は達成されませんでした。ここにボリンジャーが絡んできます。今思い返しても、彼の野心さえなければプロジェクトは成功していただろうと思います。ボリンジャーはやりすぎてしまった。ロボットに……ロボットたちに、必要以上に命を吹き込んでしまった。ボリンジャーは指示を無視してロボットを複数製作し、おまけに〝オフ〟スイッチ《シャットダウン》を設けなかったんです。限りなく人間に近いロボットを作るなら、機能の完全停止以外に、スイッチを切る方法を設けるべきではないというのがボリンジャーの主張でした。ロボットには喜びを感じるすべを教えてやるべきでしたが、我々はそれをしていなかった。

ロボットは怒っていました」

「ちょっと待ってください。今、〝完全停止《シャットダウン》〟とおっしゃいましたよね？　それはつまり、殺すという意味ですか？」

「そうとも言えますね」カトウはため息をついた。「あれは大きな間違いでした。その後……事故が発生しました。我々は全員職を失い、プロジェクトは中止されました。ボリンジャーはと言うと、AIの世界から身を引き、砂にでも頭を突っ込んで自分のしでかしたことに一生目をつぶってろと〝助言〟された。彼はそれを字句通りに受け取ったんでしょうね」カトウは悔やむように微笑んだ。

「カトウ、いったい何があったんですか？　事故というのは何だったんです？」

「申し訳ないが、それは言えません。ボリンジャーは自身の設計の保護には非常に神経を尖らせていました。自分のアイディアがプロジェクト外に漏れることを嫌った。メンバーは全員、口外禁止命令に署名させられました。僕はすでに法的に許される範囲を超えてお話ししています。これ以上話せば、僕のみならず、かつての同僚の立場まで危うくしてしまう。ただ、ひとつ言えるとすれば、個人的な見解ではありますが、ボリンジャーは卑劣な臆病者です」カトウはこちらに身を乗り出し、声を潜めて続けた。「頼まれてもいないのに出すぎた真似だとは思いますが、言わせてください。ロボットを連れて国へ帰った方がいい。ボリンジャーを探してはいけません。他の方法を探すことです」

カトウの言いたいことは理解できた。彼はボリンジャーという人間を崇拝し、だが、結果的にその男に人生を狂わされた。僕にも同様の事態が起きることを案じているのだ。だが、ボリンジャーは果たしてそこまで悪い人間なのか。昔のことであるならば、そろそろ許されてもいいのではないか。それに、他に方法があるなら、とっくに実践している。選択肢などない――タングを直せるのがその男だというのなら、彼のもとへ行くしかない。

十五　一歩前へ

失礼しようと席を立ちかけて、そうだと思った。タングのシリンダーのことはつねに気にかかっているものの、次のパラオ行きのフライトは週の後半までなく、あと数日は東京で過ごすことになる。僕はカトウに向き直った。

「カトウ、こんな僕に辛抱強くつき合い、いろいろと助けてくださって、ありがとうございました。もしよければ、お礼に今夜はご馳走させてください」

「ありがとうございます、光栄です……ボリンジャーの話は抜きにしていただけるのなら、ぜひ」

「わかりました」

カトウが会社近くの行きつけの店を教えてくれたので、僕たちは午後八時に彼の事務所で落ち合うことにした。

「楽しみにしています」と言ってその場を辞し、タングとホテルに戻った。友人ができると、大都会への気後れも薄れる。

部屋に戻ると、笑えるほどの大きさが嬉しいベッドに大の字に寝転がり、考えごとをしようと目を閉じた。マットレスが沈むのを感じて目を開けたら、タングがベッドによじ登って僕の隣に来ていた。そのまま横になり、僕の伸ばした腕に頭を載せる。おまえの頭は嘘みたいに重いから腕が潰れそうだと言うのも忍びなく、僕は数分間、黙って耐えた。だが、ちらりと見やるとタングは目をつぶっていて、頭からはチッチッとかすかな音もし始めていた。僕は自由な方の手でタングの頭の下にそっと枕を差し入れ、腕を引き抜いた。ルームサービスで早めの昼を頼み、目にも美しいそば弁当に舌鼓を打ったり、テレビで延々と放送している日本のクイズ番組を見たりしながら、タングが起きるのを待った。

昼寝から覚めたタングは機嫌がよかった。僕はカトウとの食事の前に東京の街を散策したかった。もうバーには行かないからと言うと、タングも了承してくれた。

「電車?」タングが尋ねる。

「そう、電車に乗ってお出かけだ。タングは電車に乗りたいか?」

「うん。電車。歌う電車」

フロントでお勧めの観光スポットを尋ねたら、簡単なガイドブックを持たせてくれた。さらに、ロボットと旅をしている僕には、電気街のある秋葉原も面白いかもしれないと教えてくれた。

僕たちは東京の中心を環状に走る山手線に乗った。数駅先の秋葉原――ホテルのフロントが勧めてくれた場所――で降りるつもりだったが、電車の旅に夢中なタングが降車を拒否したため、降り損ねてしまった。環状路線ならば、最も合理的なのはこのまま一周して、次こそは目的の駅で降りることだ。タングのやつ、絶対にわかってやっているなと思った。山手線を一周する頃には、タングは全駅のメロディを覚え、次の停車駅に向かう間ずっと歌っていた。僕は次第にそわそわし、他の乗客もいら立っているのではないかと気になったが、仮にそうだとしても、声に出して文句を言う人はいなかった。

秋葉原駅に再び到着すると、僕は抵抗される前にタングの腕を掴んで電車から強引に引っ張り降ろした。何人かの乗客が気遣わしげにこちらを見ていたが、彼らはタングの癇癪にいちいち折れていたらどうなるかを知らないのだ。

秋葉原駅を出ると、夕方の暖かな日差しが心地よく降り注いでいた。雨続きだったここ数日とは大違いだ。歩道は輝き、どのビルも雨に洗われた匂いがして、東京でもとりわけネオンの多い雑多な地区に降り立ったはずなのに、街全体が平和な美しさに満ちていた。

「わあああ……きら、きら」タングが言う。

エイミーが喜びそうな景色だったので、僕はスマートフォンを取り出し、彼女のために写真を撮った。そして、それをポケットに戻すと、言った。「さてと、タング、どっちに行こうか？」

「きれいだよな」

タングは右を選んだ。僕たちは通りをぶらぶらと歩きながら、日が落ちるにつれて競うように目立ち始めた、色であふれる派手な看板を眺めた。そのうちのひとつは、暖炉の火と、重厚な革張りのチェスターフィールドソファが描かれた、国産ウィスキーの広告看板だった。ハイテクの街にはそぐわない雰囲気だ。他にも、西洋風の見た目の日本人モデルが桜を背景に、濁った色の栄養ドリンクをおいしそうに掲げている広告もあった。鮮やかに燃える赤やオレンジや黄色の紅葉を前面に押し出し、富士山周辺の冬の旅の割引をアピールしている、と思われる広告もある。日本語がわからないので定かではないが。

タングが最初から素直に電車を降りていたなら、もっと早くに秋葉原に着いていたから、夕暮れの淡い日差しを受けて輝く、動くネオン看板も見逃していただろう。他の街にいてもおかしくなかった。だが、この街ほど僕たちにふさわしい場所はない。立ち並ぶ大型家電量販店の間に、アナログで面白そうな店がごちゃごちゃと集まっている場所があった。そのうちの一軒に入ってみた。観光客向けの日本的な品々が並んでいた。扇子や着物、笑顔の猫の磁器製の置物、富士山の絵、緑茶、そして、つま先がふたつに割れた靴下。僕は店内をざっと見て回ると、決めた。

「タング、家族へのお土産はここで買うことにするよ。クリスマスプレゼントも兼ねて――それまでに帰れるかわからないけど。姪っ子と甥っ子用のものはあとでネットで頼むとして、ブライオニーとデイブの分はここで買いたい……あと、エイミーのも。一緒に選んでくれるかい？」

僕たちは、ブライオニーとデイブには箸を選んだ。エイミー用の扇子選びは迷いに迷った。タングが面白がっていたので、彼にも二股の靴下を買ってやったが、足にはくものだとは理解していないらしく、ひたすら握りしめていた。店員が、購入品を自宅へ配送しましょうかと言った。僕はすでに荷物でいっぱいのバックパックと、まだこの先どれだけ続くかわからない旅を思い、そうしてもらうことにした。ただ、彼女がタングから靴下を受け取ろうとした際には、止めた。

「それはこのまま持っていきます。ロボット用なので」

ふらっと入った土産物屋がよほど楽しかったのか、タングは駅を出て以来、何軒も通り過ぎてきた、秋葉原の代名詞とも言える家電量販店にも入りたがった。外から見て、タングが余裕を持って通れる通路幅を確保していそうな店を選んだ。だが、選んだ理由はそれだけではない。その店にあふれる明るい色の洪水と、外からでもちかちかと瞬いているのがわかる、店の奥の光に、タングが吸い寄せられたのだ。

驚くほど豊富に取り揃えられた電気製品に、タングも僕も目を丸くした。僕にはその大半の使用用途さえ謎だったが、世界の科学技術の中心に暮らす人々にとっては、どれもごく当たり前のものなのだろう。だが、僕はと言えば、タングを連れているし、胸ポケットのスマートフォンは恐ろしく古くて気まぐれに電波が途切れるような代物だし、自宅の車庫にあるのはやたらとうるさいホンダ・シビックだ。

全部で六階の量販店を何フロアか見たところで、アンドロイドが洗濯機のようにずらりと陳列された階に出た。どのアンドロイドも充電ドックに立ち、買い手がついて自宅で起動される時を待っている。タングはその階に足を踏み入れたがらなかったが、僕は見てみたかった。

「いいじゃないか、タング。まだ起動されてないんだし。誰もタングを傷つけたりはできないよ」

タングは疑り深く目を細めたが、それでも僕と手をつなぎ、一緒に通路を歩いてくれた。陳列エリアには円マークと箇条書きが並んだ値札がべたべたと貼られていた。内容は一切読めないが、おそらく各モデルの特長が書かれているのだろう。僕にはどのアンドロイドも同じに見えた。タングも、各アンドロイドの機能を読み解こうとしているみたいだ。数あるうちの一体を近くでまじまじと観察している。つや消しスチールの本体に、うつろなガラスの眼球をした、一八〇センチほどのアンドロイドで、庭用の芝刈り機のようなもの（違うかもしれないが）を持って立っている。

「何するアンド・ロイドか、わからない」

「僕もよくわからないな。でも、見てごらん、これなんかは料理用のアンドロイドじゃないかな。ほら、腕に付属装置が付いてる――ホイッパーとナイフだ。スイスのアーミーナイフみたいだな」

「スイス……」

「気にするな。料理用の道具がいろいろくっついてるってことだ。エイミーがほしがってたのも、こういうのだった。きっと、旦那より役に立つものがほしかったんだろうな」

アンドロイドを見ていたら苦い思いがこみ上げてきて、タングも少し落ち込んでしまったようだったので、店を出ることにした。外を歩き始めると、タングは元気を取り戻した。大きな交差点の手前まで来た時、ふと、タングが何かを凝視していることに気づいた。視線の先にあったのは、交差点の角に立つやけに派手で大きな店で、その名も〝コンドーミ！〟だった。幸い店は閉まっていたが、そんなことでタングの歩みが止まるわけもなく、何が何でもあそこに行くんだとばかりに胸を突き出し、今にも交差点を渡りそうになった。

「タング、こっちに行こうよ」僕は頼んだ。「こっちの通りの明かりを見てごらん、きれいだろう?」タングの手を握り、逆方向へ優しく引っ張った。

「やだ! コン、ドー、ミー! コン、ドー、ミー! コン……」

「しーっ、タング、頼むからやめてくれ」

タングは頭をくるりと回転させて僕を振り返った。「何?」

「そんなに何度も言わなくても、タングがどの店を見てるのかは知ってるよ。でも、あそこは閉まってるだろ、な?」

タングは店の方を見て、何度か瞬きをし、新しい呪文を繰り返した。言葉の響き自体を気に入ってしまったらしい。

「コン、ドー、ミー! コン、ドー、ミー! コン、ドー、ミー!」

こういう状況では、時として黙ってその場を立ち去るのが最も効果的だったりする。僕は歩き出しながら、タングが追いかけてくることを祈った。交通量の多いうるさい通りで耳を凝らし、タングの足音が聞こえるのを待つ。さほど進まないうちに、お馴染みのガシャガシャという音が追いかけてきたが、それと一緒に、何ともレトロなロボットの声で「コン、ドー、ミー! コン、ドー、ミー!」と甲高く叫ぶ、聞き逃しようのない声もくっついてきた。ここはホテルに戻るのが一番のようだ。

カトウとの食事に出かける間、タングにはホテルの部屋のテレビの前にいてもらうことにした。

「ひとりでどこかに行ったりしないよな？」

「しない」と、タングは答えたが、その目はどぎつい色のスーツを着て大笑いしている、終始興奮気味のうるさいクイズ番組の司会者に釘づけだった。

僕としては、どこにも行かないというタングの言葉を信用するしかない。カードキー式の部屋はその気になればいつでも内側から鍵を開けられてしまう。僕は念のためコンシェルジュに、今から出かけるので、万が一箱型ロボットがエントランスに向かうのを見かけたら――もしくは耳にしたら――部屋に連れ戻してくださいと頼んでおいた。

八時ちょうどにカトウの事務所が入居しているビルに着くと、彼はすでに待っていた。

「わざわざ事務所の階までエレベーターで来ていただくのは申し訳ないので」カトウはそう説明すると、「行きましょう」と前方を示した。

「タングについていろいろと教えてくださったこと、改めてありがとうございました。本当に助かりました」

「どういたしまして。あれ以上のことをお話しできず、申し訳ない」

僕は手を振ってその謝罪を退けた。「あなたが許される範囲を超えて話してくださったことは、よくわかっています。無理なお願いをして申し訳ありませんでした」

「いいんですよ。それはそうと、私も質問があるのです。差し支えなければ――リジーがどうしていたか、教えていただけますか？」

僕はちらりと横目でカトウを見ながら、電柱をひょいとよけた。黒い電線が多数出ているその電柱は、地下鉄同様に歌っていた。なぜ歌わせるのか、訊いてみればよかったとあとから思った。

「あなたからのメールに、僕に連絡を取るように勧めたのはリジーだと書いてありました」

「ええ、そうです」僕は少し黙り、最も当たり障りのない答えを探した。「あなたに〝よろしく〟と言ってました。今は宇宙博物館で働いています。本当はAIに関わる仕事がしたそうだったけれど、宇宙は宇宙で悪くないと思ってるんじゃないかな」

カトウはそれを意外に思う様子もなく、うなずいた。それからしばらく、僕たちは無言のまま歩いた。カトウは遠くを見るような目をしており、そんな彼の物思いを邪魔したくはなかった。僕は〝事故〟の話をどこかの時点で再度持ち出してよいものかと、ぼんやり考えていた。カトウとリジーの間に、ふたりが話した以上の関係があったのかという点も気になる。

「彼女、あなたのことをすごく褒めてましたよ、すばらしい頭脳の持ち主だって」

「嬉しいなあ」カトウは言った。「これだけ長い時間がたっても僕を覚えていてくれたなんて。彼女とはもう何年も話をしていないので」

「彼女も同じことを言ってました。疎遠になった理由をうかがってもいいですか？」

「大学時代、僕たちは一時期つき合っていたんです」

ああ。やっぱり。

「当時は互いに求めるものが違っていました」カトウは説明しかけて、結局短くまとめた。「それで別れたんです」

「つき合っていたことまでは彼女から聞いていませんでした。すみません、余計なことを訊いてしまいましたね」僕は、求めるものが違うとは具体的にはどういうことかと訊きたくなったが、ふとエイミーのことを思い、やはり知りたくないと考え直した。

僕からしたら、エイミーの法廷弁護士としてのキャリアは彼女のいら立ちの原因にしか見えなかった――その仕事のせいで遅くまで残業し、ストレスばかりためている気がしていた。だが、カトウと話すうちに、僕は自分の視点からしか物事を見ていなかったと思い至った。エイミーはカトウと同様に、賢さを求められるやりがいのある仕事をしているのだ。僕が気づいていないだけだった。ひょっとしたら、リジーが不本意なキャリアを築いている原因は彼女自身にあるのかもしれない……そして、それは僕も同じなのかもしれない。

カトウの声が、僕の思考に割って入った。

「昔のことです。お互い、音信不通になるつもりはなかったのだと思います。彼女が元気だと聞けてよかった」

僕たちはまた無言になって、アニメキャラクターに扮したにぎやかな女の子のグループのそばを通り過ぎた。四人はミニスカートにポニーテールという装いで（僕はどぎまぎして落ち着かなかった）、ひとりは目を大きく見開いた緑色のドラゴンの着ぐるみ姿だった（そっちは何とも思わなかった）。彼女たちのおしゃべりが遠ざかると、カトウがまた口を開いた。

「ところで、リジーはもう結婚していましたか？」

僕は空咳をした。「あー、いや……してないと思います」

「そうか、よかった」

「よかった？」

「いや、つまり……」

「いや、いいんです。お気持ちはわかります」普段の僕なら、こういった会話はその時の流れのまま深入りはしないのだが、ふと、単に夕食をご馳走するよりもっとよい、カトウへのお礼の仕方を思いついた。

「もったいない気はするんですけどね。彼女、別に結婚したくないわけでもなさそうだったから。あなたとの連絡が途絶えてしまって、寂しいんじゃないかな」

カトウが考え込むような顔をしたので、僕は続けた。「カトウ、あなたはご結婚は？」

「していません。仕事が忙しくて余裕がなかった。それに……まだ、この人だという方に出会えていないので」

「本当にそうですか？」

カトウの足が止まった。「違うかもしれません」

「テキサスはとてもよいところでしたよ」

「そうですか？」

「ええ。日本へもヒューストンから直行便で来られました」僕はカトウの目をまっすぐに見た。「カトウ、リジーに会いにいってみてはどうですか？」

カトウは微笑した。「考えてみます。さて、店に着きましたよ、ベンさん」

カトウが連れていってくれたのは、ガイドブックには載っていないような店だった。横道を少し入ったところにある、見落としてしまいそうな木造の店で、道に直に接している入口には、縦長の布が二枚、隣り合わせに並んだものが下がっていた。二軒の近代的な建物に押し潰されるように立つ一軒家で、横からのぞくと思ったよりも奥行きが深そうだった。

カトウが布を持ち上げて先に僕を通してから、自分もくぐると、木の引き戸を開けて店の玄関に立った。きちんとしたスーツ姿の男性がカトウを迎え、内側にもうひとつあった木の扉を開けて僕たちを店内に通すと、座卓の置かれたボックス席に案内した。内装の美しさもさることながら、僕がまずはっとしたのは匂いだった。温もりを感じさせる木の香りと、海の匂い。外観から想像した通り、内装にも木材が使われていて、匂いからして杉か白檀と思われた。一方、海の匂いは店の奥にあるふたつの大きな水槽からのものだった。左右に配置された水槽の間には、前に突き出るようにして、キャットウォークみたいなステージが設けられている。僕たちが通されたのと同様のボックス席が店の三方の壁際に並んでいる他、ステージを馬蹄形に取り囲むようにして、席を半月状に配置したキャバレースタイルのテーブルが置かれている。ステージには誰もいなかったが、店内が多くの客でにぎわっているところを見ると、このあと何らかの催しが予定されているのだろう。

僕たちは食べながらリジーの話をした。彼女と寝たことは、カトウに対してだけでなく、自分の中でもなかったことにするのが一番だと思った。話し始めてすぐに、思った通り、カトウがリジーを愛しているとわかったからだ。彼女と別れてざっと十年はたっている今も。

「気持ちを口に出して伝えるのは、いつも僕の方でした」カトウは言った。「日本人男性とアメリカ人女性の組み合わせでは珍しいですよね――普通は逆なんだろうな」

「別れた原因はそれですか？　リジーにはあなたの愛情表現が少し重たかったとか？」

カトウはかぶりを振った。「同じ大学、同じ場所にいる間は一緒にいられたけれども、卒業後はお互いの希望や夢をかなえられる国が違ってしまったんです。僕は今後のキャリアのために東京にいたかった。一方リジーは、アメリカに残って家族のそばにいたいと望んだ。最後の方は出口のない喧嘩ばかりしていた気がします」

「平行線にしかならない議論の繰り返しがどういうものかは、僕もよく知ってます。でも、人生を後悔の積み重ねだけで終わらせてはもったいない。会いにいくだけ行ってみてはどうですか。お互いの気持ちが今も変わっていないか、まずは確かめてみては。生活などの具体的な心配はあとですればいい」

カトウに助言をしながら、ふと、僕のこういうところがエイミーの心が離れていった大きな要因なのかもしれないと思った。エイミーにしてみたら、感情と現実問題とは切っても切れないものだったのかもしれない。僕は相手を愛してさえいれば十分だと思っていたが、それでは足りないのだと今ならよくわかる。エイミーにとっては不十分だった。いつになるかはわからないが、家に帰ったらこのことをエイミーに伝えよう。今までの僕とは違うのだと、物事の見方が変わったのだと、理解してもらえるだろうか。今の僕ならエイミーを幸せにできるかもしれないと。それでも心のどこかでは、離婚というエイミーの決断は正しかったのだと今も思っていた。うまくいかなかった結婚生活に思いを馳せていたら、ステージの下から横笛の高い音色と、伴奏するようにギターをつま弾く音が聞こえてきた。あれは三味線だとカトウが教えてくれた。ステージ近くの席に座る客たちが、待ってましたと拍手する。ステージに目をやると、中央に芸者が立っていた。ただし、本物ではなくアンドロイドだ。桜柄に鷺が刺繍された赤い着物を着て、体の真ん中に淡いピンク色の帯を回し、背中に大きな四角を作って結んでいる。頭には黒いかつらまでかぶり、顔も白く塗って、唇にはちょこんと紅をさしている。

サイバー芸者が二本の扇子を手に舞い始めた。扇子をひらひらと返す仕草は人間そのものだ。何とも奇妙な光景だった。サイバー芸者の着物の裾が割れて、足首の下に、本来の足のかわりにキャスターがついている様子がのぞいた時などは特に。

「ああした方が、本物の芸者みたいに音を立てず滑らかに動けるんです」と、カトウが説明し、こうつけ加えた。「別にあれが見たくてこの店に通っているわけではないんですよ、ベン。ここの料理が好きで。それに、一風変わったAIを見るのもあなたには一興かと思いました」

「あれはあなたの会社で作ってるんですか？」

「いえ、違います。僕にはああいうものは日本文化への冒瀆に思えてしまう。理由はうまく説明できないんですが」

「タングとカリフォルニアに行った時、何も知らずにホテル・カリフォルニアという宿に泊まりました。泊まってから知ったのですが、そこは人が、その、アンドロイドといいことをするための場所でした。そこの人たちは、タングもそのために僕といるのだと勘違いしていた。あの芸者も……そういう存在なんですかね」

カトウは唖然として眉を上げた――リジーの言った通りだ。「それはないと思います。ＡＩをそんなふうに扱うのは忌まわしいことです――彼らは拒むことができないのに」

「でも、そもそもアンドロイドはどんな命令も拒めませんよね？　その命令が残酷であるか、許容されるものであるかの線引きはどこにあるんでしょう」

「あなたはタングをそんなふうに扱ったりはしないでしょう？」

「当然です。そもそもタングにはいかなる命令もしない。していないつもりです。タングが僕の思い通りに動くなんて期待もしてないし」

「でも、実際には命令している。あなたの行く場所にタングもついてくるものと思っている」

「そんなふうに考えたことはなかったな。命じるというよりはお願いしているのだと思いたい。でも、あなたの言う意味はわかります。まあ、そうは言ってもタングの頑固さは筋金入りだから——あいつはあいつで、ちゃっかり自分の思い通りに動いたりするんですよ、本当に」

カトウは笑った。「目に浮かびます」

舞いをやめたサイバー芸者が、今度は音楽を奏で始めた。ステージに正座し、弦楽器を弾きながら歌っている。アンドロイドの歌を聴くのは初めてだった。案外うまい。

「あれはどうやって歌わせているんですか？」

「特定の技術に特化して開発しているんです。娯楽系のアンドロイドは皆そうですね。あの芸者も機能は限定されています。歌と舞踊はできるし、客にお茶くらいは出せるかもしれませんが、それだけです。それ以上の機能をあわせ持つアンドロイドはいまだ開発されていない。私が知る限り、搭載される機能は最大でふたつですね。たとえば家事と庭仕事とか。アンドロイドにできることは、精々その程度なのです。ボリンジャーもおそらくそれに気づいたはずです。人間の側にしても、アンドロイドに万能性を持たせたくはないのかもしれない。万能になれば制御が効かなくなるでしょう？」

僕はすぐにふらふらとどこかへ行ってしまうタングのことを思い浮かべた。

「無理でしょうね。こっちが懇願するか、相手を完全停止《シャットダウン》させるくらいしか手がない」

「おっしゃる通りです」

歌う地下鉄に乗ってホテルに戻る間、僕はタングのことが気掛かりだった。カトウとの会話が僕を不安にさせた。テキサスで、二度とタングを置いてけぼりにはしないと誓ったのに、また繰り返してしまった。今回は事前に説明しておいたとは言え、ホテルのエレベーターに乗っている間、僕の心拍数はいつもより少し高くなっていた。

部屋に戻り、タングが出かける前とまったく同じ場所に座って、相変わらずテレビを見ている姿を見て、僕は胸を撫で下ろした。

「ただいま、タング」

「ベン、おいしかった？」

「うん、料理はとてもおいしかったよ、ありがとう」芸者のステージのことは黙っておいた。「僕がいない間、どうしてた？」

「どうしてた？」

「何をしてた？　ずっとテレビを見てたのかい？」

「うん。あと電話」

僕は聞き違いかと思った。

「電話使った」

「何のために?」

「テレビに電話した。テレビのおじさん、電話してって言った。番号見せた。僕、電話した」

「生放送のクイズ番組に電話したのか?」

「うん」

「それで?」

「おじさん、日本語しゃべった。意味わからない」

十六　ラスト・リゾート

パラオ行きの飛行機は、パニック映画――雷に打たれて鼻先から砂浜に墜落し、乗客が猪に食べられてしまう類の映画――に出てきそうな小型機だった。そうでなくても、両親を墜落事故で亡くしている僕には飛行機を怖がる正当な理由がある。ただし、僕に負けず劣らずびくついているタングの前では平静を装った。

「怖いことなんか何もないよ、タング、絶対に。僕の父さんもこういう飛行機を操縦していた――いや、まあ、これと似たようなやつをさ……これよりはもうちょっと小さかったけど。定年後に熱中した趣味のひとつが小型機でね。天気のいい日には母さんとふたり、空を飛んでた。ブライオニーや彼女の子どもたちも、一、二度乗せてやってたかな。僕は乗せてもらったことはないけど。まあ、乗せてくれたとしても楽しめたかどうかは怪しいけどな。だから誘われなかったのかな。ははは」

僕は小型機のいいところだけをタングに話して聞かせたが、タングはこちらがたじろぐほどの眼差しで僕をじっと見つめていた。

「大丈夫だって。機長はちょくちょくパラオに飛んでるんだから。まあ、週に一回は飛んでる。パラオに行って、また戻ってくるってことは、一年にざっと百回は飛んでるってことだ。経験も腕もきっとばっちりだ」

それでもタングは納得しなかった。無理もない——僕自身が半信半疑なのだから。僕たちはプレミアムシートや前回のクオリティ・ファンシーだか何だかに慣れてしまっていた。ところが、今回の飛行機は、ロボットはおろかアンドロイドを乗せることさえ稀らしい。僕はタングの重量分、超過料金を払わされた。タングも自分は〝アルミニニニウム〟でできているから軽いんだと訴えていたが、信じてもらえなかったようだ。それでも、タングの頑張りは評価したい。

フライト自体はいたって平穏だった。機内騒音が大きく、ジンのない、五時間のフライト。タングは窓際の席に収まりきらず、飛行中ずっと僕にもたれかかって窓からの景色を眺めていた。おかげで僕は足がしびれ、客室乗務員から、きちんと座ってくださいと何度もお叱りを受けた。飛行機はコロール郊外の短い滑走路に無事に着陸した。もっとも僕は、機体が滑走路を突っ切って海に落ちる気がして、たまらず目をつぶってしまったし、タングも顔を覆っていたが。周りの乗客は、僕たちの女の子みたいな怖がりようを笑っていた。

そんなフライトのあとでも、いや、むしろあとだからか、空港内の移動も、そこからパラオの町中への移動も、実に気分がよかった。強烈に照る太陽の下、空港では伝統的な出迎えの儀式が行われ、踊り子たちが体をくねらせて踊りながら、到着ロビーを抜ける乗客の首にレイをかけていた。タングなど、熱烈に歓迎されてレイを五つはかけられ、頭のてっぺんにも五回はキスされていた。あれほど上機嫌なタングは見たことがない。

僕は客室乗務員からお勧めのホテルを教えてもらっていた。コロールの町から少し離れたリゾートホテルだ。僕たちは小さな空港からバスに乗り、コロールの目抜き通りに向かった。車窓からの景色があまりに美しいので、町の中心からホテルまでは歩くことにした。僕は袖をまくり、汗ばむ頭にパナマ帽をかぶった。だが、ホテルを目指して歩くうちに、タングの足取りが遅くなっていくことに気づいた。

「タング、大丈夫か？」

「熱い」

「うん、暑いよな」

「違う、熱い。すごく熱い」タングは空港でかけてもらったままになっていたレイを外し、地面に投げ捨てた。

「そうだよな、ごめんな、タング。どうしてほしい？　僕には太陽を沈ませることはできないしなあ」

タングは、そんなばかなという顔で僕を見た。そして、さっきよりも切迫した調子で同じ主張を繰り返した。

「熱い！」と、頭を指す。「熱い……熱い……熱い……熱い……熱い！」

僕はタングの頭のてっぺんに触れてみた。たしかにひどく熱かった。にわかに心配になった。

「痛むか？」

「ここ」タングは手をうんと伸ばして頭のてっぺんに触れた。「考えられない。ぐちゃぐちゃ」

その段になってようやくタングの身に起きていることを悟った僕は、自分の不注意を呪った。日よけもない、こんな高温な環境に五分もいれば、タングの電子回路は壊れかねない。

「タング、本当にごめん。僕がばかだった」タングを椰子の木陰に連れていき、どうすべきかを考えた。タングを帽子であおいで熱が取れるのを待ちながら、飛行機から持って降りたペットボトルの水をがぶ飲みした。数分後、タングの顔に少しだけ元気が戻った。

「気分はどうだい？」

「まし……えっと、ましまし……」

「〝まし〟だけでいいんだよ」僕は訂正した。

「うん。もう頭ぐちゃぐちゃじゃない。さっきよりは」

「よかった」僕は胸を撫で下ろしたが、まだ問題はあった。このまま一生椰子の木の下に座っているわけにはいかない。「タングにも帽子がいるな」

「うん。帽子」

さて、どうするか。僕のパナマ帽ではタングの頭から落ちてしまうだろう。頭の形にまったく合っていないから、載せたそばから目の上にずり落ちてしまうはずだ。そう思って、ひらめいた。ポケットから白いハンカチを取り出す。以前、ハーリー・ウィントナムの自宅でタングを拭くのに使ったハンカチで、もちろんあれから洗ってある。ずいぶん昔のことのように感じたが、実際には一カ月もたっていない。僕はハンカチの角と角をふたつずつ合わせて結び目を作ると、タングの頭にかぶせた。少し調整したら、タングの頭にぴったりになった。「これで間に合うかな、タング？」

「間に合う……何に？」

「これで太陽の下に出ても熱くならないかなという意味だよ」

タングは肩をすくめた。「そうかも？」

「確かめる方法はひとつしかないな」僕はバックパックを担ぎ直し、タングと手をつなどと、赤道近くの島の強烈な午後の日差しの下に再び出ていった。

急ごしらえのハンカチ帽をかぶったタングは頑張って歩いてくれたが、ホテルに到着した時も相変わらず具合が悪そうだった。フロントに辿り着いたとたんに、床にガタンと座り込んでしまった。胸のフラップがぱかっと開く。タングはそれを閉じてガムテープを撫でつけると、無意識にいじった。僕は注意しないでおいた。

案内された広い部屋はお願いした通り一階にあり、鎧戸付きの大きな窓からベランダに出られるようになっていた。そのベランダも、インフィニティプールのあるホテルの庭に直接つながっていて、その先にはプライベートビーチが広がっていた。部屋が暖かかったので、僕は鎧戸を開けて南国のそよ風を入れ、タングのほてった頭を冷やそうとした。タングは大きなツインベッドに近づいた。倒れ込むように横たわったら勢いでフラップが開いたが、タングは閉じようとしなかった。普段なら冷たいはずのタングの胸に触れてみたら、かなり熱を持っていた。

そこからはタングの具合は悪くなる一方で、役立たずの僕は次第にパニックに陥った。タングは頭を片側に向けて横になったまま、開けた鎧戸の間からビーチの方をぼんやり見ていた。太陽の光がタングの体に反射してちかちかしている。

「だるい」タングが言った。

「そうだよな。どうにかしてやりたいんだけど。僕にどうしてほしい？」僕は不安を顔や声に出すまいとした。

「わからない」

タングの頭はまだ熱かった。僕は裸足で部屋を行ったり来たりしながら、タングの熱をうまく取る方法を探した。手始めに冷房を強くしてみた。次に扇風機を回してタングの方に向けた。風で瞼がぱたぱたしてしまい、タングは目を閉じた。

「目が冷たい」

僕は扇風機の角度を調整したが、タングは目をつぶったままだった。

十五分後、僕はもう一度タングの様子を確かめた。相変わらず熱く、どこか特定できない場所からシューシューという低い音が漏れていた。僕はシリンダーを見てみた。東京では半分近く残っていた液体が、四分の一にまで減っていた。

「ああ、まずい。助けを呼んでくるからな、タング。ここで待ってるんだよ。外に出ていったりしたらだめだぞ……体の具合がよくないからな」

返事はなかった。

「タング？」

やはり反応がない。僕はかがみ込んでタングの頭に触れてみた。そっと体を揺する。タングは動かなかった。

「タング？　何か言ってくれよ。どうして動かないんだ？」

　反応なし。

「おい、頼むよ、何か言ってくれよ」恐怖がこみ上げてきた。さっきよりも激しくタングを揺さぶった。「タング？　大丈夫だよな？　頼むから大丈夫だって言ってくれ。死んじゃだめだ。なあ、何か言ってくれよ、タング！」

　タングが片目を開けた。

「ベン、揺さぶらないで。痛い」

　僕は全速力でフロントへ駆けると、呼び鈴を執拗に叩いた。チェックインを担当してくれたフロント係が出てきた。

「お客様、いかがいたしましたか」

「助けてください……お願いします。緊急事態なんです」僕はあえいだ。「先ほど僕が連れていた小さなロボットを覚えていますか？」

「あのレトロなロボットですか？　覚えておりますよ。とてもかわいいですね」

「実はあの子の具合がかなり悪くて、どうすればいいかわからないんです。死んでしまうんじゃないかと、恐ろしくて」声がかすかに割れた。

「具合が悪い？　いったい何があったんです？」

「ここに来る間に体が熱を持ってしまって……太陽にやられたんです……直射日光なんて普段浴びないから。さっきからベッドに横になったままで、熱も取れない。どなたか、ここに泊まっている方の中に、ロボットに詳しくてあの子を診てくれそうな人はいませんか。お願いします、心配で気が変になりそうです」

「お任せください。私によい考えがあります。当リゾートでは数体のアンドロイドがさまざまな仕事に従事しており、その調整や修理を担当する専門の技術者がおります。ロボットの扱いに精通しているとは申せませんが、きっとお力になれるでしょう。彼に連絡をして、ただちにお客様のお部屋に向かわせます」そう言うと、彼は受話器を取った。

思わず涙がこみ上げた。「ありがとう。本当にありがとう」

鼻の脇を涙がひと筋、流れた。チェックアウトの際には、忘れずに彼にチップを渡そう。

部屋に戻って五分もしないうちに、ドアをノックする音がした。小柄で優しげな顔立ちの、髪も髭も白い男性が、丸眼鏡にデニムのオーバーオールという出で立ちでドアの前に立っていた。手には黒革の大きな道具鞄らしきものを下げている。

「具合の悪いロボットがいるのはこちらですか？」

「ええ、どうぞお入りください。こっちです」僕は横たわったまま動かないタングのもとへ、彼を案内した。タングは相変わらず目を閉じたまま、先ほどと同じようにベランダと扇風機の方を向いている。

男性はすばやく部屋を横切ってタングのそばに行くと、鞄を床に置き、デニムの膝を引き上げてしゃがんだ。タングの頭に触れる。「おや、君はクラシックモデルだね。おお、しかもなかなか温かい。なるほど」

タングは片目を開けようとしたが、それすらも今はつらそうで、再び閉じてしまった。

「だるい」

「おやおや、かわいそうに。大丈夫だよ、坊や。つらいのはわかっているからね。そのまましばらく横になっていておくれ」ロボットの医者は手前側のタングの手を取り、体をこんこんと叩き、耳がわりの左右の穴をのぞいた。

僕が震える声でシリンダーの状態を説明すると、彼はガムテープを途中まで剥がして中を見た。鞄からスプレー缶を取り出し、タングの頭全体に吹きかけ、フラップの内側の数カ所にも短くかける。それがすむと、彼は立ち上がって僕を手招きした。ふたりしてタングから離れた部屋の隅に移動すると、彼は静かに言った。

「ロボットの状態はよくない。率直に言って、かなり心配な状態です。残念ながらできることも限られています。頭を開けて、電子回路に故障している箇所がないか、確かめることはできますが、それも彼があんなに熱を持っているうちは無理です。それに彼みたいなロボットは僕も初めて診るから、かえって状態を悪くする可能性もある。彼の製造者はおわかりになりますか？」

僕はタングのシリンダーについて最初から説明し、ボリンジャーという人物を探しているものの、見つけられずにいることを伝えた。

医者はかぶりを振った。

「聞き覚えのある名だが、住んでいる場所はわからないなあ。知っている人がいないか、僕も周りに当たってみましょう。その間は、ひとまず彼の熱が引くことを祈って待つしかない。もし目を覚ますことがあったら、なるべくストレスをかけないようにして、あまり頭を使わせないでください。回路を休ませないと。僕もちょくちょく様子を見にきますから」

「日に当たったのがまずかったんでしょうか」僕は尋ねた。

「そうですね。まあ、これも一種の日射病でしょう」

タングは力なく万歳するみたいに腕を頭よりも上に上げたまま、目を閉じて静かに横たわっている。医者はそんなタングに目をやると、続けた。「この先、彼の容態がどうなるか、僕にも予測がつきません。さっきも言ったように、彼みたいなロボットは僕も初めてだから。まあ、シリンダーは冷却システムの一部なんじゃないかという気はするんだけど。彼が動いたり、しゃべったり、何かをしたりするたびに――考えるだけでも――冷却水が使われます。シリンダーが無傷なうちは何の問題もなかったでしょう。ガラスに入ったひびも小さいから、今までは液体漏れも少量ですんでいました。でも、熱帯気候は彼には負担が大きすぎる。シューという小さな音は、彼の体が必死で自分を冷やそうとしている音です」

医者の言葉をのみ込むのに、少し時間がかかった。

「頭にハンカチをかぶせたんですが……」我ながら情けない言い訳に聞こえたが、医者は慰めるように手をかざした。

「それがなかったら、彼の具合はもっと悪くなっていたかもしれません」医者は僕の腕をぽんぽんと叩いた。「自分を責めちゃいけない。立派に対処したのだから」

立派だなどとは思えなかった。僕はタングを暑い場所にばかり連れていった。カリフォルニアに、テキサス。タングを直すために正しいことをしているのだと信じてきたが、結局は状態を悪化させていただけだった。考えが足りなかった。

「あなたは何も知らなかったのだから」医者が優しく言った。「たしかに、今まで何もなかったのは運がよかった。それでも、いざという場面であなたは異変にすぐに気づいて対処した」医者はいったん間を置くと、続けた。「数時間後にまた様子を見にきます」

僕は礼を述べ、彼をドアまで見送った。そして、ベッドにどさりと座ると頭を抱えた。

医者は約束通り、二時間後に戻ってきて、その後も日に二度、様子を見にきてくれたが、彼が来るまでの時間が永遠のように思えた。医者は来るたびに魔法のスプレーを吹きかけていったが、ロボットを冷やす助けにはなっても、本人の冷却システムのかわりになるものではないと言っていた。帰り際には毎回、僕の腕を軽く叩き、小さく微笑みながら、今はとにかく信じて〝じっと〟待ちましょうと言った。

だから、僕は昼も夜もタングのそばにじっとついていた。ほとんど眠れず、日に一、二度、ルームサービスを頼みはするものの、あまり手をつけなかった。タングは時々発作のようなものを起こし、頭を左右にガンガンと振り、腕を振り回した。そのたびにシューという音が大きくなり、僕は暴れるタングを押さえて、黄色の冷却水が減るのを食い止めなければならなかった。

四日が経過した頃から、タングはたまに目を開けるようになった。時折窓の外を見つめ、ゆっくりと瞬きをしてからまた目を閉じて動かなくなるタングを、僕は注意深く見守った。

六日目、僕は医者がドアをノックする音で目を覚ました。毛足の長いプラッシュ張りの肘掛け椅子に座ったまま、ベッドの上のタングの隣に突っ伏して、いつの間にか眠っていたらしい。僕はうなじをさすりながらドアを開けた。

医者はすっかりお馴染みとなった手順でタングの状態を確認していった。ふと気づくと、タングの体からシューという音が聞こえなくなっていた。タングの目は開いていたが、ぴくりとも動かない。僕は胃がひっくり返りそうになった。

医者が立ち上がり、落ち着いてというように手をかざした。

「シューという音がしないのは、その必要がないからです。冷却システムが平常の状態に戻りつつあるということです」彼はにっこり笑った。「峠は越えたみたいですよ」

考えるよりも先に、僕は医者に抱きついていた。彼はぎこちなく僕の背中を叩きながら、なだめるように声をかけてくれた。医者の肩越しに、タングの目玉がくるりと僕を見て、CDドライブの口がどういうわけか横に広がり、小さな笑みになった気がした。僕は医者に抱きつくのをやめてタングのそばに行くと、片手でタングの手を握り、もう一方の手をタングの頭に載せた。

医者が帰ったあと、僕は座っていればいいのか、立っていればいいのか、テレビを見ていればいいのか、それともただ窓の外の海や南国の植物を眺めていればいいのかわからず、部屋の中を足をするようにしてうろうろしていた。医者の話では、タングの頭を開ける必要はなくなったが、完全に回復するまでにはもう少し時間がかかるらしい。当面はしっかり休養させることが大事だとも言っており、実際、医者が部屋を出ていく頃には、タングはまた眠りに落ちていた。それでも二十分ほどすると目を覚まし、僕の名を呼んだ。一週間近くぶりに聞くタングの声に、僕は心底ほっとした。タングのそばに飛んでいき、懐かしい冷たさを取り戻した額にキスをした。

「ダイビングできる？」タングの体をあちこち触り、頭に触れ、目をのぞき込む僕に、タングが尋ねた。

ダイビング？　僕は戸惑い、タングを見た。

「だるいの治ったら、ダイビングできる？」タングはベランダの方を指し示した。タングが横たわっている位置からは、シュノーケリングの装備をつけたグループが海の中に顔をつけたり出したり、潜ったり出てきたりする様子がちょうど見えるのだった。時折グループの誰かがざばっと立ち上がっては、興奮気味に歓声を上げ、目にしたものを報告している。

「水は嫌いなんじゃなかったっけ？」

「ここの水、違う。ここの水きれい」

「ごめんな、相棒、でもダイビングは無理だ」

「何で？」

「水はきれいでも、タングにはよくない。錆びちゃうだろ」

タングは体の上で大雑把に手を振った。「アルミニニニウム。錆びない」

「でも、体は沈んじゃうだろ？」

「沈まない。タング浮く」

タングがそれらのことを知っている理由は聞きたくなかったが、彼のことでは僕はもう何があっても驚かなかった。何年も一緒に過ごしてどれほどタングのことを知ったとしても、彼の考えや気持ちを完璧にわかる日は来ない気がする。

それはともかく、タングにダイビングは無理だという現実は変わらない。

「そうだとしても、海水に入るのがいい考えだとは思えない。ごめんな」

「おじさん、リラックスって言った。おじさん、ストレスだめって言った。ダイビング？」

くず鉄の塊のちびすけめ、盗み聞きしてたな。

「タング、そういうのをな、心理的な恐喝って言うんだ」

タングはしばらく黙って、僕の言葉を考えていた。

「いいか、タングにとって危険だとわかっていることをさせるのは無責任だろう？ もう少しでおまえを失うところだったんだ。今もそのショックは消えない。もう二度とタングを危険な目に合わせたくはない。それに、タングは今だって壊れたままなんだぞ、忘れたか？」

タングはガムテープをいじった。

「この埋め合わせはするから。約束する。何か別に、ふたりで一緒にできる、もっと楽しいことを考えるから、な？」

タングはため息をついたが、最後にはこくりとうなずいた。

「タングは休んだ方がいいし、僕も何か食べないと。僕が出かける間、ここで留守番していてくれるかい？」

タングはうなずいた。

「僕のあとを追いかけてこようとはしないか？」

「しない」

「いい子……いいロボットだ。なるべく早く戻るからな」タングを信じてはいたが、念のため、日差しを遮るためと見せかけて鎧戸は閉めておいた。夕日の投げる鮮やかなオレンジ色の光が、部屋の半ばまで差し込んでいた。入口の鍵も閉めていこう。僕はもう一度タングの頭に手を置くと、部屋を出た。

それから数日間、僕はタングに留守番を頼んではボリンジャー探しに奔走した。ロボットの医者の聞き込みは空振りに終わり、タングも差し迫った危機を乗り越えたとは言え、残された時間が刻々と減っていることに変わりはなかった。

タングは日ごとに回復期の過ごし方に慣れ、部屋から出られない間眺めていられるようにと、やれ雑誌を買ってきてくれ、貝殻を、海藻を、死んだ蟹を、生きた鰻を取ってきてくれと要求するようになった。一度など、窓から見えてほしくなったからというだけの理由で、タングの身の丈ほどもある、フジツボがびっしりついた太い流木をビーチから取ってこいと言って聞かなかった。

僕はたびたび町まで歩いては、あとでタングに見せてやろうと、目にした光景を写真に収めた。串焼きの魚を売る行商人に、立派なドーム型の建物。誰かがあれは水族館だと教えてくれたが、傍目には大聖堂にしか見えない。それらの写真を家族に見せることを想像して、僕はひとりクククと笑った。被写体は雑多で、中には奇妙なものも混じっていた。とある一枚など、エイミーが眉を上げる様子まで目に浮かぶ。三本足のダックスフントの写真で、タングもカイルを思い出すのではないかと思って撮ったものだ。エイミーにとっては何の意味もない写真だろうが、そもそも彼女に見せる機会もないだろう。

タングもこの頃にはカメラが何をするものかは理解しており、僕のスマートフォンの裏側をしきりにのぞき込んでは、船や島の景色や市場の屋台の残りの部分はどこへ、行ったのかと探した。

「写真は平らなんだよ、タング」

「電話の中に、みんな入ってる？」

「いや、電話の中に入ってるわけじゃないんだ、惜しいけどな」写真の何たるかをロボット相手に、たとえそれがタングのようなロボットであっても、説明するのは難しく、僕は同じことを繰り返すしかなかった。「平らなんだ。写真を撮った時に見ていたものが、平らになって電話の画面に出てくるんだ」最終的にはタングも僕の説明を受け入れ、そのうちに、僕が散策から戻って部屋のドアを開けるたびに、待ちきれない様子でスマートフォンを渡せとこちらに手を伸ばすようになった。もっとも画面はタッチパネル式だから、僕が動かしてやるしかないのだが。

タングは日に日に回復していたが、まだ本調子ではなく、時折混乱することもあった。ある日も、昼の二時頃にはっと目を覚ましたかと思ったら、いきなり金切り声で叫び出した。僕は肩や頭を撫でてやったが、落ち着かせるのにずいぶん時間がかかった。タングの隣に座りながら、僕は不安が背筋を這い上がって全身に広がるのを感じた。ボリンジャーという人物が本当にタングの製造者で、彼を直せるのだとしたら、その男からタングを引き離して自宅に連れ帰ることは、タングの命を危うくすることを意味する。今回はるばるパラオまで来られたのは、タングのシリンダーのひびが小さかったからだ。交換したシリンダーが大きく破損するようなことがあれば、無事にここまで辿り着ける保証はない。間に合わなければタングは死んでしまう。

その思いはくっきりと結晶化して僕の心に居座った。僕は状況を整理してもう一度考えた。本当にタングのためを思うなら、彼を生み出した男のもとに残して帰るのが最善なのではないか。そうすれば、万が一タングの命にかかわる事態が発生しても直してもらえる。

胸が締めつけられた。これでいいのだと、自分に言い聞かせた。自宅に連れ帰るより、ボリンジャーに託す方がタングは無事に生きられるし、きっとその方が幸せだ。だが、僕は心にずしりと重石が載ったようになり、肺が押し潰されて、喉が詰まってしまった。


町に繰り出すこと三週間、ある朝僕はいつもとは違う道を通って港に向かうことにした。景色を変えたかった。いかに島の風景が美しくても、タングが隣にいないと寂しいばかりだ。おまけにその寂しさは、タングを置いて出かけるたびに強くなった。ボリンジャーを見つけてタングに別れを告げる日がまた一歩近づいているかもしれないからだ。

その一方で、もしボリンジャーを見つけられなかったらタングはどうなってしまうのかという不安も、日々募っていた。僕は漠然と、パラオまで来れば誰かがボリンジャーの居場所を教えてくれ、無事彼にタングを直してもらえ、数日のうちにはタングとふたり、ハーリー・ウィントナムの自宅を目指して帰路につけるものと思っていた。だが、状況は変わった。それに、カトウは僕たちをパラオへ導いてはくれたが、それ以上の情報は持っていなかった。僕は商店やバーに聞き込みをして回ったが、ボリンジャーを知る者はひとりも見つけられなかった。

僕はビーチに向かうと、砂の斜面をのぼって越えた。あるものを見つけて、思わず笑みがこぼれた。見下ろした先にあったのは、桟橋につながれた遊覧船だった。船のそばでは観光客の一団が写真を撮っていて、船長らしき男が代金を受け取ったり切符を発行したりしていた。

桟橋に近づいたら、観光客のグループとグループの間から案内板が見えた。〝グラスボートの旅。濡れずに魚と泳いじゃおう！〟さらに近づき、その下の小さな文字に目を通す。〝潜るのは怖い？　水着を忘れた？　水に入るのはもう飽き飽き？　それならぜひ、当社の魚と泳ぐツアーに。海に一歩も入らずにスキューバ気分を味わっちゃいましょう！〟

僕は信じられない気持ちで頭のてっぺんに両手を置いた。ボリンジャーは見つからないが、かわりにタングを元気づけてやれそうなものを発見した。タングとお別れをする前に、ふたりでとびきり楽しいことをしよう――タングが僕を思い出してくれるようなことを。グラスボートならぴったりだ。

十七　魚

タングを驚かせたくて、ボートツアーのことは黙っておいた。翌日も、そろそろタングも屋外に出た方がいいからとだけ伝えた。太陽からは必ず守ると約束し、出がけにフロントで傘を借りた。

当然のことながらタングは不安げで、ガムテープをいじりながら、太陽が自分の頭にレーザー光線で穴をあけるのではないかとばかりに、空をちらちらと警戒していた。僕は前日ひとりで歩いた道をタングと歩き、砂の斜面を越えた。足元の砂地には丈の長い草が生え、人の足で踏み固められてもいたので、はじめはタングも問題なく歩けていた。だが、ビーチを進むにつれて苦戦し始めた。足幅が狭すぎて、砂の中に体がずぶっと沈んでしまうのだ。それでも前を向いて頑張ったタングはえらい。

やっとのことで桟橋に辿り着くと、タングはすぐに、これからしようとしていることを理解した。目を丸くして僕の脚にひしと抱きつき、魚に会える期待感に、キャーキャーと電子的な声を上げる。

「ダイビングしないけど、ダイビング!」

「うん、まさにそう思ってさ」

「ベン……ベン……ベン! 魚! ベン! ありがとう、ベン! ありがとーーー」

そう言うと、タングは桟橋の先に向かってガシャガシャと歩き出した。


船のガラスの底と、その下に多数見えているヒトデを目にするなり、タングは体を左右に揺するように足を踏み換え、両手を叩いて「ウィーーーー」と叫んだ。傾斜の急なタラップを猛然とのぼり始め、勢い余って前に転んだが、構わずはいはいでのぼりきった。そのままでんぐり返しをするみたいに船内に転がり込み、うつ伏せになって、ガラスの底に顔をぺたっと押しつける。厳かな乗船でなかったことはたしかだ。

他にも数名乗客がいたものの、多くはなかった。閑散期なのだ。感謝祭の休暇で来ていた観光客は一週間前には引き揚げただろうし、クリスマス休暇の観光客が来るにはまだ早い。

僕はボートの片側に沿って置かれたベンチに座り、片手を船外にだらりと下げた。かろうじて触れている海水は温かで、その温もりが指先から腹の内側まで広がっていく気がした。船長が船を出し、スピードを上げていくと、その感覚は強まった。

船は、ペンキがところどころはげて錆びついた船体とハイテク装置との、愛すべき融合体だった。それらの機器がコックピット……いや、ダッシュボードか……名称はともかく、そういう場所に並んでいるのが、僕の座っている、船全体が見渡せる後方の席からもよく見えた。船の外では、この地域ならではの強烈な日差しが、遮るもののない海に容赦なく照りつけていた。

船が、船体の縁に沿って立つ複数の金属棒に固定された、大きな防水帆布で覆われていたのは幸いだった。危うくタングを失いかけた一件以来、僕はことタングに関してはうるさいほどに心配性になっていた。今もタングは僕が作った間に合わせのハンカチ帽をかぶっているし――本人も気に入ったらしい――防水帆布のおかげで十分な日陰も確保できていたが、それでも僕はちょくちょく手を伸ばしては、タングの背中や頭に触れて温度を確かめた。そのたびにタングは僕の手を払った。

「ベン、タング大丈夫。タング熱くない。タング最高幸せ」具合が悪かった間に見ていたテレビや、僕が買ってやった雑誌の影響なのか、タングは最上級形の言葉を覚え、やたらと会話に差しはさんできた。使い方がおかしいこともままあったが。

「見て！　ベン！　青い魚！」タングが言い、少しするとまた声を上げた。「緑の魚！　ベン……ベン！　見て！　ベン！　見て！　ベン！　オレンジの魚！」

少し沖へ出たところで、船長はクルーに舵を任せ、飲み物の入ったクーラーボックスを持って乗客のもとへやってきた。僕にビールを差し出し、隣に座る。

「かわいいロボットだね」彼の英語はアメリカ英語で、見た目もアメリカ人っぽかったが――こんがり日焼けし、無精髭を生やし、サングラスをかけ、野球帽をかぶり、タンクトップを着てデニムのハーフパンツをはいている――その言葉にはかすかな訛りも混じっていて、パラオ暮らしが長いことを物語っていた。

「ありがとう、僕もそう思います。魚にすっかり夢中になってる」

「船にロボットを乗せたのは初めてなんじゃないかな。普通、AIは船になんか興味を示さないからね。そもそも、パラオじゃ屋外でアンドロイドを見かけることは少ない。暑すぎるから」

僕はまじめな顔でうなずいた。

船長もうなずき返した。「いや、もちろんパラオにだってアンドロイドはいるよ……ただ、人づき合いはしない。淡々と仕事をこなして、トラブルに巻き込まれないようにして……もっぱら屋内にいるしな。だからロボットに会えて嬉しいよ。まあ、ちょっと変わっているけども」

「いや、まったく。見た目は回転式乾燥機みたいだけど、中身は特別なやつなんです」

「説明なんかいらないよ。ここじゃ、みんなお互いを尊重し合って生きてる。それでいいじゃないか」

そう聞いてほっとしたと、僕は言った。そして、船の底をガラスにするとはすばらしい発想だとか、船長のツアーコースの景色は最高だと伝えた。船長はありがとうと言って、近くに見える鮮やかな黄色の珊瑚と、ひと塊になって泳ぐ赤いフエダイの群れを指さして見せてくれた。

「それにしても、ロボットとの休暇で来るには珍しい場所だよな。余計なことかもしれないけど」

僕は微笑んだ。「いえ、いいんです。話せば長くなるけど、かいつまんで言うと、あいつは壊れていて、僕はその作り主を探してるんです」僕はタングと出会ってから、カトウにボリンジャーはおそらくパラオにいると教えてもらうまでのいきさつを簡単に説明した。そして、パラオにもボリンジャーの名を知る人はほとんどおらず、知っていても居場所まではわからないようだと言った。

僕がボリンジャーの名を出したとたんに、船長が言った。「俺、たぶん知ってるよ！いかれたじいさんでさ。いっつも切りっぱなしのデニムをはいて、麦わら帽をかぶってる。足元は裸足でさ。たまに食料やら何やらを補給しに出てくる。俺もこの船からしか見かけたことはないけどな。決まってあそこの桟橋を使ってるよ」と、すっかり遠くなったビーチの、ここからだと小さな板の寄せ集めにしか見えない桟橋を示した。

「人づき合いはない。住んでいるのはあっちの島だ」今度は水平線に浮かぶ豆粒みたいな点を指す。「コンテナを積んだ船があの島に寄るのを見かけるよ。彼がほしいものを直接届けて、ごみやら何やら、いらないものを持って帰るんだ」

最後の方は耳に入っていなかった。胃が裏返った気がした。僕は立ち上がって島の方に目を凝らした。タングを振り返り、彼の頭に手を載せて、肩を撫でた。僕たちはついに辿り着いたのだ。

その日の夕方、僕は部屋でタングと過ごし、そばを離れなくていいように、食事もルームサービスを頼んだ。僕たちはボートツアーやそこで見たものについて語り合ったが、実は船長に相談して、翌日ボリンジャーの島に連れていってもらう手はずになっていることは伏せておいた。珍しいことに、タングの方からも明日は何をするのとは訊いてこなかった。何度か僕から切り出そうとしてみたが、どうしても伝えることができなかった。あとから考えると、ひょっとしたらタングは全部わかっていて、だが、僕が考えを改めることを願って、何も知らないふりをしていたのだろうかと思う。

僕はホテルの案内ファイルに入っていたエリアガイドをタングに読んでやった。とある項目が目に留まった。

「ここに、この辺の部屋からは〝コロールの有名な夕日〟がよく見えるって書いてあるぞ。どうだ、タング、夕日を見る元気はあるかい？」

タングが目を細くして、二、三度瞬きをした。明らかに身構えている。

「タング、太陽と友達じゃない」

「そっか、そりゃそうだよな。でも、大丈夫。太陽は悪者じゃない。許してやったらどうかな？」

「許す？」

「そう、許す。ほら、たとえば誰かがタングを悲しませたり怒らせたり傷つけたりしても、そのあとでごめんなさいと謝ったら、また友達になるだろう。そんなふうにできないか？」

「タング……一度も許してない。意味わからない」

「許したことならあるはずだよ」僕は言った。「タングが気づいてないだけで、僕のことはもう何百回も許してくれてるんじゃないかな。ほら、初めて飛行機に乗った時、僕がタングを貨物室に預けようとして、タングが嫌だって怒ったことがあっただろう？」

「うん」

「でも、そのあと、僕に怒るのをやめてくれただろう？」

「うん」

「それは僕を許してくれたってことなんだ。そうじゃなかったら、友達のままではいられなかっただろうから。僕たち、友達だよな?」

「うん。ベンはタングの友達。タング、ベン大好き」

僕は喉に大きな塊が詰まったようになり、何も言えなくなった。目の前にいるロボットは〝何で〟の概念を理解できず、動機というものの意味も掴めずにいる。許すということを教わったことがないから、自分が人を許しているのかどうかさえわかっていなかった。そんなタングが、人が持つ数ある複雑な感情の中で理解したものは、愛だった。

僕はその場にしゃがんで、タングの小さな肩を抱きしめた。

「おいで、タング。一緒に夕日を見よう」

十八　ジェイムズ

僕たちを乗せた船は午後の潮の流れに乗って走った。またあの船に乗れるのだと知ったタングは大はしゃぎだった。

「グラスボート！　グラスボート！　グラスボート！」

「グラス底ボートだよ、タング。底以外はほとんど木でできてる」

「グラス底？」

何かの底がガラスでできているということが、タングにはおかしかったらしい。

「グラス底！　グラス底！　グラス底！」タングは前日同様に、船の床にうつ伏せになった。

僕は船長に向き直った。「騒がしくてすみません」

「いいんだ、いいんだ。俺に言わせれば彼も子どもみたいなもんだし、お客さんもいいお父さんに見えるよ」

そのひと言に僕の鼓動は少し速くなった。まさか自分が人からそんなふうに言われるなど、思いも寄らなかった。

ボートの旅は楽しく、島は美しく、天気もすばらしく、何より僕は使命を果たした。間もなくタングを本当の家に帰してやれる。タングも体を直してもらって幸せに暮らせる。それなのに、タングなしで家に帰ることを考えたら胸が潰れそうだった。僕は初めて自分の心に問いかけた。果たして僕はタングなしでも幸せでいられるだろうか。答えは陰鬱な霧の中に漂い、手を伸ばせばかすめそうなのに、届かない。実際にタングと別れてみるまで、わからないのだろう。

僕は、船長がちょくちょくタングを振り返っては、珊瑚礁や、魚群の影が近づいていることを教えてやるのを眺めた。タングは船長の言葉をひと言も聞き逃すまいとし、船長の予言通りの光景が現れるたびに足をばたばたと蹴って歓声を上げた。船長の言う通りだ。タングは子どもと同じだった。本当は僕も最初からわかっていたのだろうが、これまで姪や甥とさえ極力会わないようにしてきて、子どもと接した経験がほとんどなかったから、そんな視点で考えていなかった。だが、そうと自覚したとたんに、帰りの船は自分ひとりで、もう隣に僕のかわいい箱型ロボットはいないのだ、数時間後にはそうなっているかもしれないのだという事実が余計につらくなった。

僕はタングと並んで汗ばんだ体を冷たい床に横たえると、一緒に魚を眺めた。

船長は僕たちを小さなビーチの桟橋で降ろしてくれた。タングは気が進まない様子で、周囲を見渡し、顔をしかめていた。僕は、自分たちが向かっている先に気づいたら、タングはもっと喜ぶものと思っていた。シリンダーを交換できる場所についに辿り着いたのだと、タングにもわかるはずだと思っていた。もう液体がなくなる心配をしなくていいのだと。いや、心配をしなくていいのは僕の方か。僕は例のごとく、大きな種明かしをしたあとのことまでは、ちゃんと考えていなかった。タングが状況をのみ込んだあと、僕はいったいどうするつもりだったのか。「じゃじゃーん」とでも言うつもりだったのか？

僕たちは急ぎ足で、足をするようにして白くまぶしい砂浜を歩いた。タングは角を結んだハンカチ帽を、僕はパナマ帽をかぶっていた。五十メートルほど進んだ時、遠くに人影が見えた。太陽に向かって目を細めて見ていると、人影が次第に近づいてきた。そのうちに、その人が走っていて、しかも〝彼〟であることがわかった。僕はちらりと横目でタングを見た。タングはまっすぐ前を見つめていたが、歩みは止まっていた。その場でそわそわと足を踏み換えている理由が僕にはわからなかった。足元は砂地だったから、単に沈みそうになっていたのかもしれない。

「タング、あの人を知ってるかい？」

「うん」

「誰だ?」

タングは答えなかった。目を細め、マジックハンドの手を拳にして、見る見る近づいてくる男を睨んでいた。

「タング、あの人は誰だ?」

しばしの沈黙のあと、タングが言った。「オーガスト」

「タング、その話は前にもしただろう……」

タングはエイミーみたいな表情で僕を見た。だが、それを見ても、毎度のことながら僕は何も理解できなかった。

「タング、あの人はいったい誰なんだ?」

「オーガスト! オーガスト……オーガスト……オーガスト!」

「もういい、今は八月《オーガスト》なんだろ、わかったよ! 彼が来たら直接訊く」

その頃には男はだいぶ近くまで来ていたから、身長が一八〇センチ前後で、年の頃は六十くらいだとわかった。あちこち毛羽立った麦わら帽子を除けば、南国のビーチにふさわしい出で立ちで、キャンバス地の切りっぱなしのハーフパンツに白いガーゼシャツを着て、足元は裸足だった。当然のことながら見事に日焼けしている。彼は走りながら僕たちに手を振り、何かを叫んでいた。はじめの数回はよく聞き取れなかったが、彼はこう呼びかけていたのだった。「ジェイムズ、ああ、夢みたいだ……ジェイムズ、もう二度と会えないかと思っていたよ!」

ジェイムズ?

僕たちの前まで来ると、男は膝立ちになってタングを抱きしめたが、タングは身をこわばらせたまま、腕をだらりと下げて突っ立っていた。ロボットのそっけない反応にくじける様子もなく、男はタングの体の傷やへこみをひとつひとつ調べ始めた。当然、フラップに貼られたぼろぼろのガムテープにも気づいた。

「いったい全体、自分の体に何をしたんだ、ジェイムズ?」そう言ってガムテープを剥がそうとしたが、タングはテープを腕で隠し、今まで一度も聞いたことのない低い声でうなった。「ジェイムズ、ちゃんと見せてくれ。直させてくれ」

「やだ」

「ジェイムズ、頼むから……」

「やだ!」タングは断固拒否の構えで顔を険しくした。

何とも気まずい光景だった。男は見るからにタングを心配しているのに、タングがこうもかたくなに彼を拒絶する理由が、僕にはわからなかった。

「タング、シリンダーを……見てもらった方がいいよ」僕は諭したが、タングは頑として手をどかさない。

僕の言葉に男は我に返り、立ち上がって僕の手を握ると激しく振った。

「あなたが彼を見つけてくれたんですね。本当にありがとう。どんなにほっとしたか、とても言い尽くせない。ところで、あなたは?」

「ベンです」僕はそれだけ答えた。僕の手をぶんぶんと振り続ける初対面の男をどう受け止めればいいのか、戸惑っていた。

「これは申し訳ない。こちらから名乗るべきでした。オーガスト・ボリンジャーです、どうぞよろしく。人にはボリンジャーと呼ばれています」

オーガスト?

つまり、タングははじめから持ち主の名を教えてくれていたのだ……僕がまともに聞いていなかっただけだった。「タング、それならそうと、どうして言わなかったんだ?」

タングは肩をすくめて、かぶりを振った。

「さんざん旅をしてきたのは何のためだと思ってたんだ? おまえを直せる人を探してるのは、タングもわかっていたはずだろう」

タングは足元に目を落としてガムテープをいじった。そして、数秒後、こう言った。

「旅行」

僕はがくりと頭を垂れた。どこに向かっているのか、タングに説明しようとは考えもしなかった。僕がわかっていることはタングもわかっているものと思い込んでいた。

タングが過去にこの島を出ていこうと決めたそもそもの理由にしても、尋ねようとはしなかった。エイミーとの結婚生活でも、僕はいつもこうだったのだろうか。

タングと僕がやり取りをしている間、ボリンジャーは温かな砂に這いつくばり、タングをさらに至近距離で調べていた。ひとつだけ、僕の読みが正しかったことがある。タングの持ち主は、タングがいなくなってやはり寂しかったのだ。

僕は〝オーガスト〟の衝撃の真相に気を取られ、タングの故障の緊急性を危うく忘れかけていたが、タングの体を丹念に調べるボリンジャーの姿に、ここに来た目的を思い出した。

僕はにわかに心配になり、ボリンジャーに声をかけた。「すみませんが、涼しい場所に移動しませんか。この暑さはタングにはよくない……冷却用のシリンダーが壊れていて、液体がほとんど残ってないんです。すでに一度、危ない状態になって……」

僕の声は尻すぼまりに消えた。不安だったこの一カ月を思い出したくなかった。

「こっちへ」ボリンジャーはうなずきながら言うと、「ついておいで」と、タングに告げた。だが、タングはその場に立ったまま動かない。やがて、僕を鋭く睨むと、すっと胸を張り、大股でボリンジャーの脇を通り過ぎ、先ほど主《あるじ》がやってきた方角に向かってビーチを歩き出した。

タングを追いかけようとした僕の胸を、ボリンジャーが片手で押さえた。

「ああなったら放っておくのが一番だ。そのうち機嫌を直す」

タングの扱いをボリンジャーに指図されるのは面白くなかった。とは言え、タングは革命軍を率いるリーダーみたいにガシャガシャと反抗的に砂浜を進んでいき、どう見ても僕と話す気はなさそうだ。

「行こう」ボリンジャーが言った。「刺激しないように距離をあけて歩きながら、話しましょう」

僕はうなずき、ボリンジャーと並んで歩き出した。

「まずは、なぜ彼をタングと呼んでいるかなんですが」

「それがあの子の名前でしょう？　あなたはなぜジェイムズと呼んでいるんですか？」

「それが本当の名前だからです」

「なぜジェイムズと？」

「何かしら名前はつけないとならんでしょう。それによって人格も育つと思うんでね。ジェイムズにしたのは、その名前が好きだったからですよ」

「最初にあの子がうちの庭に現れた時、話すことと言えば〝アクリッド・タング〟と〝オーガスト〟だけでした。そして、タングと呼ぶと反応した。本当の名前がジェイムズだとは、僕には一度も言わなかった」

「君に黙っていたことはたくさんあるようだね」

事実だった。タングが僕に教えなかったことはたくさんある。それは知っている。だが、僕の方も尋ねようとしてこなかった。

「〝アクリッド・タング〟と〝オーガスト〟が、タングが何者でどこから来たかという謎のヒントだろうと思っていました。でも、関係ないと聞き捨てた言葉の方こそ、ここにつながる唯一の手掛かりだったんですね」

「まあ、そうとも言えないと思うが……複雑でね。でも、説明できると思いますよ。よかったら夕食はうちで食べて、今夜は泊まっていきませんか？」ボリンジャーはどうですかというように腕を広げ、小さな目で笑った。

せめてそれくらいはお願いしたいと内心思ったが、口をつぐんでおいた。

ボリンジャーの印象的なモノクロームの家は、どういうわけかビーチからは見えないように建っていた。行ってみると、タングは玄関を入ってすぐの戸棚に閉じこもっていた。ボリンジャーは玄関の扉を閉めると、戸棚に向かった。

「彼はここだよ」と、ボリンジャーが言う。

「なぜわかるんです？」

「私に腹を立てると必ずここに閉じこもってたんでね」ボリンジャーは戸をノックした。「ジェイムズ？　ジェイムズ？　ドアを開けるんだ！」

短い間《ま》があいた。

「タング」金属的なつぶやきが中から返ってきた。

「おまえの名はジェイムズじゃないか、ジェイムズ。覚えているだろう?」

「うん」

「ならば、ジェイムズと呼ぼう」

「やだ」

「呼ぶ」

「やだ! タング! タング……タング……タング……タング……タング!」

勝ち誇った気になるのは大人げないが、僕もそこまで人間ができていないので仕方がない。

「こいつは意地になるといつもこうなんですよ、ボリンジャー。本人の望み通りにしてやった方がいいんじゃないですかね」

ボリンジャーは僕を鋭く一瞥すると、ため息をついた。

「いいだろう、〝タング〟、それが今の名前なら」名前を不必要に強調して呼ぶボリンジャーに、大人げないのは自分だけではないのかもしれないと僕は思った。ボリンジャーが続ける。「さあ、外に出てきて話をしてくれるか?」

「やだ」

「出てこい！」

「やだ」

「やだじゃない！」

「やだ！　やだ……やだ……やだ……やだ……やだ……やだ！」

「もういい。おまえのことはあとだ。行こう、ベン。今夜の部屋に案内しよう」

僕たちはタングを残してその場を離れた。後ろからカチャリと戸の開く音がしたが、タングは出てこなかった。


ボリンジャーは広い平屋の中を先に立って歩いた。どこもかしこも光沢が眩しく、窓の外に広がる美しい自然とまったく調和していない。地元の建材を使っていないことは明らかだ。仕事人生を鋼鉄とはんだに囲まれて生きた男なのだということが、よくわかった。それにしても、隠遁生活を送る男がなぜここまで大きな家を建てたのだろうと不思議に思っていたら、見透かしたように答えが返ってきた。

「なぜこんなだだっ広い家に住んでいるのかと思っているだろうね。私みたいな立場の男にはたしかに広すぎるんだろうが、長年、窮屈なオフィスや狭苦しい研究室で働いてきたから、ここに越してきた時に、絶対に夢の家を建てようと決めたんだ。で、実際にそうした。当時はいい考えに思えたんだが、今は……ここ最近は、何だか広すぎる気がしてね。タングがいないと。だが、君のおかげで彼は帰ってきた」

ボリンジャーは僕を案内して廊下を進むと、角を曲がったところで唐突に立ち止まった。

「ここだ」と、彼は言った。「おそらくここが一番いいゲストルームだと思う。少しゆっくりするといい。今まではどこに泊まっていたのかな？　何か洗濯するものはあるかい？　残念ながらうちに洗濯ロボットはいないが――それを作るところまで手が回らなくてね――でも、洗濯機ならある……乾かすのに多少時間がかかってしまっても構わなければ」

僕は宿泊先のホテル名を告げ、ここを出たらすぐに帰国するつもりだったので、チェックアウトはすませてきたと説明した。洗濯の申し出はありがたく受け、バックパックに詰め込んでいた衣類から、汚れのひどそうなものをまとめてボリンジャーに渡した。

スイートルームと言ってもいいような部屋には、大きなウォークインクローゼットがあり、見たこともないほど大きな自立式の姿見が置かれていた。ドアに向かって右手には、黒い革張りのソファと足置き台があり、そこに座ると、一枚ガラスの窓の外に生い茂る南国の緑が楽しめるようになっていた。今まで泊まった中で文句なしに一番の宿だ。

何より目を引いたのはスチール製のベッドだった。天蓋付きで、雪のように白いベッドカバーがかけられている。どさりと倒れ込んだら、僕の体を心地よく受け止めてくれた。ベッドに横たわったまま、僕は困惑していた。カトウもタングもボリンジャーに怒っているようだったし、カリフォルニアでコーリーから聞いた限りでは、ボリンジャーがタングに意図的に不完全な体を与えた可能性もあった。その一方で、これまでのところ彼はいたって感じがよいし、タングを純粋に心配していたように見えた。矛盾している。答えが知りたいが、あとにしよう——その前に少し眠りたい。

十九　シャンパン

目覚めると、辺りは暗くなっていた。睡眠を取ったのはよかったようで、悲しみは眠る前より深くなっていたが、心は軽くなっていた。僕は生まれて初めて何かを成し遂げ、それによってタングの命を救ったのだ……タングがボリンジャーにシリンダーを交換させればの話だが。それでも、僕は心にぽっかり穴があいた気分だった。僕の知る限りではタングは戸棚に閉じこもったままだが、彼が自ら出てくるのを待つべきか、それとも行って出ておいでと頼むべきか、決めかねた。そもそも、それをするのはもはや僕の役目ではないのではないか。タングの持ち主は今一度ボリンジャーになり、こちらは一介の客だ。僕は胃が締めつけられた。

何か建設的なことをしたくて、洗濯に出さなかった残りの衣類をバックパックに詰め直すことにした。そうするうちに、旅の間ずっと、上から数枚分の服しか着ていなかったことに気づいた。数週間前の自分が他に何を詰めたのか、ふと気になった。バックパックをひっくり返して中身をベッドにあけたら、今回の旅にはまるでそぐわないものがあれこれ出てきた。よく磨かれた黒の革靴には、我ながら呆れてかぶりを振った。家にいた時でさえ履いたことがないのに、世界一周バックパックの旅で使うわけがない。ひとつ、革靴よりはまともなアイテムが手に触れた。何年もはいていなかったのに、何となく荷物に詰めたハーフパンツだ。この旅で使わずしていつ使うのか。汚れがないか、ひっくり返して確かめていたら、ポケットから何かが落ちた。シャンパンのコルクだった。僕はハーフパンツをベッドに放り、眉根を寄せてコルクを拾った。鼻に近づけて匂いを吸い込んだら、今よりも若いエイミーが心に浮かんだ。

エイミーと初めて会ったのは、ブライオニーの自宅で開かれたディナーパーティの席だった。ちょうどイギリスが熱波に襲われていた時で、毎年のことなのに猛暑で倒れる人が続出していた。病院は、皮膚が赤唐辛子色に焼けた上半身裸の男たちや、酔って病的な脱水症状を起こしている若い娘たち、熱中症で運ばれた、頭の禿げかかったリタイア組などであふれ返っていた。ブライオニーからは〝ガーデンパーティ〟だと聞かされていて、僕はバーベキューのことだと思っていた。だから、ハーフパンツと白のカジュアルなコットンシャツを着ていったのだが、そう言えば今回の車の旅で着ていたのもその白シャツだ。それはさておき、その時問題となったのはハーフパンツの方だ。しくじったかなとうすうす感じ始めたのは、姉の家に着いてからだった。

玄関に出てきたブライオニーは、片手でドアを押さえ、もう一方の手にはシャンパンのグラスを持っていた。シンプルな黒のワンピースに母の形見の真珠のネックレスを合わせたブライオニーを見ても、僕はまだ、ふたりの服装のフォーマル度にかなりの開きがあるとは気づいていなかった。

「遅かったじゃない」

「ごめん。おしゃれに時間がかかっちゃってさ」僕は言った。

ブライオニーは片方の眉を上げた。

「その服、何?」

「何って何さ。ハーフパンツじゃないか」

「どうしてハーフパンツをはいてるの?」

「暑いからだよ。他にどんな理由があるのさ?」

「でも、今夜はディナーパーティなのよ」

「バーベキューだって言ったじゃないか」

「言ってないわよ。私はガーデンパーティだって言ったの」

「同じことじゃないの?」

「違うに決まってるじゃない。ああ、もう、ベンったら、ほんと人の話を聞かないわよね。もう少しちゃんとした格好をすれば、あなただってそれなりに見えるのに」

「それはどうも」ブライオニーにそう指摘されたのはその時が初めてではなく、おそらく最後でもないだろう。姉は大げさにため息をつきながら、それでも脇に下がって僕を通してくれた。ほっとした——一瞬、制服を着なくてもいい日だと勘違いした学生みたいに、着替えに帰らされるかと思った。

「まったく、他のお客さんに何て言えばいいのよ」

「コミュニケーションの行き違いがあったと言いなよ」

ブライオニーは鼻にしわを寄せて、眉をぴくりとさせた。それでは十分な言い訳にならないらしい。ブライオニーは広々とした居間——庭とひと続きの〝自然を感じられる〟部屋——に僕を通すと、大きくひとつ息を吸い、皆に僕の到着を告げた。

「皆さん、ご紹介します、弟のベンです。ガーデンパーティの意味を完全に取り違えちゃったみたいで、ごめんなさいね」そう言って、ブライオニーは笑った。皆も笑った。これだからブライオニーの主催するパーティは嫌いなんだ……ついでに言うなら、彼女の住む世界そのものも。

だが、悪いことばかりではなかった。開け放たれたフランス窓のそばに、若い女性が立っていた。差し込む日差しで僕の位置からは逆光になっていたが、彼女だけは僕を笑っていなかった。それを見て、今夜は彼女と過ごそうと決めた。他の誰かと無理やり話をさせられそうになったら、その時はブライオニーとデイブの庭にある温水プールに飛び込んで溺れてやる。ブライオニーから解放されると、僕はまっすぐその彼女のもとに行った。

「ベンです」と、手を差し出した。

「存じています」彼女は僕の手を取って握手した。僕は期待に少し舞い上がった。

「ええっと……どうして知ってくれているのかな？」軽い調子に聞こえることを願った。

「ブライオニーがたった今紹介していたから」

ああ。

「君は誰？　いや、その、お名前は？」

その時、ブライオニーがシャンパングラスを鳴らし、人々の小さな笑い声や心地よいざわめきがすっとやんだ。

「エイミー、こっちに来てくれる？」

僕の隣の彼女がにっこり笑って姉の方へと歩き出した。今度はその姿がはっきりと見えた。ブライオニーより三十センチほど背が高く、つまりは僕よりわずかに小さいくらいで、体型はスリムと普通の中間だった（あとになって、彼女自身は太っていると、ずっと思い込んでいたことを知った。子どもの頃に太っていたからだそうだ）。かわいらしい人で、金髪をきちんとまとめていたが、ところどころ後れ毛が出ているあたり、実はかなり頑張ってスタイリングをしていることがうかがえた。数年後に僕を捨てて出ていった、妙にあか抜けた、かっちりとしたキャリアウーマンとは別人のようだ。

「皆さん、私の新しい親友を紹介します」ブライオニーが話し始める。早くも少し酔っているようだ。そうでなければ、姉が人前であそこまで熱くなるはずがない。「今夜の主賓です。と言うのも、なんと彼女、このたび法廷弁護士の資格を授与されたのです！」そのひと言に拍手喝采が沸き起こり、エイミーは頬を赤らめた。法廷弁護士の資格取得なんて話を聞いても、僕には酒を飲んで騒ぐためのお上品な競争にしか思えなかったが、エイミーとの会話のきっかけにそれを言うのはよそうと思った。

その夜の主役は、盛り上がる人々に向かって小さく「ありがとう」とつぶやいた。

「デイブ、ボトルを取ってくれる？」

ブライオニーの夫が言われるままに妻にボトルを渡す。そつなくやるつもりなら、栓を開ける前にボトルに布をかぶせただろう。だが、姉はそうはしなかった。華やかな盛り上がりを求めていた。だから、シャンパンを飲み慣れている者にしかできない早業で、コルクを勢いよく抜いた。シャンパンがあふれ出て、皆が歓声を上げる。デイブがグラスの載ったトレイを手際よく差し出し、こぼれたシャンパンを受け止める。飛んできたコルクを思いがけずキャッチしたのは僕だった。

〝キャッチした〟と言ったが、実際にはブライオニーのひどい――いや、見事と言うべきか――ショットが僕の乳首を直撃しそうになったから、手を上げてよけようとしたというのが本当のところだ。ブライオニーは昔から僕より荒っぽく、子どもの頃も、何をしたら痛いか、痛くないかを全然わかっていなかった。サイみたいな人なのだ。こうと決めたらまっしぐらに突き進むし、体つきも全体的に四角くがっしりしている。

エイミーはデイブのトレイからグラスをひとつ取ると、意外にも僕の隣にそっと戻ってきた。

「ああ、恥ずかしかった」と、エイミーが言う。

「姉はいつもああだから。すみません」

「いえいえ。すてきなお姉さんよ。ブライオニーが盛大に祝いたいと思ってくれるのは、ありがたいことだわ。私の親は法廷弁護士という職業自体をあまり理解していないから、資格を取っても、特に反応がなくて。こうして誰かに認めてもらえるのは嬉しいわ」

「これ、さっきのボトルのコルク……君が持っていなよ。そうしたら今日のことをずっと覚えていられる。人に認めてもらえた日をさ」僕はコルクを差し出した。

「キャッチしたの？」

「あー……うん、まあ」そう言えなくもない。

「あなたが持ってて。それで、私が落ち込んだ時に見せて。そうしたら今日のことを思い出せるから」エイミーが微笑んだ。僕も微笑み返した。

それがエイミーと僕の出会いだった。両親が亡くなって半年、ブライオニーは悲しみから立ち上がろうとしていたが、僕はまだ、自分はなぜ悲しみを感じないのかと考えている時期だった。まさにこれから法廷弁護士として羽ばたき、自信もつけていこうというエイミーに対し、僕のキャリアはその数日前に突然中断してしまっていた。獣医師研修の指導官に、まずは〝自分と向き合って気持ちの整理をつけて〟、それから戻ってこいと言われたのだが、そのどちらも僕はしていなかった。

あの時のコルクを僕はいまだに持っている。南太平洋の離島にある、変わり者のイギリス人宅でバックパックの整理をするうちに、そんな滅入るような事実を突きつけられた。

考えもなしにポケットからスマートフォンを取り出し、ブライオニーの自宅に電話をかけた。姪のアナベルが出た。

「アナベル、元気かい。ベンだよ」

「ベンって誰？」

「ベン叔父さん」

「あああ、ベン叔父さん。こんにちは」

電話の向こうが騒がしくなり、ずかずかと近づいてくる足音が聞こえた。姉に違いない。「渡しなさい」とつぶやく声がして、ブライオニーが電話口に出た。

「今までどこに行ってたのよ。誰にも何も言わずにいなくなっちゃって。みんな、ベンは死んじゃったんじゃないか、自殺したんじゃないか……ロボットに殺されちゃったんじゃないかって心配してたんだから。どこにいるの？　無事なの？　今、家なの？」そんな調子が延々と続いた。僕は数分間、姉が声を荒らげて怒るのをただ聞いていた。叱られても嫌な気はせず、むしろこうして心配するくらいに僕を気にかけてくれていたのだと思うと嬉しかった。

「僕は大丈夫だから、ブライオニー、本当に……」

「カリフォルニアにいるの？」

「いや……」

「だったら、どこよ？」

「話す暇をくれたら教えるよ」

沈黙。

「ミクロネシアにいる」

「それってどこ？」

「太平洋。そこのとある島にいる。話せば長くなるけど、今はロボットと、ボリンジャーという名の男と一緒だよ」そう言いながら、この説明では姉の質問に答える以上に、さらなる疑問を招くだけだと気づいたが、詳しく話す時間はなかった。「ブライオニー、あのさ、今はあまり話す時間がないけど、帰ったら必ず会いにいくから。約束する。それより……」僕は答えを聞くのが恐ろしくて、一瞬口ごもった。「……エイミーはまだそこにいるの？」

「いるけど、ただ……」

「頼む、彼女と話をさせてくれないか？」

「話なんてしても、どっちのためにもならないと思う。今はタイミングが悪いわ、ベン」

「頼むから」

少し間《ま》があいた。「ちょっと待ってて」

受話器が置かれ、足音がいったん遠ざかり、今度はさっきよりも軽い――そして優雅な――足音が聞こえてきた。エイミーが受話器を取った。

「ベン？」エイミーらしくない、おずおずとした声だった。

「エイミー、声が聞けて嬉しいよ」

「ベン、こんなに長い間……どうしてもっと早く連絡してくれなかったの？　みんな、本当に心配したのよ」

「みんな?」

「そう、みんな。今、どこにいるの?」

「太平洋の島だけど、それを言うために電話したわけじゃないんだ……」

「クリスマスには帰ってくるの?」話をしていくうちにエイミーは落ち着きを取り戻した。エイミーらしい口調になった——僕のエイミー。

「わからないけど。うん。たぶん。でも、それは置いといて、ちょっと聞いてほしいんだ……旅をしながら、君のことをたくさん考えてた。離婚に至った責任は僕にもあった。それを謝りたくて。当時は何がいけなかったのか理解できなかったけど、今ならわかる。少しは君の立場から僕自身を振り返れるようになった。僕との生活が君にとってどれほどのストレスだったか、今なら理解できる。許してはもらえないかな。どうか許してほしい」

僕は言葉を切り、エイミーに答える時間を与えたが、沈黙が流れるばかりだった。

「エイミー? まだそこにいるかい?」

「いるわ、ベン。私も、ごめんなさい。もちろん許すわ……私だって、一緒にいると息が詰まるような時もあっただろうし、あなたの気持ちももっと考えるべきだった」

「それなら、やり直せるかな? やり直さないか、エイミー?」

再び沈黙。エイミーの次の言葉を僕は悟った。

「ベン……つき合っている人がいるの」

その言葉を耳にした瞬間、胃が浮いたような気がした。驚くことではなかったのに。

「あ、そうなんだ。僕の知ってる人？」

「デイブの友達。ケンブリッジ卒で、学生時代からの仲間なんですって。あ、言わなくてもわかるわよ――ケンブリッジとオックスフォードの間に、何をどうしたら友情が芽生えるんだって思ってるでしょ？」エイミーはうふふと笑ったが、緊張した神経質な笑いだった。「彼、外科医なの。実は今もここにいるのよ」

そうだろうとも、と僕は思った。

「そっか、そういうことなら君の幸せを祈ってるよ、エイミー、本当に」嘘ではなかった。エイミーもようやく、理想の男に巡り会えたようだったから。いいと思ったのに、蓋を開けてみたら期待外れだったというような男ではなく。今度の彼はやり手のようだ。

「ありがとう」エイミーは静かに言い、こう続けた。「ベン、これからも友達でいられる？」

数週間前のタング相手の独白を思い出した。エイミーにも家族にも二度と会いたくないと思っていた。酔ってはいたが、何より傷ついた気持ちが大きく、あの時の言葉は本音だった。タングと過ごしたこれまでの時間にも思いを馳せた。タングに対する今の気持ちや、僕自身に対する気持ちも。

「うん……もちろんだよ、エイミー」本心だった。それでも涙は止まらなかった。

二十　誤作動

電話を切ったあとも、僕は長い間スマートフォンを見つめていた。そして、それ以上に長い間、ベッドの端に腰かけていた。廊下からガシャガシャという音がして、次の瞬間、タングが部屋に入ってきた。

「もうベンのこと怒ってない」

僕は目元を拭った。「ありがとう、タング。安心したよ」

「ベンの顔濡れてる」

「ああ、そうだな、タング」

「ベン、小さい犬みたいにお漏らし。ベンおかしい？　ベン壊れる？」

「大丈夫、壊れてないよ。いや、壊れているかもしれないけど、立ち直るから」

「タング直せる？」

僕は微笑した。「いや、これは誰にも直せないと思う。でも、ありがとうな」

「ベン、どうして壊れる？」

「壊れた、だよ。さっき、エイミーと電話で話したんだ。ひょっとしたら……ひょっとしたらエイミーがうちに戻ってきて、また一緒に暮らせるかなと思ったんだけど、エイミーはもう他の誰かが好きらしい。遅すぎたんだ」

「何でエイミー、ベン好きじゃない？」

僕はタングの頭に手を載せた。「いろいろ複雑なんだよ、タング。簡単に言うと、僕はエイミーにふさわしい男じゃなかったんだ。エイミーを幸せにできなかった」

タングは心配して、足を何度も踏み換えながら、瞼の下からすくうように僕を見上げた。「よくわからない」

「いいんだ。タングはわからなくていい。家に帰っても、やけにがらんとしてるんだろうな。エイミーも――タングもいないと」涙がまたこみ上げた。

「僕が……いない？」タングは顔をしかめて僕を見上げた。少なくとも僕の目にはしかめているように映った。たぶん、僕は時々勝手にタングの表情を想像して、その金属の体では表現しきれない気持ちの部分を補って見ているのだと思う。いや、その気持ちも実際には僕のものでしかないのかもしれない。

ボリンジャーが部屋のドアをノックした。

「ベン？　邪魔をしてすまないが、あと十五分で食事の支度ができるよ」

僕は視界の滲んだ目をごしごしとこすった。「あー……ありがとう。すぐ行きます」

ボリンジャーの裸足の足音が廊下を戻っていく。

「タングここにいていい？」

「もちろんだ。僕は今から食事をして、ボリンジャーと話をしてくるけど、また戻ってくるから。そうしたらおしゃべりしような」

滅入ってはいたものの、手料理は楽しみで、僕は気を取り直してひんやりとした迷路のような廊下を歩いた。廊下にはいくつもの扉が並び、がらんどうの部屋につながっていた。ところどころでドアを開けてのぞいてみると、バイクのエンジンだけが防水シートを広げた部屋の中央にぽつんと置かれていたり、前衛的な本棚が置かれた書庫らしき部屋に、申し訳程度の数の本が互いを支え合うように並んでいたりした。ひとつ、扉が小さく開いた部屋があったのでのぞいたが、すぐに後悔した。胴体のない二本の金属の足が目に飛び込んできて、ぞっとした。ロボットにつけるためのものだったのだろうが、使われることなく時が過ぎたらしい。部屋には埃が積もっていた。

ずいぶん歩いて辿り着いた食堂は、無意味に長い食卓兼会議用テーブルと、その両端に置かれた、部屋の雰囲気にまるで合わないガラス製の枝付き燭台がなければ、そこが食堂だとは気づかないような部屋だった。むしろ金持ちのための娯楽室のようで、僕は、ひょっとしてボリンジャーがボタンを押すと、テーブルの上下が反転して、フエルト様の緑色の布とルーレットが出てくるんじゃないかと思った。表向きは隠遁者だが、実は賭博の元締めでもしているのではないか。いや、それはないか。ボリンジャーは雑多なものを収集しているだけの、ただの男だ。ひとつのことに集中できずに気まぐれに何かを始めては、飽きてまた次に移ってしまうような男だ。僕と似てなくもない気がした。だが、そうだとしてもボリンジャーは僕の友人をふたりも怒らせたのだから、そこは挽回してもらわないといけない。

僕がテーブルを見渡していると、当のボリンジャーが華奢で大振りなワイングラス二脚を手に、ル・クルーゼの濃紺のエプロンを着け、そろいの大判のふきんを肩にかけて現れた。僕を一瞥し、驚いたようにもう一度まじまじと見る。「大丈夫かい？やけに沈んでいるようだが」

僕は大丈夫だと答えた。

「今夜は鶏料理にしたよ」と、ボリンジャーが話題を変えた。

「いいですね。楽しみです」

「人様にお出しする料理となるとレパートリーが少なくてね。鶏を何らかのソースで煮込むぐらいが精一杯だ」

ボリンジャーは僕に座るように促すと、食卓に用意されていたデカンタに入った、粘性の強い濃厚で上等そうな赤ワインを、グラスに半分ほど注いだ。そして、いったん部屋を出ると、今度は湯気の立つパスタボウルをふたつ運んできた。説明通りの料理だった。何らかのソースで煮込んだ鶏と、何らかの緑色の豆。ボリンジャーも席につき、召し上がれという仕草をした。

僕たちはきっと、言いたいことをどう切り出せばいいのか、いったん切り出したらどう話を続ければいいのか、わからなかったのだと思う。かつては一流の技術者だった男に、ロボットが逃げ出すなんて、いったいあんたは何をしたんだと訊くことも、そっちこそ連絡もなしにいきなり島に押しかけてくるとはどういうことだと訊かれることも、そうそうあることではない……。だから、それよりは気が楽な沈黙の中での食事は、互いにとっての猶予期間だったのだと思う。先に食べ終わったのはボリンジャーで、ずっしりと重いナイフとフォークを皿の上に置くと、大きく息を吐き、切り出した。

「カトウからかつての出来事については聞いているんだろうね。カトウの紹介で来たんだろう？」

「ええ、彼から話は聞きましたが、すべてではないと思います」

「本来は何も話すべきではなかったんだ」ボリンジャーの声に潜む闇に、僕は初めて不安を覚えた。カトウを擁護しなくてはという気になり、前言を修正した。

「たいしたことは聞いてません。あなたと東アジアＡＩコーポレーションで働いていたが、事故が起きてプロジェクトは中止になり、メンバーは解雇された。聞いたのはそれだけです」

ボリンジャーはうなずいた。「さすがはカトウだ」と、皮肉を言う。

「僕にはよくわかりません。カトウもタングもあなたに対して怒っている。なぜです、ボリンジャー？」

「はて、それを知ることが君にとって幸せなのか。悪いことは言わない——何も聞かない方が君のためだよ」

「でも、ここにいればタングは幸せだと納得できなければ、置いて帰ることはできない。それはあなただってわかるでしょう？」

ボリンジャーは長い間、睨むように僕を見ていたが、僕も引き下がらなかった。

「何があったかを知るまでは、タングを置いていくつもりはない」

「そこまで言うなら仕方がない」ボリンジャーは立ち上がった。「ワインをもう一本持ってこよう——長い夜になるだろうから」

「私はすべてを持ってこの島に来た」ボリンジャーが語り始めた。「私の立場だと、普通はもう少し物を〝整理〟するんだろうが、私は何ひとつ手放すつもりはなかった——古いノートさえもだ。何年もかけて集めた、プロジェクト用の鋼鉄やアルミニウム板も、研究室からこっそり持ち出したチタンやアラミド繊維のケブラーなんかも、全部持ってきた。

ゆっくり考える時間がほしかった。だが、家を切り回すというのは、それが新しい家であってもなかなか大変だ。手伝いがほしかった。だから、急ごしらえでロボットを作ったんだ。くすねてきた鋼鉄を文字通りがんがんとつなぎ合わせてね。見てわかるだろうが」

「なるほど」コーリーもカトウも、タングは急いで作られたようだと指摘していたことを思い出した。ボリンジャーはそれを認めたわけだ。「壊れたシリンダーはもう直したんですか?」僕は尋ねた。

その問いかけを、ボリンジャーは片手を振ってぞんざいに退けた。

「心配には及ばないよ、ベン。あんなものは新しいシリンダーに交換して中身を補充してやればすむ話だ。たぶん、部品をしまってある場所さえわかれば、タングでも直せる。おそらく、その場所も知っているしな。さてと、私がかつて作っていたロボットの話だがね……」

僕の長旅の意味そのものを、ボリンジャーは些末なことのように片付けた。まるで電池を交換するとか、やかんに水を入れる程度のことみたいに。僕は抗議しかけたが、ボリンジャーは構わず話し続けた。

「タングは私の最高傑作ではない。全盛期の頃の仕事を見せてあげたかったよ。私の生み出したデザインを。自分で言うのも何だが、惚れ惚れする仕事だった……」

その時、もうひとつ疑問が浮かんだ。「ちょっと待った。さっき、タングは鋼鉄でできていると言いましたか？」

「言ったが、それが何か？」

「あの嘘つきめ。あいつ、自分はアルミニウムでできてるって言ったんですよ」

ボリンジャーは笑った。「つまり、嘘をつくことを学習したわけだ」彼の顔も声もどこか得意げだった。それはともかく、ボリンジャーの言う通りだった。タングは日々学習している。手本にしているのは僕で、つまりはよいことだけでなく、悪いことも僕を見て覚えたということになる。

「彼の声も変わったね」ボリンジャーが言った。「非常に基礎的な音声システムしか搭載しなかったのに、どうやってか、それを発達させたらしい。周囲のさまざまな声を聞いて、組み込んでいったんだろう」

たしかにそうだ。初めてタングに会った時、彼の声はいかにも電子音的で、それもまた、タングを学校の工作作品みたいに見せたひとつの要因だった。だが、今は……明るかったり陰があったりと、声にニュアンスが出てきて、当初の甲高く金属的な響きも和らいでいる。

なぜそんな進化が可能なのか、僕は好奇心をそそられた。

「ボリンジャー、タングはどうしてものを感じたり認識したりできるんですか？　ただの古い鋼鉄の寄せ集めでしかないなら、どうしてあんなに……何と言うか、人間っぽいんだろう」

「彼は単なる古い鋼鉄の寄せ集めではない。外からはそう見えるかもしれないがね。何しろ私は急いでいたし、あの程度の外形なら数時間もあれば作れる。だが、あの内部には私がかつて……事故が起こる前まで作っていたロボットの性能がすべて搭載されている。私はこの島に、他の雑多なものとともに、唯一手元に残ったチップを持ち込んだ。私のＡＩを特別なものにしているチップ。ＡＩに論理的な整合性をもたらすチップ。言い換えれば、それによってＡＩは機能する。タングにはそのチップが内蔵されているんだ」

やはり僕の直感は正しかったのだ。タングは特別だった。唯一無二の存在だった。

「そのチップは、タングに内蔵されている、空港を通過するためのチップとは別物なんですよね？」

「そう——まったくの別物だ。それは断言しておく。そもそもタングに出入国用のチップは入ってない。そんなものを入れても、私には何の利益もないんでね」

「えっ、でも、アメリカの空港でチェックインする際、タングは職員にチップは内蔵されていると答えてました。職員もタングをスキャンしてた。内蔵されてないなら、何でスキャンできたんです？」

ボリンジャーはまた得意げな顔をした。「さて、私にもさっぱりわからない。嘘をつくことを学習できたんだ、望みをかなえるためなら、ないものがあるふりだってできるのかもしれない」

「それはないと思います」

「なぜかな。そこまで賢いわけがないと思うのか？」

「いや、そうではなくて。僕にはタングがそこまで、何と言うか、計算高いとは思えないんです。そういうことをしようと思いつくためには、まずは人間の持つさまざまな感情を理解しなければならない。物事の因果関係とか、動機なんかも。でも、あいつは〝なぜ〟の意味をまだ理解できてない。子どもみたいなんです」

「君はあまり子どもと接したことがないだろう？」

姪や甥のことを生まれた時から極力避けてきた後ろめたさをちくりと刺激され、僕はむっとした。「たしかにないですよ。そういうあなたはあるんですか？」

「これは一本取られた。答えはノーだ――子どももいない。それでも、たとえば割れた花瓶を巡って両親が大げんかするのを恐れる子どもは、壊したのは父でも母でもないふりをしようとするという程度のことは知っている」

タングがヒューストンの博物館で展示品のアンドロイドを壊した時のことを思い出した。悔しいが、ボリンジャーは正しい。タングは自分の望むものを手に入れるすべを知っている。くそっ、考えてみればタングは自分ひとりで地球を半周回ってきたのだ。どうやったのかは、いまだ謎のままだ。ここを離れる前にタングから聞き出してみよう。だが、まず僕が知るべきはボリンジャーの真実だ。

「話をそらしてしまった。どうぞ本題に戻ってください。あなたの開発した技術の話でしたよね」

「そう。我々が開発しようとしていたのは、無機化合物から生体を作り出す技術だった。現在家庭などで使われているアンドロイドなんぞ、私が作り出せるものの足元にも及ばない。我々は、チタンなどの頑強な体と新しい学習機構を持つ、実験アンドロイドを作ろうとしていた。ほとんど生きているような、だが、生きてはいないアンドロイド。人間の脳に極めて類似したものを持つはずだった。むろん人間とは違うが、学習はする。筋肉記憶や痛覚も持つ。自ら成長することも……変化することもできる」

「それらの〝実験アンドロイド〟は何をするためのものだったんですか？」

「目指したのは地雷除去から長時間の外科手術、はては最前線での戦闘まで、あらゆることが可能なアンドロイドだ」

「それなのに痛覚を持たせようなんて考えたんですか？　ボリンジャー、それは……」

「君の言わんとしていることはわかるが、それは間違いだ！　どうせ倫理的な問題がどうのとくだらないご託を並べるつもりだろうが、肝心なことを見落としている」

「肝心なこととは？」

「人間に近くなればなるほど、彼らは人間の仕事をうまくこなすようになる。ロボットであるが故に、妙な気遣いをしてやる必要はないがね！」

僕は唖然とした。

「あなたたちは、学習ロボットだかアンドロイドだか知らないが、子ども程度にしか発達していないものを世に送り出して、大人の仕事をさせ、勝手に適応することを期待してたんですか？　彼らに何が学べると思ってたんです？　傷つけたり傷ついたりすることしか教えてやらなかったくせに、なぜプロジェクトがうまくいかなかったのかと頭をひねるなんて、どうかしてる。誰かひとりでも、立ち止まって自分たちのしていることを考えてみる者はいなかったんですか？」

「多くの連中が考えてた、それはたしかだ。だが、皆契約に縛られていて、秘密厳守を誓った身だった。プロジェクトを進める以外に道はなかった。あの事故が起きるまでは」

「具体的には何があったんです？」

「ある夜、実験アンドロイドたちに小火器の使用方法を教えていたら……」

「嘘だろ……」

「話の腰を折るな。小火器の使用方法を教えていたら、一体が誤作動を起こして別の一体を撃ってしまった。撃たれた方は怒り、撃った方を殺した。現場は一瞬にして大混乱に陥り、アンドロイドたちは夜勤の技術者を全員殺してしまった。その際、一体のアンドロイドがガス管を撃ち、建物は爆発。全焼した」

「ひどい」

「気になっているかもしれないから一応伝えておくと、その日カトウは昼間の勤務だった。現場近くにはいなかった。よかったよ。前途有望な男だから。いや、有望だった、か」

「あなたはどうやって助かったんですか？　現場にいたような口ぶりだけど、そうだとすれば、どうにかして逃げたってことですよね？」

　ボリンジャーは黙った。

「上からは、アンドロイドが誤作動を起こした場合は停止させよとの指示を受けていた。だから停止させた」

「どうやって？」

「手っ取り早い方法は、彼らを閉じ込めることだ。そして、彼らを閉じ込める一番簡単な方法はドアを施錠することだ」

「閉じ込めて焼死させたんですか？」

「それが最善の方法だった」

二十一　脱出不能

口がきけるようになるまで、ゆうに一分はかかった。

「カトウの言う通りだ。あなたのしたことは卑怯だし……許されない」

僕がそう断罪すると、ボリンジャーの顔が曇り、僕がその場を離れようと席を立つと、こちらを睨みつけるふたつの目の間にしわが刻まれた。ぞっとした。

「もういい」僕は言った。「タングを連れて帰ります」

「残念ながら、それを許すわけにはいかない」

「交渉の余地なんてない。帰らせてもらいます」

「すまんがね、帰すわけにはいかないんだよ、ベン」

ボリンジャーの声の震えに、恐ろしくなった。それでも僕は彼の言葉を無視した。暴れる心臓を抱えて急いで食堂を出たら、タングが僕を探して廊下をやってくるのが見えた。僕はタングの手を取った。握った手は冷たく、その瞳には輝きが戻っていた。少なくともシリンダーだけは交換してもらえたようだ。僕はタングの手を引いて部屋に直行すると、大急ぎで荷物をバックパックに詰め込んだ。衣類の半分はボリンジャーの洗濯機に入ったままだ。

「ベン？ 僕たち、ここ出るの？」

「そうだよ、タング。今すぐふたりで出ていく。いいか、全速力で歩いて、絶対に僕の手を放すなよ」

タングの顔にぱあっと笑みが広がり、彼は嬉しそうに左右の足を踏み換えた。

僕たちは曲がりくねった廊下を延々と進み、玄関ホールに出た。ボリンジャーが待ち受けていた。

僕はバックパックを担ぎ直し、玄関扉に向かった。取っ手を握ろうとした瞬間、ガチャンという金属音とともに三つの頑丈なかんぬきがスライドし、ドアに鍵がかかった。僕たちはボリンジャーを振り返った。にっこり笑う彼の、前に伸ばされた手には、小さな箱が握られていた。

「リモコンロックだ」ボリンジャーが言った。「何もしたくないような時には便利だね。ボタンをひとつ押すだけで、家中の外に面したドアが閉まり、施錠される。窓もだ。年寄りのひとり暮らしにはもってこいの警備システムだと思わないか？ ああ、ちなみに私が君なら、ドアには触れない。ちょっとしたショックが走るからね」

僕はタングを見下ろした。彼もこちらを見上げていて、その手の震えが伝わってきた。タングがあんまり強く握りしめるから、つないだ手が痛くなってきた。

「ばかな真似はよせ、ボリンジャー。鍵を開けるんだ」

「ふたりをここから出すつもりはない」ボリンジャーは言った。「さあ、一緒に居間に戻ってくつろぐといい。君の洗濯物だって置きっぱなしだよ、ベン」

居間に向かいながら、僕はボリンジャーをしゃべらせておいて、その間に脱出方法を考えることにした。それにしても、ボリンジャーはなぜこうも僕たちが出ていくことを恐れるのか。純粋に知りたくて、僕は尋ねた。

答えは単純明快だった。

「君がタングの秘密を知っているからだ——私の秘密を。私の技術を知っている。それを口外されるわけにはいかないし、誰かにタングを取られてもならない。知識が外部に漏れることは一切許されない。わかったか」

その瞬間、僕は恐怖とともに悟った。この老人は、本人が認めた以上に研究室での大量殺戮に関与している。

「何てことだ、ボリンジャー！　ガス管を撃ったのはアンドロイドじゃない。あんただな。あんたは皆を見殺しにしただけじゃなくて、故意に殺したんだ。本当なら刑務所行きじゃないか！」

ボリンジャーは大声で笑った。「当局は私を裁判になどかけられんよ——私を怒らせるような真似はできない。私の技術を恐れているからな。それに、いずれはその技術がほしくなるはずだ」

僕は目の前の老人を射貫くように睨んだ。毛深い腕の白っぽい毛や、眉間に寄せた白い眉を見ていると、自分の耳にしていることが信じられなかった。

今はとにかくボリンジャーを敵に回さないようにしなければ。

「ボリンジャー、僕はタングが何でできていようが、そんなことはどうでもいいし、あんたの技術にも興味はない。僕はただ、大事な友達を家に連れて帰りたいだけだ」

老人は首を激しく横に振った。

「リスクを冒すわけにはいかない。チップだって必要だ。それがないと同じものは作れない。本来なら、タングは知能が一定レベルに達するまでここにいるはずだった。これでも、君と接していたおかげで次の段階に進めるだけのレベルに到達した。これで、チップを抜き出して彼と同様のものを作ることができる。より精巧なものを。計画通りだ」

「だけど、それじゃあタングは死んでしまう、違うか？」

「相手はただのロボットじゃないか、ベン。感傷的になりすぎだ」

「冗談だろ。冗談に決まってる」

タングが僕の手を引っ張った。「冗談違う」

僕は小さな友を見下ろした。タングはパニックに陥っているようだった。「ベンとタング、閉じ込められた。ベン、電気ドアに触っちゃだめ。お願い」

「ロボットの言うことを聞いといた方がいいぞ、ベン。彼は全部知っている。私の技術が外に漏れそうになると、こうなるってことを。なあ、タング？」

「うん。タング、知ってる。オーガスト、アンドロイド作るのにタング必要。だからタング逃げようとした。タング、アンドロイド作ってほしくない。アンドロイド危険。オーガスト危険。タング、命ほしい。タング、オーガストがタング使うって知ってる。だからタング逃げる」

「命ならあるじゃないか、このばかが。私がそうしてやったんだ」

「タングにそんな口をきくな」僕は怒りが爆発して怒鳴った。ボリンジャーを殴ってやりたかったが、どんな技術で応戦されるかわからず、手が出なかった。「タングは自分の命がほしいと言ってるんだ。自分の人生が」

どこか開いている窓はないか。確かめようと動いたら、ボリンジャーが突進してきた。背後から羽交い締めにされたが、僕は体を捻るように振り返ってボリンジャーを押しのけた。我ながら驚くほどの乱暴さだった。それでもボリンジャーは怒り狂った雄牛みたいに向かってきた。僕を殴るつもりだったのだろう。とっさによけたら、ボリンジャーはつんのめり、居間のドアに激突した。そのドアには、先ほど外に面した扉が施錠された際に、一緒に鍵がかかっていたらしい。その場が、稲妻が反射して光る雲のように光り、同時にバンッという強烈な衝撃音がして、エアコンと電気が一斉に消えた。

僕は恐怖と混乱のあまり、すぐには動けなかった。やがて発電機が動き出す音がして、明かりがちかちかと瞬き、再び点灯した。

ボリンジャーは僕たちの足元に伸びていた。ぴくりとも動かない。その隣に落ちていたリモコンは、粉々になって無益な破片と化していた。僕はボリンジャーの足を自分の足で小突いてみた。やはり動かない。ひざまずいて手で突いてみた。「どうしよう、タング……死んでる気がする」

タングは玄関扉に向かって歩き出した。

「タング、戻ってこい！　警察に電話しないと。ああ、どうしよう。きっと無人島の刑務所に死ぬまでぶち込まれる。そうに決まってる。でも、とにかく助けを呼ばないと」

「だめ」

「〝だめ〟って、どういう意味だよ？」

「置いてく」

「このまま置いては行けないよ、タング」僕はポケットからスマートフォンを取り出した。タングが戻ってきて、僕の手首に自分の手を載せた。「電話だめ。大丈夫。死んでない」

「えっ？」

タングが手でボリンジャーを示す。「寝てる。起きる。きょろきょろする。でも元気になる。電気、そんなに危険じゃない。ちょっと痛いだけ」

「何でわかるんだ？」

タングは肩をすくめた。「前もあった。オーガスト、鍵かけたこと忘れる。外に出ようとする。バンッ」

老人の胸をよく見てみたら、たしかに息をしていた。「こいつ、相当異常だよな」

「うん」タングが片手を頭の横に持っていき、くるくると回す仕草をした。「ちょー狂ってる」

「でも、まだひとつ問題が残ってるぞ、タング」

「何？」

「外に出られない」

「ベン心配しない」

「心配するよ」僕は再び腰を下ろし、頭を抱えた。タングをここに連れてきたことを心底悔やんだ。「タング、本当にごめん」

「ベン許す。ベン知らなかった。ベン、タングのためにやった」

「でも、僕は間違ってた、そうだろう？　タングはここには来たくなかったのに」

「うん。でも、ベン間違ってない。ベン正しかった。ベン、タング連れてこなかったら、冷却装置まだ壊れてる。いつか止まる。でも、僕、ベンと帰れるし、もう止まらない。僕嬉しい」

僕は床にしゃがんでタングを抱きしめたが、彼の具合が悪かった時の決意を思い出してはっとした。

「いや、でも、もしおまえのシリンダーがまた壊れたら？　僕はどうすればいい？　おまえを直してやれないとわかっていながら、一緒に連れて帰るなんてできないよ」

「やだ、ベン、置いてかないで。一緒に行く！」タングはパニックを起こし、両手で僕の腕を潰さんばかりに握りしめた。僕はタングの見開かれた目をのぞき込んだ。

「でも、ここを離れるってことは、つねに命の危険があるってことなんだぞ」

「ここ出たら、タング自由になる。ベンも一緒。もうオーガストと、ここに閉じ込められない。それに……」

タングは四角い口でにかっと笑い、胸のフラップを開けた（直ったのはシリンダーだけらしく、フラップは相変わらずガムテープで固定してある）。中の出っ張りに載せられていたのは、二本の空のシリンダーだった。

「直したの、オーガストじゃない」タングが言う。「僕直した。戸棚に座ってた時。簡単――壊れたやつ出して、壊れてないやつに液体入れて、中に入れる。フラップ閉める」

僕がぽかんとしていると、タングは「液体、キッチンの油。黄色の油」と言い足した。

「つまり、今までずっと食用油で冷却してたってことか？」僕は唖然としてタングを見つめ返した。「いったいどういう仕組みなんだ？」

タングは金属の肩を持ち上げて肩をすくめた。

「冷却装置だってことは知ってたのか？」と尋ねたら、タングはかぶりを振った。

「大事って知ってる、油って知ってる。何のためは、知らない。ホーテルのおじさんが話すの、聞いた。病気の時。その前は知らなかった」

僕はフラップを閉じて、タングを抱き寄せた。安堵が涙となってこぼれ、タングの体に当たってポトポトと音を立てた。タングは僕の背中に片手を回してくれた。

僕は片手で顔を拭うと、暗い顔で微笑んだ。「まあ、でも、それがわかったところで、どうしようもないけどな――閉じ込められちゃったことに変わりはないんだから」

「違う」

「違わないよ」

「タング約束する。ベン心配しなくていい。タング、前もここ出た。タングとベン、また出たらいい」

見下ろすと、タングは穏やかを絵に描いたような顔をしていた。

「タング、いい考えある」

「でも、ドアも窓も……」

タングがかぶりを振る。「ドアも窓も使わない。フラップ」

「フラップ？」

「フラップ」

「前回も同じ方法で島を脱出したのか、タング？」ロボットに手を引かれて玄関脇の戸棚に向かいながら、僕は尋ねた。

「うん。ごみボート。見たらわかる」

「言っている意味がさっぱりのみ込めないんだけど」

「オーガスト、ごみボートのことわかってない。オーガスト、ごみ、ごみ箱に捨てる。ごみ、消える——魔法みたい。オーガスト、どうやって消えるか、考えない。でも、タング知ってる」

「つまり、ボリンジャーの出す廃棄物は全部、船が来て回収するまで地下に貯められてるってことか？」

「そう。いい匂いじゃない。でも、出られるのはいいこと」

「それじゃあ、船が助けに来るまで、ふたりで大きなごみ箱に座って待つんだな？」

嘘でも前向きな声を出すつもりだったのだが、うまくいかなかった。

「うん。太陽出たら、ボート来る。何時間も待たない。ベンとタング、ラッキー」

タングは戸棚を開け、ハンドルのついたパネルを示すと、にっと笑った。

「フラップ」


「たしかにすごい臭いだな、タング」船を待ちながら、僕は言った。バナナの皮と古い英字新聞と鶏の骨と変わった形の錆びた釘の上に座っていた。

「つんとする《アクリッド》。つんとする臭い《アクリッド・タング》」

「アクリッド・タング？」

「そう」タングはにっこり笑った。

「嫌な体験を自分の名前にしたのか？」

「違う。脱出したあと、名前アクリッド・タングにした。自由なってから」

僕は何も言えなくなり、タングの小さな金属の肩に腕を回し、精一杯の力で抱きしめた。

「目が覚めて僕たちがいなくなっていることに気づいたら、ボリンジャーはかんかんになって怒るぞ」

「うん」タングは言った。

「僕たちを追いかけてくるかな？」

「こない」

「どうしてわかる？」

「わかってない。でも、前の時もタング追いかけなかった。だから追いかけない」

タングの言い分は筋が通っており、僕は信じることにした。年老いた──そのわりにがっしりした──ボリンジャーが地球をぐるっと回ってハーリー・ウィントナムまで追跡してくるなんて想像は、できればしたくない。

「それもそうだな。でもさ、やっぱり助けは呼んだ方がよかったんじゃないか？」

「いらない」

それからしばらくは黙って暗闇に座っていたが、ふとあることを思い出した。

「タング、空港でチップがあるって言ったのはどうしてだ？　本当はなかったんだろ？」

「タング、チップある」

「ボリンジャーはないと言ってたぞ」

「うん」

「うんって？　どういう意味だ？」

「ボリンジャー、タングにチップあるって知らない。チップ、船でベンのところ行く時、壊れたアンド・ロイドが持ってた。借りた」

「自分で自分にチップを埋め込んだのか？」

「うん。手伸ばしたら届く。ぎゅって、つけた」タングはそれを実演し、チェックインカウンターの職員がスキャンしていた場所を示した。たしかに、米粒ほどの大きさの小さな金属の塊が、他よりもリベットが緩んでいる場所に押し込まれていた。タングが全体的に傷やへこみだらけだったから、完全に見過ごしていた。

「チップが壊れてることは知ってたのか？」

「そうかもって思った。役に立つかもしれない、立たないかもしれない。でも借りた」

「それがチップだって、どうやってわかったんだ？」

「アンド・ロイド、チップ持ってる。見たことある」何をそんな当たり前のことをと言うように、タングは肩をすくめた。

「すごいじゃないか」気のきいた言葉が見つからず、僕はそう言った。「ちなみに、うちの庭まではどうやって辿り着いたんだ？　ごみボートに乗ったあとは、どうした？」

「壊れたものいっぱいのところに行った。汚い。つんとする臭い、もっとした」

「そのあとは？」

「箱に隠れた。大きい金属の箱。長い時間、真っ暗。箱開いた。違う箱の後ろに隠れた。男の人たち、箱の中の箱動かして、どっか行った。列車に乗った」

「自分がどこにいるのかは、わかってたのかい？」

「列車降りた。飛行機のところにいた。ベンと行ったところ」タングが僕を見た。

「ヒースロー？」

「そう。バス乗った。いい家見つけた。アンド・ロイドいなかった。バス降りた。門開いてる。門の向こう、見た。馬と木、見えた。木の下座った。ベン、僕倒した」

初めてタングに話しかけようとして、驚かせてしまった時のことを思い出し、僕は声を上げて笑った。「つまり、こういうことか？　何だかよくわからないうちにコンテナ船に乗っていて、どこを経由したかは神のみぞ知るが、とにかくコロールからイギリスまでやってきて、コンテナ船がドックに入るまで、ひたすらじっと待ってたのか？　退屈しなかったか？」

「スタンバイ。光でアクティブになる」

「つまり、道中ずっと眠ってたけど、誰かがコンテナを開けるなり何なりしたら目が覚めるように、自分でプログラムしておいたということか？　すごいな、タング、ものすごく賢いな」

「うん」

「で、バス停から僕の家が見えて、よさそうな家だしアンドロイドもいないようだから選んだと、こういうことか？」

「うん」

「いやあ、参った、びっくりした」

タングはいつものことだとばかりに肩をすくめた。だが、僕にとっては今の話も、タングがいかに特別かを物語るものだ。それでも、知能を備えているとは言え、タングはあくまでロボットで、我が家に辿り着くまでの旅も彼にとっては論理的な出来事の連なりでしかなかった。もしもあの時、エイミーと僕が一週間家をあけていたなら、タングはあっさりと次の場所を探して動いていただろう。

「あと、馬」僕の思考に割り入るように、タングが言った。

「馬？」

「うん、ベンの庭から馬見えたから」

「わからないな——うちの裏にいる馬の何がそんなに特別なんだい？」

タングはまた肩をすくめた。「タング、馬初めて見た。馬走る。自由そう。嬉しそう。それ見る、タングも嬉しい」

それからしばらく、僕たちは黙って座っていた。やがて、僕は尋ねた。「タング? 最初に僕がタングに話しかけたのは正しいことだったのかな? 家に連れて入ったのは」

「うん」

「本当はまたどこか次の場所へ行くつもりだったのかい?」

「そうかも。でも、僕、ベン見つけた。僕、ベン大好き」

二十二 帰宅

その夜遅く、タングの言葉通りにごみ回収の船が来た。前回の脱出では、タングは見咎められることなく船に乗り込んだが、ふたりいるとなると、さすがに身の隠しようがない。一か八か、ごみ収集業者の情けにすがることにした。船の男たちは、ボリンジャーがある種の狂人だという僕たちの主張をすんなり受け入れ、数枚の高額紙幣と引き換えに僕たちを空港まで送り届けてくれた。ついでに、次回のごみ回収の時に、念のためボリンジャーの生存を確かめておくと請け合ってくれた。

僕たちは島に来た時とまったく同じ機体で島を出た。果てしなく長く感じられた旅を終え、僕たちはついに帰国の途についた。

ハーリー・ウィントナムまでの旅は順風満帆だった。いや、順風飛行と言うべきか。お互いにここまでよく頑張ったということで、僕はふたり分のプレミアムシートのチケットを買った。

エイミーに伝えた通り、僕たちはクリスマス前に帰宅した。タングは僕が玄関を開けるのも待たずに、嬉しそうに家の横手の門を抜け、馬を見に裏庭に直行した。対照的に、僕の心はざわついていた。家が今までとはどことなく違って見えた。僕は心のどこかではまだ、父が家族のためにキッチンでベーコンサンドを作り、母も居間中に教科書を散らかすブライオニーを大声で叱ったり、ソファで爪研ぎをする我が家の老猫を追いかけたりしているような気がしていたのだ。

たまりにたまった郵便物がドアマットの上に山になっていることも覚悟していたが、予想に反して、廊下の机にいくつかの束にまとめて積み重ねられていた。その上に、日本で買った土産物の小包がバランスを取るように載せられている。

「ブライオニーが来てくれてたのか」僕はつぶやいた。

郵便物の束のてっぺんにあった絵葉書が目に留まった。表にはリジー・キャッツの宇宙博物館の写真。ひっくり返して裏を見ると——。

ベン、あなたに本気で腹を立てていること、ひと言伝えたくてペンをとりました。私のこと、勝手にあれこれカトウに話すなんてひどいわ。カトウは、私の新しいアンドロイドにベンを襲撃させればいいと言っています。愛をこめて、リジー。

追伸。また連絡してね。いつかまた私たちのところに遊びにきてね。

追伸の追伸。東京で食事をした際、カトウにも獣医の話をしたんですってね。ぐずぐずしてないで頑張んなさいよ、チェンバーズ。

「勘弁してくれよ」僕は絵葉書に向かって言った。「世界を半周してきたばっかりなんだからさ」それでも、そうやってハッパをかけてくれるのが嬉しかった。それは、結婚していた間、エイミーが与え続けてくれた励ましに似ていた。僕が無視し続けてきた励ましだ。年が明けたら人生を新たにやり直してみようか。

カトウのすばやい行動に心の中で拍手を送りながら、僕はキッチンに入り、その絵葉書を、甥が作った張り子のロンドン塔の磁石で冷蔵庫の扉に留めた。自分がふたりを結びつけたのだと思ったら嬉しくて、少しばかり自己満足にも浸った。だが、同時にほろ苦さも味わった。僕はもう、エイミーとはやり直せそうになかったから。彼女が理想の相手を見つけてしまった今となっては、もう遅い。

「婚活サイトでも試してみるか」と独りごち、僕はミルクティーを淹れた。牛乳はヒースロー空港で買ってあった（イギリス人には譲れない優先順位というものがあるのだ）。カトラリーの引き出しを開け、ティースプーンを取り出そうとして、結婚指輪が目に入った。手を伸ばしかけ、一瞬ためらってから、僕は指輪を掴み、パスポートや出生証明書を入れている箱にしまいにいった。もう必要になることなどないはずの指輪だったが、捨ててしまってはいけない気がした。

紅茶を飲んでいたら気が滅入ってきたので、僕は姉に電話した。

「帰ったよ」努めて明るい口調で言った。

「どこに?」という言葉が返ってきた。

ブライオニーの反応にまったく傷つかなかったと言えば嘘になる。

「家だよ……ハーリー・ウィントナムの。どこに帰ったと思ったのさ」

「ああ、よかった、やっと帰ったのね」

「郵便物をまとめておいてくれて、ありがとう」

「それは私じゃないわ。あなたがいない間、エイミーが家の様子を見ておいてくれたの。彼女、心配してたのよ」

「そうなの?」

「当たり前じゃない、みんな心配したんだから。いきなりいなくなっちゃうんだもの。こんなこと、二度としないでよ」

「しない」

「それはそれとして、帰ってきたならクリスマスにはうちに来られるのよね」

「あー……うん……エイミーも来るのかな」

「ええ、もちろん。あと彼も……」ブライオニーははっと口をつぐんだ。

「気まずい雰囲気になっちゃうかな?」

「あなたさえ大人の振る舞いができるなら大丈夫。できるわよね?」

「頑張るよ」

「よかった。さてと、そろそろ切るわね。やらなきゃいけないことが山ほどあるの。クリスマスに会えるのを楽しみにしてるわ。一時に来てね」

「わかっ――」言い終わらないうちに電話が切れた。数秒後、僕はもう一度かけ直した。

「思ったことがあってさ。タングも連れてっていいかな?」

「ロボットを?」

「うん……ロボットを」

「連れて帰ってきたの?」

「うん、もう直ったしね。連れていってもいい?」

ブライオニーが思案する間、沈黙が流れた。

「まあ、いいけど……でも、どうして連れてくる必要があるの? 家に置いておけば問題ないんじゃないの?」

「それがそうでもないんだ。あいつは……何て言うか、他のロボットとは違うんだよ。迷惑はかけないから。約束する」まったくもって無意味な約束だ。タングが迷惑をかけるかかけないか、僕に読めるはずがない。それでも、そう言うのが適切な気がした。

「そこまで言うなら連れてきて。よほど特別な子なのね。ベンがわざわざ訊くくらいだもの」

「うん」

「この一カ月、どこに行ってたのか、聞かせてちょうだいね」

「ああ、全部話すよ。信じてもらえるかはわからないけど」

「どうかしらね。シャンパンをしっかり飲ませておいてくれたら信じるわ。私がどんな人間かは知ってるでしょ」

僕は静かに笑った。

「ベン」と、ブライオニーが呼びかける。「電話をかけ直してくれてよかったわ。あなたがいなくて寂しかったって、さっき、ちゃんと伝えなかったから。通りを行った先にベンがいないと、やっぱり何かが違うのよ。ベンは信じないかもしれないけど、あなたのこと、私は誇りに思ってるのよ。私があなたの立場だったら、同じやり方はしなかったかもしれないけど、それでもエイミーが出ていったあと、ベンはちゃんと立ち上がった。いじけて小さくなって家に引きこもることもできたけど、そうはせずに旅に出た。勇気がいったはずだわ」

「ブライオニー、早くもクリスマスの酒盛りを始めてるのかい?」

「そうかもね、ちょっとね」と言って、ブライオニーは笑った。「それでも今のは本心よ。あなたを誇りに思うわ」

「ありがとう、ブライオニー。そう聞いて嬉しいし、救われるよ」


帰宅して数日後、イギリスに冬の到来を告げる最初の雪が舞い、ハーリー・ウイントナムの朝は澄み渡る青空とまぶしい輝きに包まれた。僕は着替えをすますと急いで一階に下り、階段下の棚にしまった長靴を引っ張り出し、蜘蛛が入り込んでいないことを確かめてから履くと、タングを呼んだ。

「タング、おいで、見てごらん！」

言われずともタングはとっくに見ていた。フランス窓に顔と両手を張りつけ、庭とその向こうの小さな放牧地に目を凝らしている。どちらも真っ白な雪に厚く覆われていた。

「馬は……どこ？」

放牧地には、たしかに馬の姿はない。

「たぶん馬小屋にいるんだよ。馬にとっても外はすごく寒いから」

「寒い？」タングはうーんと考えた。「僕、寒いの好き？」

僕は思案した。「暑いのよりは好きだと思うけど、まずは冷えすぎないようにしないとな」タングに服を着せるというのも妙な気分だ。何しろ普段は、言うなれば裸でうろついているのだ。それでもタングがロボット版の低体温症になってしまっては大変だし、錆びてしまう恐れもある。少なくとも帽子は必須だ。ブーツのようなものも。「ここで待ってろよ」と言い置いて、僕は二階のゲストルームに向かった。羽毛の上掛けをはがし、自分の寝室に移動すると、あちこちひっくり返してガムテープを探した。バックパックの中身をあけたあと、どこにしまったんだっけ？　結局、下着の引き出しに、靴下に紛れて入っていた。その後あることをひらめき、ゲストルームに戻って枕を手に取ると、すべてを持って一階に下り、キッチンでビニール袋をふたつ調達した。

「さてと……」僕はタングの体に羽毛の上掛けを巻きつけ、ガムテープを何周かさせて固定した。

タングは僕に向かって目をぱちぱちさせ、動こうとした。

「ベン……腕……動かない」

僕は少し考え、書き物机からはさみを取ってきた。一瞬躊躇したものの、羽毛の上掛けとそのカバーにざくざくとはさみを入れ、タングが手を通せるだけの穴を作った。

「もうどうにでもなれ。どうせうちに客なんて来ないんだから」

僕は枕にもはさみを入れ、タングが足を差し込めるだけの深さと幅の穴をあけた。

「タング、足を上げてみてくれるか？」

タングは素直に従ったが、その顔には、〝何をされるのか今ひとつ信用できない〟と書いてあった。僕はタングに片足ずつ枕を履かせ、その上からビニール袋をかぶせた。すべて終わると、タングは羊と金属のソーセージロールを足して二で割ったみたいな姿になっていた。

「変？」と、タングが訊く。

「そんなことはないよ、大丈夫だ。それに少しくらい変でも暖かい方が、凍えて病気になるよりいいからな」

それでも問題はまだ残っている。タングの頭をどうするか。僕はキッチンの〝どうでもいい雑多なもの〟用の引き出しからティーポットカバーを引っ張り出し、タングのそばに戻った。両親がまだ健在だった頃、ポットカバーをいまだに使っていた家庭は我が家だけだったと思う。家の大きなティーポットに合うサイズのカバーがどこにも売ってないと嘆いていた母のために、祖母が作ったものだ。それをまた有効活用できるのだと思ったら、何だか嬉しかった。

少し伸ばしてやると、ポットカバーはタングの四角い頭にほぼぴったりになった。注ぎ口と持ち手用の穴があいている分、防寒性はやや落ちるが、その穴がタングの耳の穴に重なるように調整してやると、あたかも最初から計算ずみだったかのようになった。僕は立ち上がってタングを見下ろした。少し間抜けだ。だが、それは黙っておいた。

「おいで、タング、外で雪遊びをしよう」

「何で？」

「楽しいからさ」

「何で？」

「やってみたらわかるから。な？　嘘じゃない」

僕はフランス窓を開けたが、テラスに出るや、危うくつるりと転びかけた。家の暖気で解けた雪の一部が凍結していたのだ。「気をつけろよ、タング。つるつるだから」

「つるつる？」

「んー……滑りやすいってことだ。しっかり掴まって、ようく気をつけて歩かないと転んじゃうぞ」僕はタングの手を取り、窓の桟を越えて外に出てくる彼を支えた。

「これ、何で楽しい？」

「いや、まあ、これはまだ楽しくないけどさ、これから楽しくなるから」

「いつ？」

「だから、もうすぐだから、な？」

想像以上に重労働だった。僕の頭の中では、タングは窓を勢いよく開け放ち、大きくジャンプして雪の中にうつ伏せに飛び込んで手足を動かし、雪に天使の型《スノーエンジェル》を作るはずだった。だが、いつかそんな日が来るのだとしても、今日ではなさそうだ。

僕たちはテラスから芝の上に下りた。雪の冷たさが一瞬にして枕を突き抜けてタングの足に伝わった。

「うわあああ……ぶるぶる……」タングは、何が楽しいのかまだわからないという顔で僕を見た。

「うん、たしかにな……ぶるぶるするな」

こうなったら僕が楽しくしてやろうと、タングの手を放し、雪つぶてを作ってタングに投げた。雪が上掛けのコートにベシャッと当たると、タングは悲鳴を上げて腕を振り回した。

「ベン、何で?」

僕は笑った。「楽しいからだよ!」

「楽しくない!」

「じゃあ、これはどうだ?」僕はタングから一メートルほど離れた場所の雪を寄せ集め、立方体を作り始めた。「タング、雪を積むのを手伝ってくれ。こんなふうに」

タングは雪に触れてみたものの、反射的にその手を引っ込め、戸惑った顔をした。

「大丈夫だよ、タング。冷たいけど、雪とは冷たいものなんだ。タングに悪さはしないから。絶対に」

それでもタングは半信半疑だったが、手伝ってはくれた。たぶん、僕に調子を合わせてくれたのだろう。

ふたりでタングと同じ高さの立方体を作ると、僕は横を向いてもうひとつ、ひと回り小さな立方体を作り、ひとつめの立方体の上に載せた。周囲を見回して石ころを探し、上の立方体にふたつ、押し込んだ。さらに、下の立方体の前面にひと回り小さな長方形を描くと、左右の側面に雪の塊をくっつけて出っ張りを作り、正面の地面にも、立方体から突き出たような出っ張りを作った。そして、後ろに下がって待った。タングは一、二秒、その場にじっと固まっていたが、やがて僕を見て、雪ロボットを見て、また僕を見た。タングが歓声を上げて手を叩く。

「ベン……ベン……ベン……ベン……ベン……これ僕だ！　僕！　ベン……ベン……！」

「そうだよ、タング——これは君だ！　な、雪は楽しいだろ？　言った通りだろ？」

タングはにっと笑って雪ロボットの顔を突いた。そして、ひょこひょこと足を踏み換えた。

「気に入ったかい？」僕は尋ねた。

「うん。でも……」と、タングがためらう。「もう中に入っていい？　ぶるぶる」

僕はにっこり笑った。「いいとも。一緒に映画を観よう」

二十三　クリスマス

クリスマスイブの日、僕は我が家の前から響くわめき声に飛び起きた。古いガウンをすばやく羽織り、階段を飛ぶように下りたら、タングが玄関ポーチに立って、一機のドローンから段ボール箱を奪い取ろうとしていた。金切り声で叫んでいる。

「だめ！　だめ！　ちょうだい！　放して！　放して！　放して！　だめ！　放して！　ちょうだい！」

「タング、いったい何事だ？」僕も負けじと声を張り上げた。

「ベンに箱届いた。飛ぶ機械、渡さない。ベンのために取ろうとした。取れない。ベン、飛ぶ機械から箱、取って！」

「タング、落ち着け。僕が注文しておいた子どもたちへのクリスマスプレゼントを、ドローンが運んできただけだ。注文者以外には渡さないようにプログラムされているんだよ。ほら、ちょっと替わって」タングが箱から手を離すと、ドローンはバランスを崩してくるくると一メートルほど後ろに下がったが、自ら水平姿勢を取り直すと、僕たちの前に戻ってきた。数秒間、僕を凝視してから、僕が差し出した両手に箱を落とした。ドローンの正面から署名スクリーンとタッチペンが出てきたので、僕は受け取りのサインをした。ドローンはヘッドライトの目を腹立たしそうにぐるぐるさせてタングを睨みつけると、飛び去った。

翌朝、僕は我がロボットとクリスマスの贈り物とを廊下に集めると、ドキドキしながらホンダの状態を確かめに車庫に向かった。帰国以来、僕は日々の食材もプレゼントもオンラインで注文し、タングと家で過ごす時間を楽しんでいた。クリスマス前の人であふれ返る浮かれた町に出ていく気などさらさらなかった。それはつまり、タングと旅に出る前から一度も車を使っていないということで、最後に動かしてから二カ月以上経過しているということだった。

僕は車庫の壁と車の間に体を押し込むようにして運転席に乗り込んだ。心のどこかでは、無事エンジンがかかるかどうか、そのスリルを楽しんでいた。エンジンはかからなかった。とたんに心配になった。車が使えなければブライオニーの家まで行けない。その段になって、何としても姉の家に行きたいと思っている自分に気づいた。皆に会いたかった。話したいこともたくさんある。どうにかして車が動くようにしなければ。

車のことには疎い僕も、バッテリーが上がっているのではとぴんときた。どこかからブースターケーブルを調達できれば、エンジンを始動させられる。僕はタングを呼びに家の中に戻った。

「相棒、車を押して私道まで出したいんだ。手伝ってくれるかい？　タングは力持ちかな？」

「うん」と答えたものの、タングは困惑気味だった。

「エンジンがかからないんだ。車を外に出して、誰かの車につないで……って、何でこんなこと説明してるんだろうな」

「うん」

僕は車庫の扉を開けて車のサイドブレーキを外すと、タングと力を合わせてどうにか私道の端まで車を移動させた。そして、隣家を訪ねた。玄関に出てきたミスター・パークスは、クリスマスの紙の帽子をかぶり（まだ午前十一時なのに）、この時期のために奥さんが手編みしたとしか思えない、赤と緑のジグザグ模様のセーターを着ていた。

「ああ、ミスター・パークス、メリークリスマス。すみませんが、ブースターケーブルをお持ちでしたらお貸しいただけませんか」

ミスター・パークスは僕の肩越しに、車の隣で辛抱強く待つタングを見て、眉をひそめた。

「エンジンがかからないんです」僕は説明した。そんなことは一目瞭然だと思っていたのだが、ミスター・パークスの表情を見る限り、そうでもなかったらしい。

「たぶん、バッテリーが上がってるんです。今から姉のところに行くんですが、旅から戻って以来、一度も車の状態を調べてなくて……ブライオニーの性格はミスター・パークスもご存じでしょう。行けないなんてことになったら、殺されます」


原因はバッテリーではなかった。僕とタングとミスター・パークスとミスター・パークスのブースターケーブルがどんなに力を合わせて頑張っても、忌々しい車は動かなかった。こうなったら仕方がない。ブライオニーに電話しよう。姉との会話の始まりは予想通りに展開した。

「ブライオニー、ベンだけど」

「メリークリスマス。もうこっちに向かってるの？」

「あー……メリークリスマス。そのことなんだけどさ。車が動かなくて」

ブライオニーが大きく息を吸った。怒りのボルテージが上昇するのが伝わってくる。

「やっぱりね、どうせこうなるって思ってたのよ！　言い訳の電話をしてくるに決まってるって。だいたい、あの車だって早く手放せって何年も前から言ってたのに。ど

「ちょっと待って、ブライオニー」僕は姉の言葉を遮った。「電話したのは行けないと伝えるためじゃなくて、誰かに僕たちを迎えにきてもらえないか、頼むためだ」

「あっ、そうなの？」

「帰りはタクシーを呼ぶなりなんなりする。だけど、行きはプレゼントやワインがあるから、誰かが迎えにきてくれるなら、その方が助かると思って」

ブライオニーの口調が変わった。「そういうことなら、もちろん迎えにいくわ。ごめんね。私……」

「いいんだ。少し前までの僕なら、間違いなく言い訳の電話をしてたから。でも、今は違う。本当に行きたいんだ」

「ちょっと待ってて」ブライオニーが言い、その背後からデイブの声が聞こえた。

「デイブが、ロジャーに彼の運転手を迎えにやってもらえないか、訊いてみるって。帰りも送ってもらえたら、タクシーの心配もしなくてすむでしょ」

「ロジャーって？」

「ええっと……デイブの友達よ」

「まさかエイミーの彼じゃないよな？」

ブライオニーが口ごもる。「そうよ。でも、だったら送迎はいらないなんて言わないで」

「わかったよ、言わない」僕はふと考えた。「それにしても、彼、運転手を雇っているのか？　それもクリスマス当日も働いてくれるような？　すごいな、相当なやり手なんだな」

「まあ、それなりに成功はしているようだけど、でも相手はサイバードライバーだから、クリスマスだろうと関係ないのよ」

「何ドライバーだって？」

「サイバードライバー。製造元は身の回りのことをしてくれるサイバー付き人を作っているのと同じ会社よ。最近発売になったの。今は既存の車をサイバードライバー仕様に改造して販売しているけど、専用車の製造も近々始まるみたいよ。自動運転車より安全との見解みたいね。ロジャーもそれは間違いないって」

「そうか、それは本当に助かるよ。僕たちにとっても新しい経験だ」

　薄気味悪いなというのが、サイバードライバーに対する僕の正直な第一印象だった。見た目は着飾った衝突試験用の人形みたいで、それが寸分の狂いもなくぴたりと我が家の前に車をとめた。

「何で人間の運転じゃないの？」タングはむくれた。

「うちの車が壊れているからだ。だから、ディブの友達が親切にも自分のドライバーを寄越してくれたんだ。たしかに変な感じはするし、アンドロイドだし、僕も緊張してる。それでも車に乗って、あとは運転手に任せておけば、あっという間にブライオニーの家に着くさ。タングが大騒ぎせずにいい子にできたら、あとでディーゼル燃料を少しあげるよ」

タングがにかっと笑った。

「さっさと車乗るよ。ベン、おいで」

サイバードライバーが僕たちのためにドアを開けようと、黒い大型車から降りてきたが、タングはそれを待たずにさっさと後部座席に乗り込んだ。サイバードライバーは気にする様子もなく、僕のために助手席のドアを開けると、荷物やワインを僕の腕から受け取り、トランクに丁寧にしまった。そして、助手席と後部座席のドアを閉めて運転席に戻ると、すみやかに車を出した。

ブライオニー一家は隣の村に住んでいたから、車に乗っている時間は長くなかったが、長時間のドライブになっていたとしてもいっこうに気にならなかっただろう。それくらい、かつてないほど快適な運転だった。サイバードライバーは、他の車にも同乗者にも歩行者にも細心の注意と敬意を払っていた。たとえるなら、速度制限を守って走る霊柩車に乗っているみたいだ。タングでさえ、思ったより悪くなかったと認めた。

玄関に迎えに出てくれた姉の勢いたるや、すごかった。突進するように抱きついてきたので、プレゼントが潰れそうになり、僕はワインを取り落としそうになった。

「ああ、ベン、帰ってきてくれて本当によかった！　もう二度と黙っていなくなったりしないでよ？　ほんと、あれはひどいわよ。ほら、そんなところに突っ立ってないで、入ってホットワインでも飲んで。あら、プレゼントね、嬉しい。アナベルとジョージーも早くあなたに会いたくてうずうずしてるわ」

それは疑わしいと思ったが、黙って姉のあとから居間に入った。姪と甥は、僕の姿を見るや否やプレゼント目がけて飛んできて、自分たちの名前が書かれた包みを探した。僕がふたりに用意したのは、そろいの音楽プレーヤーだった。年齢の違うふたりにそれでいいのだろうかと迷いつつ買ったものだ。

「ごめん」と、僕は謝った。「子どもが喜ぶものがわからなくてさ。というより、子どものことは何もわかってないんだよな。来年までにはもう少し勉強しておくから」

姪と甥は手の中の箱をじっと見下ろし、顔を見合わせた。

ブライオニーが促す。「ありがとうは？」

「ベン叔父さん、ありがとう」ふたりは声を揃えてもごもごとつぶやいた。

部屋の片隅のソファに、片方の足首をもう一方の膝に載せて座っている男がいた。あれがロジャーだろう。びしっとした格好をして、ゴルフやスカッシュでもしそうな感じの男だ。気まずいことなど何ひとつないという顔で、デイブと話している。

ブライオニーが僕の手にホットワインの入ったマグカップを押しつけるように渡してきた。温かさとアルコールのどちらもありがたかった。状況が違っていたならと、くよくよ考えてもいいことはない。とりわけクリスマスの日には。

「エイミーは？」その場にいないのは明らかで、訊かないわけにはいかなかった。ブライオニーはおざなりに部屋を見回した。

「お手洗いじゃない？　すぐに戻るわよ」

「早くもワインを飲みすぎたか？」僕は冗談を言ったが、ブライオニーには伝わらなかったらしい。

「あー……そうかもね。それよりロボットのことだけど……」

「何？　連れてきてもいいって言ったじゃないか」

「ええ、言ったわ。そうじゃなくて、あれ……じゃなくて彼にもワインか何か出した方がいいのかしら。ベンはあのロボットは男の子だって思ってるのよね。エイミーから聞いたわ」

僕はうなずいた。「気にかけてくれてありがとう。でも、タングのことなら気にしなくていいよ。あいつはディーゼル燃料しか飲まないし、あとで飲ませてやる約束もしてるから。少し持ってきてるけど、今はまだ飲ませない方がいい。大変なことになるから」

「ディーゼル燃料？」

「話せば長くなる」

「あなたの人生、目下そんなことばかりよ」

「みんなが食卓について、嫌でも僕の話を聞かなきゃならなくなったところで、話すよ」僕が笑うと、ブライオニーも笑った。

ブライオニーが食事の準備をしにいったのと入れ替わりに、エイミーがバスルームから戻ってきた。僕の姿を見つけると、ためらいがちに微笑み、僕をぎこちなく抱きしめた。

「おかえりなさい」と、エイミーが言う。

「ただいま」

「ベン、何だか変わったわね」

「そう？　どこが？」

「よくわからないけど、何かが変わった」

沈黙が落ち、タングがエイミーと僕を代わる代わる見た。僕がエイミーを見ると、彼女も僕を見て、タングを見た。僕もタングを見下ろし、緊張感に耐えられなくなって、元気にしているかとエイミーに尋ねた。

「ええ……元気よ、ありがとう。実家の家族からは相変わらずクリスマスのショートメッセージが届いただけだけど、もう慣れたから。そんなことで、せっかくの一日を台なしにしたらもったいないものね」

僕はうなずき、エイミーへのプレゼントの話に話題を変えた。

「この中に君へのプレゼントもあるはずなんだ。東京で見つけて……」

エイミーは何か考え込んでいたらしく、僕の言葉が耳に入っていなかったようだ。

「ねえ、ベン」と切り出し、だが、そこへロジャーが割り込んできた。立ち上がった彼はかなりの長身だった。大股でやってきて、長い腕でエイミーの肩を抱く。

「いた、いた。気分はどう？」

エイミーはちらりと僕を気にした。「元気よ。もちろん。当たり前じゃない。クリスマスだもの。ちょうどベンにおかえりって言ってたところ。あなたのこと、紹介しないとね」

エイミーはロジャーと僕を引き合わせた。僕たちは握手を交わした。

「すみません」僕はロジャーに謝った。「あなたにプレゼントを用意してなくて。どうしようか迷ったんだけど……」最後の方は尻すぼまりになった。

「気にしないでくれ、僕も君には用意してないし」ロジャーはそう言うと、大きな声で笑った。エイミーもぎこちなくふふふと笑った。

「それはそうと、迎えの車をありがとう」

「いいって、いいって、親友。君が来られないとなったら、女子たちもうるさかっただろうし」と、ロジャーがまた笑う。

親友？ 女子たち？ エイミーのためとは言え、この男と過ごすことに耐えられるのか、僕はまだ自信がなかった。

「そうだ、親友、近々雪が解けたら一緒にゴルフでもどうかな？ ゴルフのあとは昼をご馳走するよ。僕からのせめてもの気持ちだ」

最後のひと言の意味を深く追及したくはなかったので、僕は簡単に答えた。「いいね。楽しそうだ」

「決まりだな」

エイミーは頬を膨らませて一気に息を吐き出した。ずっと息を詰めていたらしい。

ロジャーが僕の肩をぽんぽんと叩いた。

「飲み物を取ってくる」と言って、その場を離れる。

エイミーが不思議そうに僕を見た。

「ずいぶんと冷静な対応だったわね」

「意外そうだね」

「そうね……ちょっとね」

「まあ、人生で一番気楽な会話だったとは言えないけど」

「別に無理して彼とゴルフに行かなくていいのよ」

「平気、平気。一度行ってみるのも悪くないかもしれない」

その時、誰かに袖を引っ張られた。タングが僕の後ろに立ち、顔だけのぞかせてエイミーをじっと見ていた。やがて、その目を大きく見開き、エイミーに笑いかけた。

「まだそのロボットと一緒なのね」エイミーの声にいくらかいら立ちが混じった。

「そのガムテープは？　やっぱりその子を直せなかったの？」

「いや、直ったよ。今じゃ新品同様だよな、相棒？　ガムテープはタングが気に入ってるからつけてるだけだ」

「そう」タングが言った。

エイミーと僕は、長い間ただ見つめ合った。

「まあ、今も一緒にいるのには、きっとあなたなりの理由があるのね」しばらくして、エイミーが言った。

「そうだね」

「ベン……ベン……ベン……ベン……ベン……」

「うん？　何だ、タング」

「エイミーは特別」

僕は返事に詰まってしまった。エイミーを見たら、びっくりした顔をしていた。彼女は真っ赤になった。

「ええっと……そうだな、特別だな。でも、旅をしている間にふたりで話したこと、覚えてるだろう。エイミーは今はここに住んでるんだ。あれ、違うんだ？」最後のひと言は、首を横に振るエイミーへの問いかけだった。「まあ、いいや。エイミーはしばらくここに住んでいて、今は別の場所に住んでるんだ。他の誰かと？」否定してくれることを願いつつ、尋ねた。

「うん」タングはなおも食い下がる。「でも……エイミーは特別」

「知ってるよ、タング。でも、今はそれは言わないでおこうな。ごめん」と、エイミーに謝った。「まだ場の空気を読むってことまでは教えられてなくてさ」

クリスマスディナーを食べながら、僕はタングと代わる代わる旅の話をした。タングは、僕が何か不正確なことを言ったり、大事な話をうっかり飛ばしたりすると、必ず割って入った。タングは食事はとらないし、クリスマスの何たるかも理解していなかったが、ありがたいことにブライオニーはタングにも席を用意して、彼が皆と食卓を囲めるようにしてくれた。タングの分のクリスマスクラッカーまであった。皆でそれを鳴らしたら、タングは驚き怖がっていたが、同じく用意されていた紙の帽子はたいそう気に入り、その後一日（寝る時も）脱がないと言って聞かなかった。僕がホテル・カリフォルニアの話をすると、当然のことながら大人たちは腹を抱えて笑った。そのおかしさを理解できないタングや子どもたちも、話の輪から外れまいとして一緒に笑っていた。

「で、そのフレンチメイドはベンが何をすると期待してたの？」と、ブライオニーが胸を押さえて大笑いした。

「さあね。ただ、防錆潤滑剤とベッドの下にあった十二ボルトのカーバッテリーは使うんだと思うよ」

「おー、こわ」ディブが言った。「まあ、僕らみんな、そういう怪しい経験のひとつやふたつは身に覚えがあるんだろうけどさ」

そのひと言に全員が笑った。中でもロジャーのばか笑いは、通りの端の郵便局まで響き渡っていたに違いない。

僕はタングを日射病で危うく失いかけたことや、彼を島に置いていこうと一度は決意し、再度失いかけたことを話した。タングが自分でシリンダーを交換したくだりでは、皆、よくやったとタングの背中を叩いたり、感心して笑いかけたりかぶりを振ったりした。皆に褒められたタングは、手をぱちぱち叩いて足を上下に蹴った。

リジーに会いにいった際のことはだいぶ端折って話したが、彼女の自宅で食事をしたことや、ディーゼル燃料とかぼちゃと口紅の一件は話した。エイミーは表情を曇らせたが、何も言わなかった。帰宅した僕を待っていた絵葉書のことを話すと、皆盛り上がり、「おおお」とか「わあ、すてき」という声が上がった。僕がリジーとカトウにしたことを、皆がすばらしいと認めてくれたことが僕は嬉しかった。

話を終えると、珍しく一瞬、沈黙が流れた。それを破ったのはエイミーだった。

「びっくりするような話ばかりだわ、ベン。忘れないうちに書き留めておいたら?」

「大丈夫」と、タングが言った。「ベン忘れない。タングの頭に入ってる。タング覚えてる」

「彼は本当にすごいロボットだな」デイブが感心した。「ベンがそばに置きたがる気持ちもわかるよ。うちのアンドロイドもタングみたいに物事を理解できたらいいのに」

「そうだよな」と言って、僕は部屋を見回した。「ところで、ここのアンドロイドはどうした?」

ブライオニーが赤くなった。「今日一日、お休みをあげるのもいいかなと思って。

ほら、クリスマスだから」

僕は我が耳を疑った。

デイブが言う。「ベン、君が姉さんに何をしたかは知らないが、ブライオニーのアンドロイドに対する話し方もすっかり変わってさ。聞かせてあげたいよ」

「あなたがタングを連れてくることについて考えてたら、いつの間にかうちのアンドロイドのことを考えてて」と、ブライオニーが説明した。「何だかかわいそうな気がしてきちゃったの。それだけよ」姉の恥ずかしそうな顔を見るのは、たぶん初めてだ。

「僕は全然理解できないけどね」と、ロジャーが口を挟んだ。「うちのドライバーに休みを取らせようなんて考えもしなかった。そんな話、聞いたことがない。それに、休みを取らせなくて正解だっただろう？ でなきゃ、ベンもベンの小さな友達もここに来られなかったんだから」

それはたしかにそうだが、ロジャーの発言はせっかく楽しく弾んでいた会話に水を差した。ブライオニーが彼女らしいやり方で場の雰囲気を戻した。

「ワインをもう少し、いかが？」

食後、僕はブライオニーが食卓を片付け、食器を食洗機に入れるのを手伝った。ブライオニーは時折居間をのぞいては、皆が楽しめているか、気にかけていた。やがて、ブライオニーが笑顔で僕を手招きした。行ってみると、タングがソファに座って何やらエイミーとおしゃべりをしている。よく見ると、エイミーが自分宛ての東京土産を見つけたらしく、包みを開けるのをタングが手伝っているのだった。〝手伝う〟といってもエイミーをひたすら笑わせているだけで、何ら役には立ってなさそうだ。体のあちこちにセロハンテープや包装紙がひっついていて、手についたものを払い落とそうとしている。エイミーはそれがおかしくて仕方がないらしい。だが、そこへロジャーが近づくと、エイミーの笑いは引っ込んだ。ユーモアのスイッチが一瞬にして切れてしまったみたいだった。それ以上見ていたくなくて、僕はキッチンに戻った。

「ロジャーは人好きのする男だな」僕は言った。

ブライオニーが答えるまでに、一瞬間《ま》があった。

「さっきはごめんね。彼がサイバードライバーについてあんなことを言って。普段はあんな人じゃないのよ――まあ、あそこまでひどくはないわ。ロジャー自身が想像していた以上に、あなたのそばにいると落ち着かないのかもね」

「わからないな。勝ったのは結局向こうなのに。エイミーは彼とつき合っているようだし、彼を選んだのも理解できる。こっちはロジャーをどうとも思ってないし、エイミーが僕のところに戻ってくる可能性だってないだろうに。そうだろ？」

ブライオニーは食洗機の扉を閉めると、居間に向かって歩き出した。

「うちのやんちゃな子たちがタングにいたずらをしてないか、見にいきましょ」

アナベルもジョージーも、タングに悪さをするどころか、タングを交えてゲームで遊んでいた。画面を二分割して対戦するシューティングゲームで、交替で相手を攻撃している。〝交替で〟と言ったが、単純にコントローラーを渡し合うというより、法廷での論戦みたいだ。まあ、ブライオニーを母に持ち、エイミーを叔母に持っているのだから、驚くことではないのだろうが。

タングは子どもたちの舌戦にまごつき、目が寄り始めていたが、議論の矛先が自分に向いていないことに安堵しているようでもあった。子どもたちは、自分の方がすごいのだとタングに見せつけようとしているらしい。まさかそんな展開になるとは、誰が予想しただろう。

結局最後はブライオニーがきょうだいを引き離し、全員で遊べるゲームをしようと提案した。アナベルがダンスゲームを選ぶと、ジョージーは文句を言い、大人たちはクラックコカインの吸引パイプがほしくなったが、タングは水を得た魚のようだった。

「ベン、ゲーム買える？」

「その前にまずゲーム機本体とか、こまごまとした付属品が必要だよ」

「買える？」

見下ろすと、タングは大きく見開いた目を僕に向かってぱちぱちさせながら、精一杯かわいい顔をしようとしていた。

「考えとく」

子どもたちが寝たあと、ブライオニーはシャンパンをもう一本開栓し、乾杯しましょうと言った。ブライオニーはエイミーに渡すグラスにはなぜだかこだわった。

「この機会にエイ——」と言いかけた姉を、エイミーが遮った。

「ベンに乾杯しましょ。無事に帰ってきたことと、世界半周の旅のすばらしい成果に」エイミーがブライオニーを睨むと、姉は——珍しく——首を縮めて口をつぐんだ。ふたりの間に何があったのだろうと気になったが、今は訊く時ではない気がした。エイミーの乾杯の言葉が嬉しく、それに続く恥ずかしくなるほどの賛辞にも酔いしれていたかった。僕は、かつて父が使い、今はブライオニー宅の居間の片隅に置かれている古い肘掛け椅子にゆったりと座り、家族を見つめた。ロジャーのことも。いろいろあったが、ここ何年もの間で今年のクリスマスが一番楽しかった気がする。なぜそう感じるのかはわからないが、僕はその気持ちを素直に受け止めた。シャンパンのグラスがそろそろ空こうかという頃、タングを探して部屋を見回したら、隅の方でブライオニーとだらしなく座り、ふたりしてゲラゲラ笑っていた。ブライオニーがディーゼルをやったんだな。取り上げにいこうかと思ったが、やめた。かわりにエイミーのそばに行き、乾杯の言葉の礼を言った。

「その……どういたしまして」エイミーは言った。「いい機会だと思ったの。あなたの頑張りも認められていいはずだもの――移動にしても宿の手配にしても、悪夢の連続だったんじゃない?」

僕は肩をすくめた。「まあ、時にはね。それでもやってよかったよ」しばらく考えてから、僕は遠方までともに旅したコルクをポケットから取り出し、エイミーに渡した。

「これ、何?」口でこそそう言っていたが、エイミーの顔を見れば覚えているのだとわかった。

「これも一緒に世界を旅したんだ。持っていくつもりじゃなかったんだけど、ハーフパンツの間に紛れててさ」最後のひと言は余計だったとすぐに気づき、挽回を試みた。「でも、出発前に気づいたとしても、やっぱり持っていったと思う」僕はかぶりを振り、ボリンジャーの家にいた時にコルクを見つけ、すぐさまエイミーに電話したのだと伝えた。ただ、その時にロジャーの存在を打ち明けられたことについては、触れずにおくことにした。「これからは君が持っていてほしいからさ」もう夫婦ではないけども、何か僕を思い出してもらえるものを持っていなよ……

エイミーは僕の頬にキスをした。泣きそうな顔をしていた。

「これがなくてもあなたを忘れたりしないわ、ベン。でも、ありがとう」

二十四　市民《シビック》の務め

　クリスマスと新年の間のとある朝、僕はタングがゲストルームのベッドで寝ているのを見つけた。ベッドを斜めに使って横になり、頭を変な角度に曲げて、全体的に窮屈そうだ。僕はタングが起きて一階に下りてくるのを待って、告げた。

「タング、今日はふたりで遠足に出かけるよ。旅だ」

「どこに？」タングは訝しげに言った。

「タングの家具を買いに」

「何で？」

「タングがこのまま僕と一緒に暮らすなら、自分のものが置いてある、自分の部屋を持つのは当然だろう」

「自分のもの？」

「そう」

「僕、〝もの〟持ってない。ベンがトーキョーで買った靴下だけ」

「知ってるよ。でも、それもそろそろ見直さないとな。タングもひとりの自由なロボットなんだから、自分のものを持てるようにしないと」

僕は、エンジンがかからなかったクリスマス以来、車庫で埃をかぶっていたホンダの助手席にタングを押し込もうとしたが、それ以前に車と壁の隙間が狭すぎたので、タングにはいったん待ってもらい、先に車を私道に出すことにした。

「おい、頼むぞ、動いてくれよ」僕は祈った。エイミーと一緒だった頃は、乗るのはもっぱら彼女の車だった。エイミーがそう望んだのだ。本人は、私道に出ている私の車を使う方が早いからと主張していたが、本当は、彼女の車がスマートで高級なアウディで、ホンダ・シビックに乗るよりアウディに乗る方が見た目がいいからだと、僕は知っていた。ちなみに、エイミーは僕にはアウディを運転させなかった。僕自身はごく平均的な優良ドライバーだと思っているのだが、そんなことは関係ないらしい。僕にアウディのハンドルを握らせるのは心配だったのだろう。もしくは、自分が物事のハンドルを握っていたかったのかもしれない。あるいは、その両方か。

それはともかく、僕は軋む車庫の扉を開け、ホンダをなだめすかして私道に出しにかかった。タングは、車のあとから外に出るようにという僕の指示に、珍騒動を起こすことなく従ってくれた。車も奇跡的に車庫を這い出た。タイヤが回転するたびに文句を言うように軋んだが、それでも動いてはいる。クリスマスの日は、車も雪の中に出ていくのが嫌だったのかもしれない。

「この車も買い換え時なんだろうな」ひとりつぶやきながらも、僕はこのぽんこつに強い愛着を感じていた。両親がこの車を買ってきた日のことは覚えていたし、これがぴかぴかの新車で、小型のファミリーカーの中では〝最新〟モデルだったのも、そう昔のことでもない気がした。まあ、最新は言い過ぎかもしれないが、両親のニーズからすれば使いやすい車だった。両親はブライオニーと僕を前に、自分たちも引退したから、これからはもう少しこぢんまりと暮らしたいと言い、小さな家に引っ越すか、小さな車に買い換えるかのいずれかだと宣言した。車を選んでくれて、僕たちきょうだいはほっとした。

「暮らしを整理する必要があるの？」当時、僕は両親に尋ねた。僕としては至極まっとうな疑問だと思ったが、両親は、なぜそんな当然のことを訊くのかという顔をした。

「当たり前じゃないの」母は言った。

「どうして？」

「それは……私たちが引退したからよ。引退したらそうするものなのよ、ベン」

「いや、でも別にその必要がないなら……」

「お母さんのやることに口を挟むもんじゃないよ」父が議論を終わらせた。「おまえも僕たちの年齢になればわかるさ」

納得のいく説明をするのが面倒になると、両親はいつもそう言った。〝おまえも僕たちの年齢になればわかる〟。常套句だった。ブライオニーと僕は、それをよくおかしがった。

僕がいったん車を降りて車庫の扉を閉めている間に、タングは助手席によじ登った。運転席に戻ったら、タングがシートベルトと格闘していた。ダッジに乗っていた時には難なく締められていたのに、ホンダのシートベルトには振り回されている。僕がシートベルトを締めてやると、タングは顔をしかめた。

「わかってる、わかってるよ、タング。新しい車を買わないとな……タングが気持ちよく乗れる車を」

「小さすぎる」

「わかってる。でも、中の席はダッジと変わらないはずだぞ、違うか？」

僕が後ろ向きで私道から車を出す間、タングは数秒間じっと考え、やっぱりホンダの方が小さいという結論に達した。僕は嘘だなと思ってちらりとタングを見たが、何も言わずにおいた。どちらにしても車を買い換えなければならない事実に変わりはない。これまでも、維持するのに金がかかるようになったら買い換え時だと、友人たちから聞かされていたが、ぴんときていなかった。どんな車も維持費はかかるだろう？　だが、ガタガタと音を立てる車をのろのろと走らせているうちに、彼らの言う意味がよくわかった。この車をまともに走らせようと思ったら、ミスター・パークスのブースターケーブルでは足りない。

「よし、こうしよう、タング。明日になったら車を買いにいく」

「何で今日じゃないの？」

「今日はタングのベッドを買いにいくからだよ。たぶん組み立てが必要だから、そうなると今日は時間がない」

「組み立て？」

「今から行く店で買うものは、車に積めるようにパーツがばらばらになってるんだ。そのかわりに、家に持って帰ったら自分で家具を作らなきゃならない。ドライバーなんかの工具を使ってさ」

「ドライ――」

僕はタングの言葉を遮った。「家に帰ったら、僕の言う意味がわかるから」

それから一分ほど、タングは静かだった。反論を組み立てているに違いない。

「ベン……」

「何だ、タング」

「ばらばらパーツ、車に入った？」

「それを言うなら、車に入る、じゃないか？」

「うん」

「そりゃ入るよ……たぶん。きっと」

「ベン、ほんとはわからない、そうでしょ？　タング知ってる。今日大きい車買う方がいい。家具は違う日に買う。ばらばらパーツ、入る」

タングの理屈は毎度見事に僕の計画の不備をつく。今日家具を買い、明日車を買うという計画に固執する理由など、自分の意見を通したいという意地以外になかったので、僕は折れることにした。タングに頑固の手本を見せたくはない。何しろ相手は僕の助けなどなくても、頑固の素質を十二分に持ち合わせている。そんなわけで、いったん家に戻って車関連の書類を探し回った挙げ句に、ダッシュボードの物入れに昔と変わらずそのまま入っているのを見つけると、僕たちは再び出発した。向かうは地域の自動車販売会社が集まる工業団地だ。

案の定、タングはすべてのショールームのあらゆる車に座りたがったが、大半の店はタングのようなロボットは歓迎せず、結局僕たちは、タングの登場にもまったく動じなかった唯一のディーラーで車選びをすることになった。まずは数ある車の中から気に入った一台に絞り込むと、タングはすべての座席の座り心地を確かめた。さらに、販売員にカーラジオをつけさせ、とりわけボリュームは念入りに確認した。僕からすると不必要なまでの大音量が出た。

だが、その車でタングが何より気に入ったのは、ボタンを押すだけで勝手に開閉する自動のドリンクホルダーだった。何がそんなにいいのか、とにかく僕が契約書類を書き終わるまで、タングはドリンクホルダーに夢中になっていた。


納車前日の夜、車庫のホンダに座ってぼんやりしていたら、タングがやってきた。運転席の窓をコンコンと叩く。

「ベン、だいじょーぶ?」

僕は窓を下げ、無理に笑うと、うなずいた。

「ちょっと悲しいだけだ」

「何で?」

「この車が親のものだったからだ。親を捨てるような気分になるんだ」

タングは困惑したように車庫内を見回した。「でもベンの親、ここにいないよ?」

「ああ、いない。だから悲しいんだ。ふたりは亡くなったんだって、前に話したのを忘れちゃったか?」

顔をしかめるタングを見て、ああ、一度も話していなかったのかもしれないと気づいた。「この話はタングとは一度もしてなかったんだったかな?」

「うん」と、タングは言い、尋ねた。「ベン……〝亡くなる〟って何？」

「誰かが死んだという意味だ。ほら、島で僕が、ボリンジャーは死んだんじゃないかって思ったことがあっただろう？」

タングはうなずいた。「でも、亡くなると、何でベン悲しい？」

「その人が永遠にどこかに行ってしまって、会えなくなるからだよ」

「ベン島から出ようとして、でもタングはそうじゃなかった時みたいに？」

「いやいや、あれとは違う。亡くなるというのは、その人がこの世界からいなくなってしまうということなんだ——体の働きが止まってしまうんだよ」

「直せないの？」

「そう」

タングは足元に目を落とした。「ベンの親、直せないの？」

「そうだよ」

「何で？」

「小さな飛行機を操縦していた時に、鳥がプロペラに飛び込んで、飛行機が落ちてしまったんだ。説明するのは難しいんだけど、人は体がひどく傷ついてしまうと、完全に壊れて直せなくなることがあるんだ。お医者さんの力で治せる場合もあるけど、たとえば頭を強く打ったり、血がたくさん出たりすると、体は自分で治ることができなくなる。僕の両親の体もそんなふうになってしまったんだよ」

両親の事故がなぜ、どのように起きたかということには、タングは関心がないようだった。それよりも、人間の体に自ら治癒する力があるという事実に目を丸くしていた。「人間の体、自分で自分を治すの？」

「たいていはそうだ。たとえば、僕が指を切っても、僕の体はそれを治す方法を持っている。治癒って言うんだよ」

「でもベンの親は治癒しない？」

「ああ、治癒できなかった」ふいに喉が詰まり、僕は泣きそうになった。「母さんや父さんの振る舞いに、僕は腹が立って仕方がなかった。どこかに出かけていっては、ばかなことや危ないことばかりしてさ。ふたりがロッククライミングなんかをしている写真を見たことはあったけど、それは僕たちきょうだいが生まれる前のことで、子どもが生まれてからは危険なことはしなくなっていたから、てっきりふたりともいい大人になって、そういう冒険は卒業したんだと思ってた。だけど、引退したとたんに忘れていた冒険心が疼いたらしく、昔のふたりに戻った。その身に万が一のことが起きたらブライオニーや僕がどんな気持ちになるかなど、お構いなしに見えた。結局ふたりは本当に死んじゃって、僕は、自分が一人前になった姿を見せられなくなったことが許せなかった。当時は獣医の勉強も全然うまくいってなかったし、恋人もいなかったし、何にも興味がなかった。リスクを取るのが怖かった。僕は何ひとつ成し遂げたことのない、ただのふたり目の子どもだった。それなのに両親は逝ってしまった。もう……どうすることもできない。ブライオニーみたいに、親に誇りに思ってもらうこともできない。本当はすごく会いたくて寂しいってことも、二度と伝えられない……」


しばらくして、タングの尖ったマジックハンドの手が頭に置かれるのを感じた。

「ごめんな、タング。またお漏らししちゃったな」鼻の脇を涙が流れ落ちた。

「違うよ」と、タングが言った。「ベン、お漏らししてない。ベン、治癒してるんだよ」


翌日、タングは午前中ずっと、新車が届くのを待っていた。表に面した居間の窓の前に立ち、ガラスに顔をくっつけて、時折僕を呼んだ。

「ベン——いつ？」

「僕にもわからないよ。午前中としか、店の人も言ってなかったから」

「車が来たら、お出かけする？」

「もちろんだ。慣らしを兼ねて、タングの家具を買いにいこう」

「タングの嬉しいことが、ふたつ！」

「そうだな、楽しめるといいな」どうやらタングは高級車と映画鑑賞に加え、買い物も好きになりつつあるらしい。

ようやく車が届くと、タングは玄関に飛んでいった。焦って外に出ようとするせいで転んでいる。だが、私道の半ば辺りでふいに足を止め、心配そうに僕を振り返った。

「どうした、タング？」

「ベン、今日はだいじょーぶ？」

僕は微笑んだ。「ありがとうな、タング。うん、今日は大丈夫だ」

タングが眉間にしわを寄せる。

「本当に大丈夫だから。ほら——いいから車を見ておいで」

タングは納車に来たドライバーの脇をつんのめりそうな勢いで通り過ぎ、車に近づいた。ドライバーは驚き、タングがボンネットに頭をくっつけると、ますます困惑した。

「何も訊かないでください」僕は言った。

僕は新車の受け取りと、これまでの自分の人生の象徴みたいな錆びついた車の下取りのサインをすると、そのぽんこつ車がさっきまで新車の載っていたトラックの荷台に載せられるのを見つめた。だが、ホンダを手放す寂しさは、早く新しい車に乗りたくてドアハンドルを強引に引っ張っているタングを見ているうちに消えてなくなった。

今はタングが僕の人生だ。少なくとも、タングとともに新たな人生のスタートを切ろうとしている。新しく始めるということは、古いものを手放すということだ。両親はもういないし、エイミーもいない。その事実が僕の人生に穴をあけなかったふりをするのは、もうやめよう。やめて、今こそ自分の人生を生き、その穴を埋める。本当の意味で生きるのだ。家に閉じこもって、世界からも妻……じきに前妻となる人からも隠れて生きるのではなく。そんな人生はもうおしまいだ。

僕がゆったりとした足取りで近づくと、車がカードキーを認識してロックを解除する音がした。ドアが大きく開く。タングはリモコンというものの概念を忘れていたようで、今のを魔法だと思っている。僕を見て、口をあんぐり開けた。

「車が生きてる！　ベン……ベン……ベン——車が生きてる！」

「たしかにな。でも、今のはただのリモコン操作だよ。さあ、乗って。ドライブに行こう」

ショールームでもそうだったように、タングはすんなりと助手席に乗り込んだ。ドアも難なく閉め、シートベルトが〝シュッ〟と体にかかる音を聞くと、足を上下にぶらぶらさせた。

「満足かい？」僕は尋ねた。

「うん」

「よかった。僕も嬉しいよ」

家具のショールームを目指して乗ったはずのエスカレーターが、タングの新たな遊び場になった。エスカレーター自体はタングも初めてではなかったが、ショッピングカートごと乗れるように平らになっていて、かすかに傾斜しているタイプは初体験だ。タングは面食らい、傾斜に合わせて体の角度を調整しないものだから、エスカレーターに乗っている間中、地球に対して体が後ろに傾斜する格好になっていた。

「体を前に倒してごらん、タング。そうしたらまっすぐ立てるから」

「うん」と返事はしたものの、タングの姿勢はそのままだった。

エスカレーターを降りると、僕はどこから見ようかと店内を見回し、ふと、タングがそばにいないことに気づいた。慌てて後ろを振り返ったら、エスカレーターを降りたタングが、僕をてっぺんに残したまま、下りのエスカレーターに乗っていた。今度は体全体を前方に傾けた状態で、両側の手すりに片手ずつ掴まり、下っていく。

「タング、何やってるんだ?」と呼びかけたが、明らかに聞こえているくせに、タングは聞こえないふりをした。「戻っておいで」

タングは頭を回して肩越しに僕を振り返ると、体ごとこちらに向き直り、下りエスカレーターを歩いてのぼろうとし始めた。何歩か不毛なステップを踏んだところで癇癇を起こし、その場で不機嫌に足を踏み鳴らしながら、まるで僕のせいであるかのようにこちらを見た。

「そのまま下まで下りて、もうひとつの方でのぼっておいで」僕はタングにわかるように身振りを加えて説明した。タングは僕に背中を向け、下まで下り、言われた通りに上りのエスカレーターに乗った。タングを待つ間、僕はエスカレーターに背を向けて、ソファが多数並ぶ正面の売り場を見始めた。だが、いつまでたってもタングは来ない。見ると、彼はまたしても下りエスカレーターに乗っていた。ただし、今回は進行方向に背中を向け、僕を見てにんまり笑っている。

「いい加減にしろ、タング。戻ってこいって言っただろ！」

だが、この遊びが楽しくてしようがないらしいタングはやめようとしない。その後さらにエスカレーターを三往復したところで、僕はようやくタングの手を引っ張り、エスカレーターから引き離した。「いい加減にしなさい。悪ふざけはおしまいだ。いろいろ買わなきゃならないんだから」

タングは僕を見上げると、ふくれっ面をしてガムテープをいじった。

不機嫌なロボットをお気に入りのエスカレーターから引き離して歩きながら、そう言えばタングのほしいもの——と言うよりは必要なものか——をリストに書き出してくるのを忘れたなと思った。こういう店でそれは危険だ。店には、とてつもなく意志の強い人と、リストを書き出してきた人を除く全員に、不要なものや、存在すら知らなかったものを買わせる魔力がある。そういう客は帰宅して初めて、買ってきたものを置く場所がないことや、そもそも何のためのものかさえ知らない事実に気づく。とは言え、タングにベッドが必要なことは間違いないので、他のものはともかく、それだけは買って帰らなければならない。

僕たちはショールームの矢印の案内表示に従って歩いた。タングは東京で家電量販店に入った時以上に圧倒されていた。数メートル置きにちょっと待ってと足を止めては、ソファに座ったり、スツールにのぼったりして、一度など、はっと見たらクローゼットに隠れようとしていた。

「ベン、見て！　魔女の戸棚！」

「それはクローゼットだよ、タング。服をしまうためのものだ。隠れるものじゃない」

「でも魔女から守ってくれる」

「守ってもらう必要はないんじゃないかな。この辺りに魔女はいないから」次のハロウィンまでに、モーテルでの一件をタングが忘れてくれることを祈るばかりだ。

「タング、魔女から隠れなきゃ！　クローゼット必要」

「だけど、タングは服なんて着ないじゃないか。他にもっと大事なものをいろいろ買わないとならないんだからさ」

「クローゼーット、必要……クローゼーット、必要……クロー……」

「いいよ、わかったよ！　クローゼットも買うよ。だから静かにしてくれ」

「イエイ！」

「イエイ？　〝イエイ〟なんて、いつ覚えたんだ？」

「ブライニーベルが言ってた」

「誰だって？」

「ブライニーベル。クリスマスに。僕遊んだ」

「姪っ子のことか？」

「うん」

「あの子の名前はアナベルだよ。ブライオニーは彼女のお母さんで、僕のお姉さんだ」

「ブライニーベル」

「違う、アナベルだって」

「ベンのお姉さん。ブライニーの姪。ブライニーベル」

「だからそうじゃなくて……いや、もういいや。それよりタングのベッドを見にいこう」

「イエイ！」

店内を見て歩くうちに、買う予定のなかったものがショッピングカートに積まれていった。皿、黒板、回転椅子、クッション数個に、調理用のへら。そのうちのいくつかは僕がカートに放り込んだものだが、残りはタングだ。彼は僕のそばを離れては、小さなランプや乾電池のパックを手に戻ってきた。いつの間に買い物上手になったのだろう。まだ組み立て家具を買ってもいないのに、カートの中身が新車のトランクに収まるのか、僕は不安になってきた。

ベッド売り場でも、僕はきょろきょろとタングを探すはめになった。きっとまた、大判の膝掛けやベッド下用の収納袋を持ってくるに違いない。タングを探していたら、買い物中のさまざまな家族が目に留まった。野菜の水切り器《サラダスピナー》で遊ばせてくれない父親に文句を言っている幼い少年に、泣き叫ぶよちよち歩きの幼児からキャンドルスタンドを取り上げようと悪戦苦闘している親。それらの光景を見ていると、タングの面倒を見ることとそう変わらない気がした。もしかしたら、僕もいつか父親になれる日が来るかもしれない。今はまだ早いけれど。独身に戻って唯一よかったのはそこだ――大人になりきれないまま父親になり、我が子に悪影響を及ぼす心配をすることなく、成長する時間ができた。

嬉しそうににっと笑いながら戻ってきたタングは、茶色くて柔らかそうなチューブ状のものを抱えていた。

「タング、それは何だ?」

タングは得意満面で、それを僕の前に差し出した。

「カイル!」

タングが見つけてきたものは、ドアの下の隙間を塞ぐ、ダックスフント型の隙間風除けだった。

「あと、ベッドも見つけた! 来て、ベン、ベッド見にきて」

タングに引っ張られていった先にあったのは、フトンベッドだった。タングはその上に大の字に寝転んだ。

「このベッドがいい」と、宣言する。

「珍しく意見が一致したな。それなら高さもあまりないから、のぼりやすい。すごいぞ、タング、大人みたいな賢い選択だ」

「うん。僕大人になる。ベンも大人になる。ベンとタング、大人になる」

僕は微笑んだ。「タングの言う通りだ。僕たちは一緒に成長してるんだな」少しだけ余韻に浸ってから、僕は尋ねた。「ところで、そのベッドは快適か?」

「かい……？」

「快適」僕は他の言葉を探した。「大きさはちょうどいいか？　硬すぎたり、軟らかすぎたりしないか？」

「うん」

「それなら、そのベッドは快適なんだ。快適でない時は、何かがおかしい感じがするんだよ」

「エイミーがベンに住んでないみたいに」

僕は苦笑した。「それを言うなら、ベン〝と〟だ。でも、それとは意味が違う。タングもいつか、僕の言っている意味がわかるようになるよ」

その後、タングをフトンベッドから引き離すのに僕はかなり手こずった。

「もういい、だったらタングはここに残ればいい」

そう脅かすと、タングはパニックに陥って慌てて僕を追いかけてきて、脚にしがみついた。

「やだ！　ベン！　タングを置いてかないで！　やだ、やだ、やだ、やだ、やだ！」

人々がこちらを振り向くので、僕はタングを脚から離し、話をしようとしゃがんだ。

「心配しなくても一生置いていくわけじゃないよ、タング。僕が支払いをすませるまで、タングはここで待っていたらいいと言いたかっただけだ」

「ベン、タングのこと島に置いてこうとした。ベン、お店にタング置いていく」

「いや、それは違うよ――タングを島に置いていきたかったわけじゃない。あの時はそうするのが正しいと思っただけだ。もう二度と、タングを置いていこうなんて考えないよ」

「ベン約束する？」

「ああ。約束する。当たり前じゃないか。タングと僕はもう家族だ。そうだろう？」

僕はタングの小さな金属の背中に腕を回して抱きしめた。タングも抱きしめてくれた。

「ベン、さっさとベッド買う……買ってくれる？」


「くそっ、六角レンチはどこいった？」タングの部屋で組み立て家具のパーツに囲まれながら、僕は誰にともなく言った。

「ろっ、かく？」

「あれの一種だよ、スクリュー……えーと、どう言えばいいんだ……ああ、もう、何て説明すればいいかわからないけどさ。とにかく、こういう家具を組み立てるための道具だ」

「ベン、何で怒ってる？」

「怒ってないよ。ちょっといらいらしてるだけだ。まったく、何でこんなに複雑なんだか。説明だって象形文字みたいでわかりにくいし。この絵を見てくれよ――こいつはいったい何をしてるんだ？　この絵のパーツがどれなのかさえ、わからないよ」

「ベン、何でわからない？」

「こういうことは苦手なんだ」

「ベン、学習できる？」

「ああ、おかげさまでな。今まさに学習しようとしてるところだ。タングの面倒を見るってことを学習しようと頑張ってる。でも、それには少し時間がかかるんだ」

「ベンが学習したら、エイミー帰ってくる？」

タングのエイミーへの愛着に驚き、僕はしばらく黙ってしまった。エイミーは、タングをさっさと粗大ごみに出してこいと言った張本人なのに。

「いや、タング。それは無理だ。前にも話しただろう――もう遅いんだ。それよりお願いがある。僕が家具を組み立てる間、あっちでテレビを見てくれないか。ひとりでいらいらする方がいいから」

「いーよ」と答えたものの、タングはつまらなそうだった。

「終わったら、すぐにそっちに行くから。約束する」

間もなく日が暮れようとしていた。

「ベン……ベン……ベン……ベン……ベン……」

「何だ？」僕は階段の下に向かって大声で返事をした。

「ベン終わった？」

「まだだよ、タング。終わったらすぐにそっちに行くって言っただろ？　急かさないでくれ」

タングがガシャガシャと居間に戻っていくのが聞こえた。同じやり取りを三回繰り返したところで、僕はようやく組み立てを終えた。タングはすっかりふてくされていた。

それでも新しい寝室を披露すると、タングの退屈は吹き飛んだ。僕はそれまでの窮屈な空き部屋ではなく、広い方の部屋を新たにタングの部屋として、そこにベッドとクローゼットを置いた。家具と一緒に買った羽毛の上掛けと枕には、タングが自ら選んだ緑色のカバーをかけておいた（なぜタングが緑にこだわったのかは謎だ）。他にもベッドサイドテーブルやその上に置く時計、壁にかける額入りの世界地図も買ってあった。僕はその地図に、ふたりで旅したハーリー・ウィントナムからパラオまでのルートを記しておいた。

タングは僕の脚をぎゅっと握り、目を大きく見開いて、自分を取り囲む、冬の夕日に照らされた新しい持ち物に見入った。

「これ、みんな僕のもの？」

「そうだよ、全部タングのものだ」

「どうも。ありがとう」

「どういたしまして。自分の部屋が気に入ったかい？」

「うん。ベッドに座っていい？」

「もちろん。タングの好きなようにしていいんだよ」

二十五　スクランブル

「ベン……ベン……ベン……ベン……ベン……ベン……」

「何だ、タング。トイレ中なんだけど」

大晦日の朝、タングに階段の下から呼ばれた時、僕は寝起きでぼんやりしたまま便器の前に立っていた。

「ベン……ベン……ベン……」

「何だ？」僕はもう一度言った。

「朝食」

「何が？」

「僕」

「タングが朝食なのか？」

「違う。僕は……僕の……」正しい言い方がなかなか出てこず、いら立って足を踏み鳴らす音が聞こえた。

た。

「タングが朝食を作った、と言いたいのか？」

「そう。僕作った。僕が朝食作った」

僕は微笑み、手と顔を洗って一階に下りた。タングは階段の一番下で、まん丸に見開いた目をぱちぱちさせて、お茶用のトレイを僕に向かって差し出していた。トレイには小皿が載っていて、その小皿には火の入った卵が積み重なり、ぷるぷる揺れていた。

〝積み重なり〟と言ったが、実際にはどろっと崩れた塊が、皿の縁からこぼれてトレイの縁へと流れかけていた。僕はタングからトレイを受け取った。

「ありがとう、タング。こんな……こんなことをしてくれるなんて、タングは本当に優しいな」

タングはにこっと笑った。

「これ、どうやって作ったんだい？」

タングは頭の上でかき混ぜる動作をして見せてくれた。「手伸ばした」

「コンロに手を伸ばして卵をかき混ぜたのか？」

「うん。よく見えない。想像した」

「だろうな」僕はトレイからタングに目を移した。「どうして朝食を作ってくれたんだ？」

「タング、役に立つ。アンド・ロイドみたいに。それ見せる」

そのひと言に僕の心は温かくなった。コンロを使うにはタングは背が低すぎる。自分の目で作業の様子を確かめることはできないはずだ。僕は東京の家電量販店で見たアンドロイドや、数カ月前のエイミーとの議論を思い出した。タングに料理は厳しいというエイミーの指摘は正しかったが、自分の価値を示そうと、これほど健気に努力するアンドロイドはいない。

「タング、おまえは十分役に立ってるよ——僕にも、他の誰にも、何も証明しなくたっていいんだ。タングはそのままですばらしいんだから。それでもタングがまた料理をしたいと思うなら、踏み台になりそうな箱でも探そうか……そうしたらタングもやりやすいだろう」

タングはまた嬉しそうににっこりした。

僕がタングの手料理を食べるのを、タングは熱心に見つめていた。最後のひと口まででずっとだ。僕の手が皿から口元へと動くのを目で追い、僕が飲み込むたびに、にかっと笑った。タングにとってこれは新しい世界への第一歩で、僕は誇らしかった。

その夜、僕はボーイスカウト時代に習ったことを駆使して居間の暖炉に火をくべると、タングと暖炉を囲みながら、体を温めてくれるスコッチウィスキーを手に、新しい年が明けるのを待った。だが、タングの金属の体には暖炉の火は熱すぎたようで、わずか数分でタングはダイニングテーブルに移動した。そうなると、僕としてはプラムみたいに赤い顔をしてひとり暖炉の前に残るか、タングのそばに行くかの、ふたつにひとつだ。僕は後者を選んだ。ゲームをしてもいい。最高の大晦日の過ごし方ではないかもしれないが、今夜は絶対に楽しく過ごそうと決めていた。

僕はタングに〝スクランブル〟というゲームを教えることにした。僕が持っているのは、単語を作って点数を競う、かの有名なボードゲーム〝スクラブル〟の、あまり有名ではないコピー商品だ。おそらくは認知症だった老齢の伯母が、いつかのクリスマスに母にプレゼントしたものだ。残念ながらその贈り物は誰の興味も引かず、もらった日に一度適当に遊んだきり、母によって我が家のボードゲームの墓場である戸棚にしまわれてしまった。それ以来誰も遊んでいない。

タングがいる今なら、あのゲームも多少は役に立つのではないか——正しい言葉の使い方を教えてやったりするのにいいかもしれない。

「スク、ラン、ベル？」僕がゲームの準備をする間、タングはきょとんとしていた。

「それって……？」

「ゲームだよ、タング。ボードゲームだ」

「退屈《ボード》？」タングが顔をしかめる。「じゃあ、他のことする？」

「いやいや、退屈《ボード》ではないよ、タング。b・o・a・r・dだ。綴りが違うんだ。言葉のゲームだよ」

「ふーん。スク、ラン、ベルって何?」

「ゲームだよ。今、説明しただろ」

「違う、言葉の意味……スク、ラン、ベル」

「そうだな、意味は……いろいろあるけど、この場合は何かを混ぜるって意味だ。アルファベットを選んで言葉を作るんだ。こんなふうに」僕は手本を見せてやった。

「ほら、〝門〟って言葉ができた」

「門?」タングが庭の方を示す。

「そうそう、あの門と同じだ」

「壊れてる」

「うるさいな、エイミーみたいなこと言うなよ」

「壊れてる……」

「ああもう、わかったよ、今度直すから。それより、ほら、タングも言葉を作ってごらん。必ずふたつ以上のアルファベットを使うのが決まりで、僕の作った言葉のアルファベットのどれかにつなげないといけないんだよ」

タングは僕の作った単語を見ると、今度はアルファベットが書かれた手持ちの駒を見た。ゲームの遊び方自体は問題なく理解したようだったが、英語の微妙な綴りなどはタングにはまだ難しかったらしい。

「SQATCH」

「それはだめだなあ、タング」

「何で?」

「〝q〟のあとには必ず〝u〟をつけないといけないからだ」

「何で?」

「何ででもだ。英語《イングリッシュ》ではそう決まってるんだ」

「タングの言葉。タングリッシュ」

僕はぷっと吹き出しそうになるのをこらえた。これはやられた――まったく、タングの理屈にはかなわない。「いいだろう。それなら、この言葉はどういう意味なんだ?」

「知らない」

「意味のない言葉は使えないよ」

「何で?」

「何でって言われても、そういうゲームだからだよ……それがこのゲームの肝なんだ」

「タングわからない」

「タング、〝僕にはわからない〟だよ。教えただろう?」

「タング僕にはわからない」

その時、会話を遮るように玄関の呼び鈴が鳴った。

「ちょっと待ってて。すぐ戻るから。そうしたら話の続きをしよう」

玄関扉の向こうに立っていたのは、雪をかぶったエイミーだった。ウールを何層も重ねて着込んでいるのに、それでも寒そうだ。呼吸するたびにうっすらと白い息が顔を隠す。

「エイミー」と、僕は言わずもがなのことを言った。「こんばんは」

「こんばんは、ベン」

「こんばんは」

「入ってもいい?」

「もちろん、どうぞ。気づかなくてごめん」体を引いてエイミーを通した。室内の暖気がエイミーの脇をすっと流れて外へ逃げていく。

「あの車は誰の?」エイミーが尋ねた。僕の頬にキスをして、家の中に入ってくる。

「僕の」

「あはは、面白い。でも、冗談はさておき、あなたにはホンダのシビックがあるでしょ。あれは誰の車？」

「だから、僕のだって。ホンダを下取りに出して買ったんだ」

　これにはエイミーも仰天した。

「すごい、ベンってば本当に変わったのね。でも、何だってBMWにしたの？」

「僕がBMWを買ったらおかしいか？」子どもみたいなすねた口調になってしまい、僕は知っていることを片っ端から並べ立ててエイミーを感心させようとした。「多機能ディスプレイもついてるし、スポーティな走りを実現するシャーシだし、コンフォート・アクセス……なんちゃらもあるし、市街地燃費だって前のホンダより格段によくなったし」僕はタングにちらりと目をやった。僕のあとを追って廊下に出てきて、背後に隠れるように僕の脚にしがみつきながら、クリスマスの日と同じように顔だけのぞかせてエイミーを見上げている。タングは上目遣いにエイミーを見て、首を横に振った。

「なるほど」と、エイミーが言う。「そのどれかひとつでも、ちゃんと意味がわかってるの？」

　僕はもぞもぞと足踏みした。「当たり前じゃないか」と答えてはみたものの、ハンマードリル並みに突き刺さる視線を前に、白状した。「本当はよくわからない。でも、乗り心地はいい。何よりトランクが大きいしな」

「ロボットを積むつもり？」エイミーは〝まさかね〟という顔をした。

「基本的には組み立て式家具のためだ。タングは助手席に座るから」

エイミーは微笑んだ。「そうよね」

「上も外れるよ」タングがつけ加えた。

「えっ？」

「ルーフトップだ」僕は補足した。「ルーフトップを開けられるんだ」

「コンバーチブルを買ったの？　あなたが？　この目で実際に見てなかったら、信じないところだわ」

「そう、それ。コンバーチブル」

「どうして？」

「だめな理由があるか？」

「あなたが住んでるのはバークシャーよ、コートダジュールじゃなくて」

「トスカーナ辺りにでも車で行くかもしれないだろ」

エイミーは疑わしそうな顔をしている。

「シビックは相当ガタがきてて、金もかかるようになってた。だから新しいのに買い換えた。それだけのことだよ」

「そういうことね」エイミーは言った。

僕が上着を預かるよと言い、エイミーが雪をかぶったコートなどを脱ぎ始めると、タングは手を伸ばし、じいっとエイミーを見つめたまま、コートに帽子、手袋、マフラーを受け取った。そして、くるりと向こうを向くと、それらを手近な暖房放熱器《ラジエーター》の上にかけた。

「エイミーのために乾かす。雪なくなる」と、説明する。

エイミーは僕の顔を見ると、タングに話しかけた。

「タングはとっても気がきくのね」

「エイミーのお世話しないと」タングがエイミーの袖を掴み、居間に案内しようとした。ふたりはそのまましばらく見つめ合っていたが、エイミーは意外にもタングに手を引かれるままに居間に向かった。

「エイミー、飲み物でもどう？」僕は後ろから声をかけた。キッチンに向かいながら、「赤がいい、それとも白？」と尋ねる。

「紅茶をもらえるかしら？」

「えっ。君も変わったね。君がワインを断るのなんて初めて聞いたよ」

「それは、その、私……車で来たから」

僕は紅茶を淹れてエイミーに持っていった。彼女はソファに腰かけていて、僕が居間に入ると、ちょうどタングが彼女の足の下に足置き台を差し入れるところだった。エイミーがにっこり笑って礼を言う。すると、タングはいったんどこかに姿を消し、毛布を手に戻ってくると、それをエイミーにかけた。そして、ソファにのぼってエイミーの隣に座った。

「タングも一緒に毛布に入る?」エイミーが尋ねた。

「ううん。エイミーあったかくしないとだめ」

「大丈夫だよ、タング。エイミーはもう十分暖かいはずだから」

タングがこちらに向けた視線に、僕は自分がひどく間抜けに思えてきた。

「エイミーのお世話するの」

タングとエイミーの間に何が起きているのか。そんなことを考えていたら少し間《ま》があき、僕は咳払いをした。

「それはそうと、エイミー。気を悪くしないでほしいんだけど、どうしてここに来たの? いや、嬉しくないわけじゃないよ。実際、会えて嬉しいし」エイミーは紅茶のカップに目を落とし、どう答えようかと思案しているようだった。

「私……本当はクリスマスに伝えたかったんだけど、なかなかタイミングがなくて」

気詰まりな沈黙が流れた。タングはそれを埋めることにしたらしい。

「エイミー食べないとだめ。僕、卵作る?」

「タング、それはすごく親切だけど、エイミーはそんなにお腹がすいてないんじゃないかなぁ……」

「すいてるわ。最近は四六時中お腹がすいてしようがないの」

「そういうことなら、何か軽いものでも作ろうか？」

タングが得意げに僕に笑いかける。

「タングは本当に料理ができるの？」エイミーが訊いた。

僕は〝いや、できない〟と答えたかったが、目をまん丸にしているタングを前に、本当のことなど言えなかった。

「学んでいるところだ」

タングが話に入ってくる。「うん、ベンとタング、一緒に学んでる。僕手伝ってる」

エイミーは感心した様子でタングに向き直った。「今は卵の気分ではないんだけど、サンドイッチを作ってもらえたらとっても嬉しいわ、タング」

口を開こうとした僕を、タングが遮った。

「僕、エイミーにサンドイッチする。エイミーのお世話する。エイミー特別。僕行ってくる」そうして、キッチンに消えた。その背中をエイミーが見つめる。

僕はかぶりを振った。「ごめん。一応前もって言っておくけど、ひどいサンドイッチが出てくると思う」

エイミーは構わないと言った。僕は尋ねた。「エイミー、訊いてもいいか。家を出ていく前、君はタングを粗大ごみに出してほしいと言っていた。タングへの気持ちが変わったのはどうして？」

エイミーは再びカップに目を落とした。

「私たち、十月から別々に暮らしてきた。その間にあなたは変わった。見ていてわかるわ」

僕はうなずいた。

「そして、それは私も同じ……何もかもが変わったの」エイミーはいったん言葉を切った。「旅先からくれた電話で話した時、ベンは私のことを考えてたって言ったわよね。私も同じ、あなたのことを考えてたわ」

「本当に？」

「そりゃあそうよ。タングのことや、あなたがなぜ、ああいうことをしたがったのかも考えてみた。ああいうことっていうのは、タングを生まれた場所に連れていって、また連れ帰ることね」

「うん」

「考えるうちに、きっとベンはタングの中に、私には見えていない何かを見出したんだと思うようになった。旅にしても、ベン自身のためだけにしていることではないのかもって。帰ってきたあと、旅の話を聞かせてくれたじゃない？　あのクリスマスの日に、あの場にいた全員がタングは本当に特別な存在なんだと気づいた。そして、あなたはまるでタングの父親みたいだった。僕には子どものことなんてよくわからないと、いつも言ってたあなたが。さっきも、タングは私のコートをラジエーターにかけて、乾かして温めてくれようとしたでしょう。あの時にはっきりわかったの」

「何が？」

「あの子はただの金属の箱なんかじゃない」

僕がそれに答える前に、タングが二枚のスライスチーズにパンの塊が挟まったものを、ボウルに載せて戻ってきた。それをエイミーの膝に恭しく載せる。エイミーは華奢な手でタングの手を取ると、ぎゅっと握った。「ありがとう、タング。完璧だわ」

タングがその質問をしたのはその時だった。「エイミー、いつから心臓の音ふたつになった？」

エイミーはタングに笑いかけた。そして、僕を見た。

「三カ月ちょっと前からよ」

二十六　超音波

「ベンに嘘ついてごめんなさい」タングが言った。僕たちは外のテラスに座って震えていた。僕がしばらくひとりでテラスに出ていたら、タングが様子を見にきたのだ。たぶん、エイミーがそうさせたのだろう。

「いいんだ。タングは別に嘘はついてない」

「でもベンに言わなかった」

「気にするな。でもさ、どうやってわかったんだ？」

「聞こえる」

「心臓の音が聞こえるのか？」

「うん」

「超音波《スーパーソニック》が聞こえるのか？　全然気づかなかったよ」

タングは首を横に振った。「ううん。スーパーじゃない。聞こえるのと聞こえないの、ある。エイミーの赤ちゃんの心臓の音、聞こえる」

「もしかしたら、ボリンジャー自身もよくわかっていなかったソナーの一種が内蔵されているのかもしれないな」

タングがきょとんとして、瞬きをした。

「気にしないでいい、独り言だ」そこで、ふと思った。「でも、それじゃあ、みんなの心臓の音がつねに聞こえているのか？」

「ううん。選べる。目が覚めた時、音いっぱい聞こえるから、いらない音、小さくする」

「つまり、聞こえる範囲を調節して、いらない音は自由に消せるということか？　すごいな。僕も同じことができたらいいのに」

タングにグラフィックイコライザ搭載オーディオシステムがあるからといって、今さら驚く話でもない。もうそろそろ、タングのことでは何があっても驚かないくらいの境地に達していてもいい頃だ。それでも僕は驚いた。タングが頭の何かを調節する姿を見たことがないということは、すべての処理は内部でされているのだろう。ある種の自動調整機能だ。

たまたまなのか、それとも防衛本能が働いたのか、僕の思考は知らぬ間に本題からそれていた。そこへエイミーがやってきた。

「ベン？　大丈夫？」

「わからない」

「中に戻って。ここにいると凍えちゃうわ」

僕はエイミーになだめられるままに勝手口から室内に戻り、〝気つけに〟とエイミーが淹れてくれた紅茶のマグカップを受け取った。タングは自室に下がった。

「どうして話してくれなかったんだ？　僕が旅に出ていた時にさ」

「私もすぐには気づかなかったの。いろいろあって余裕がなかったから、生理が来ていないことにも二カ月以上気づかなくて。吐き気もなかったしね。あなたがブライオニーの家に電話をしてきた時は、妊娠を知ってまだ二週間くらいだったし、電話で伝える勇気はなかった。正しいやり方とは思えなくて」

「話してくれたら、帰ったのに」

「本当に？」

自分でも正直な答えがわからず、僕は黙った。

「それに」と、エイミーは続けた。「あなたの想いを聞いた以上は、ロジャーのことを話さないわけにはいかないのもわかっていた。あの時、何て言えばよかったの？〝久しぶりね、ベン。あのね、今他の人とつき合ってるんだけど、妊娠もしていて。彼の子かもしれないし、あなたの子かもしれないの。ごめんね〟って？」

「そんなふうに言うとさ……」

「クリスマスの日に話すつもりだった」エイミーは言った。「でも、言おうとしたらロジャーが話に割り込んできて、そのあとはタイミングが見つからなかった。そのうちにタングが気づいてしまって、気をつけないと、私の口から伝える前に、タングかロジャーかブライオニーの誰かがあなたに話してしまうと思った。だから、三人にお願いだから黙っていてと頼み込んだの。本当は、あなたに隠し事なんて、誰にもさせたくなかったのよ。タングには特に。あの日は正直なところ、かなりストレスがたまったわ」

「だろうね」

「タングが黙っていたこと、怒らないであげてね」

「怒ってないよ。タングから伝えるべき話じゃない。ただ、できればタングが気づかずにいられたらよかったんだけどな――本人のためには。それでも、あいつは口は固いよ。旅の間も僕に言わずにいたことがたくさんあった。どんなことも、本人が正しいと思う時期が来るまでは打ち明けない。君がこの先もしばらく黙っていたなら、いずれタングは僕に話しただろうけど、それでも君がタングに内緒にすると約束させていたなら、あいつは口をつぐもうと努力したはずだ」僕は脱力したようにソファに身を沈め、しばし無言で天井を見つめていた。

「君が妊娠してることと、僕とロジャー、どっちの子かわからないこと――どっちの方がショックなのかわからないや」

「気持ちはわかる」

「それはどうかな。君にどうしてこの気持ちがわかる？　そもそも、どっちの子かわからないって、どういうことだ？」

「それは、その……重なっていた時期があったから」

「ふーん、君もやるな」

「嫌みを言わないで。それについては謝ったでしょう。ここに来たのも、あなたに何かを期待したからではない。本当よ。ただ、きちんと伝えるべきだと思ったの」

僕はうなずいた。

「こんなことを言っても慰めにも何にもならないかもしれないけど、あなたの子であってほしい。何となくそんな気もするの」

「君にしては感傷的だな」

エイミーは微笑した。「そうかもね。妊娠して性格が少し丸くなったみたい」

慰められたかどうかは別として、タングに対するエイミーの態度の変化は腑に落ちた。

「できれば僕自身が成長して、抱えている問題を整理してから父親になりたかったけどな。今の僕は子どもを育てられるような人間じゃない。きっと子どもの心に消えない傷をつけてしまう」

「ベン、あなたは九月からずっと子育てをしてるわよ。自分では気づいてないだけで」

僕は頭の中を整理した。

「つまり、こういうことか。君は、ロボットの面倒を見てきた今の僕なら、父親になれるかもしれないと思っているのか？」

「私は、あなたにとってタングは、自分の殻に閉じこもってやりたいことだけをするための、単なる言い訳なんだと思ってた。タングの存在があなたをどれだけ助けてくれるかってことに気づいてなかった」

「それは僕も同じだ。ちなみに、ロジャーはこの件をどう思ってるんだ？」

エイミーは困ったように頬を膨らませた。「あなたと似たような感じだと思うわ」

「彼にも、あなたの子だと思うと言ったのか？」

「それはあんまりよ、ベン」

「でも、僕がそう言いたくなるのも当然だろう？」

「そうね。彼よりあなたの方が冷静に受け止めている気がする。それは、ロジャーが自分の子ではないんじゃないかと思っているせいかもしれないけど」

「父親が判明したら、どうするつもりだ？　赤ちゃんの実の父親を選ぶのか？」

「わからない。そんな単純なことではないもの」

「だろうな。それはそうと、何で僕の子であってほしいんだ？」

「あなたの方がいい父親になると思うから」

「ははっ、面白い冗談だ」

「私は真面目よ」

「僕は無職だし、自分自身の面倒すらろくに見られない男だぞ。君の面倒だって見られなかったじゃないか」

「人生には、仕事のあるなし以上に大切なことがあるのよ」


妊娠中、エイミーはかなり頻繁に僕とタングに会いにきた。ロジャーのことは時折話題に出すことはあっても、一度も連れてこなかった。

僕が窓の外に目をやり、三月の風が柳の枝を揺らすのを眺めながら、ごみ箱が飛ばされる前に室内に入れておいた方がいいだろうかと考えていた時、エイミーが言った。

「あの人、子ども部屋のことをちっとも考えてくれないの。関心がないみたいで。あっという間に臨月になって赤ちゃんが生まれてくるのよって何度言っても、まるで他人事。だったら、何で一緒に暮らそうなんて言ってきたんだか。私ひとりで暮らしているも同然だわ」

「他人事ってことはないだろう。きっと少し不安なんだよ。僕だって不安だし――みんな不安だ」

「それはわかってるけど、あなたはいろいろしてくれるじゃない。紅茶を淹れてくれたり、呼吸法の練習につき合ってくれたり。私はただ、無垢材のベビーベッドと白いベビーベッド、どっちがいいかって相談してるだけなのよ。それのどこがストレスなのよ？」

「あのさ、よかったら僕が行って子ども部屋の相談に乗ろうか？」

二日後の深夜、エイミーがパニック状態で電話をかけてきた。ロジャーはまたしても留守だった。

「赤ちゃんが動かないの！」

「エイミー、落ち着いて。最後に動いたのはいつ？」

「わからない。寝てたから」

「だったら、赤ちゃんも眠っているのかもしれないよ」

「でも、そうじゃなかったら？　ロジャーもいないし」

「うちに来るか？」

少し間《ま》があいた。

「うん」エイミーが答えた。タングみたいな口調だった。

エイミーが到着した時、僕はガウン姿のままだった。何しろまだ午前四時だ。それでもやかんに湯を沸かし始めてはいた。玄関の呼び鈴の音にタングも目を覚まし、何事かと階段を下りてきた。

「何があった？」

「エイミーが赤ちゃんのことが心配でうちに来たんだ、それだけだよ。ベッドに戻って寝ておいで、タング」

「何で赤ちゃんが心配？」

「さっきから赤ちゃんが動かないの。そういう状態が数時間続いたら、病院に行って赤ちゃんの心拍なんかを確かめてもらわないといけないらしいんだけど」

タングはすすすとエイミーに近づくと、手袋も何もしていないエイミーの手に自分の手を重ねた。

「赤ちゃん、大丈夫。心臓の音聞こえる。元気な音。赤ちゃん、寝てる。大きくなるの、疲れる——寝ないとだめ。エイミーも寝ないとだめ」タングはにっこり笑うと、ふと動きを止めた。「あっ。赤ちゃん、起きた」

それを証明するかのように、エイミーはお腹の赤ちゃんがくるりと動くのを感じた。

その一件以来、エイミーはタングから離れたがらなくなった。強がって心配などしていないふりをしていても、実際には、赤ちゃんの状態がタングにはわかるのだという事実自体がエイミーの安心につながっているのだった。

エイミーが産休に入ると、タングは彼女のマタニティ教室にもついていくようになった。妊婦の間を順に回っては、赤ちゃんの心拍の速さを教えてやり、妊婦の精神安定剤役をおおいに楽しんでいる。ある時など、とある妊婦のお腹にいるのが双子であることまで診断した。妊婦本人もその主治医も見落としていた事実だった。

「ベン？」その二週間後、チャリティ目的の朝のお茶会のあとで、タングが僕に呼びかけた。

「何だい、タング？」

「タング僕が大きくなったら、助産師になれる？」

さて、どう答えたものか。

二十七　ボール遊び

「今度の日曜にゴルフでもどう？」ロジャーが僕をゴルフとその後の食事に招待するという〝約束〟を果たそうと、突然電話してきた。忘れてくれてよかったのに。

「あー、そうだね、日曜なら行けると思う。月曜の朝に面接があるけど、遅くまで飲むわけじゃないだろうし」

「面接？　へえ、ついに就職する気になったわけだ」

僕は挑発に乗るまいと深呼吸をした。

「獣医の勉強を再開しようかと思ってね。今年はエイミーに何かと助けを求められる場面が多いけど」と、僕はやり返してやった。「大学側の許可が下りたら、新年度の九月から戻るつもりだよ」

「そうか、まあ、頑張って。休学が長すぎたことを問題視されないといいけどな」

「ありがとう。まったく問題ないと思うけどね」

このくそが。

「で、ゴルフはどうする？」ロジャーが話を戻した。

「日曜でいいよ」

「よし、決まりだな」

今年の冬は、クリスマス以降は比較的穏やかな日が続いていたのに、イースターになって季節外れの雪が降り、人々を戸惑わせた。ロジャーはよりによってそんな時に、今こそゴルフ日和とばかりに誘いの電話を寄越したのだった。

「雪は大丈夫かな？」

「平気、平気、日曜には解けているさ——もう四月なんだし。どのみち、会員が年中プレーできるように、コースの芝の下には凍結防止の暖房装置が設置されているしね」

「コース全体に暖房が設置されてるのか？　すごいな、相当高級なゴルフ場なんだろうな」

「ああ。限られた人しかプレーできない。ところで、クラブは持ってるかい？」

クラブ。どうだったかな。両親が定年後の趣味として一時期ゴルフにはまっていたが、父が、自分のハンディキャップが母より大きく、その差が開く一方であることに気づいた時点で、〝ゴルフなんてくだらない〟とやめてしまった。父がクラブを捨てずに取っていたとすれば、テニスラケットや釣り竿と一緒に屋根裏に眠っているはずだ。

「すぐにはわからないな。確認してまた連絡してもいいかな？」

「もちろんさ。よし、こうしよう。使ってないクラブが一セットあるから、一応トランクに放り込んでおくよ。スペースなら余るほどあるから」

僕は歯を食いしばった。エイミーのためだと思って我慢しろ、と自分に言い聞かせた。エイミーの笑顔のために。

「キャディーはどうする？」と、ロジャーが続けた。

「必要かな？」

「別にいなくてもいいが、僕のサイバードライバーはキャディーもできるから、僕は使うよ」

「ちょっと待って」と言って、僕は耳元から受話器を離した。「タング、どこにいる？」

「ここ」家のどこかから返事があった。

「ここってどこだ？」

「ここ」

「まあ、いいや、僕の声が聞こえるか？」

「聞こえない」

「タング、困らせるなよ」

ガシャガシャという音とともに、タングが近くまでやってきた。

「ベンの声、よく聞こえるようになった」

「日曜の午前中、一緒に出かけるか?」

「どこに?」

「ロジャーとゴルフをしに」

「ゴルフって何?」

「ゲームだよ……それはあとで説明する。それより一緒に行くか、行かないか」

「ロジ・アー……と?」

「タング、その嫌そうな言い方はいい加減やめないと」

「ベンの言い方だよ」

「そうだけど、それは今は置いといて。頼むから一緒に来てくれよ。あいつと一日中
ふたりきりになんてなりたくない」

タングは口を尖らせた。「いーよ」

僕は受話器を再び耳に当てた。「うん、僕もキャディーを連れていくよ」

「了解。じゃあ、九時に迎えにいくよ。そっちの車の問題が解決すれば別だけどさ」

そう言って、ロジャーは電話を切った。タングが首を傾げる。

「キャッディーって何?」

ロジャーにとっては踏んだり蹴ったりの一日だった。彼のサイバードライバー兼キャディーが突然切れて大暴れし、コースもクラブハウスもめちゃくちゃにしてしまったのだ。結局、力ずくで地面に押さえつけ、ロジャーの契約している保険会社の担当者に連れ帰ってもらうはめになった。ロジャーも僕も、エイミーにこの話を伝える役など果たしたくなかった。

「家まで送ろうか?」僕は——永久追放になった——ゴルフ場を出ながらそう申し出た(結局別々の車で来たのだ)。

大人げないと思いつつも、ロジャーを送っていくのは気分がよかった。人の不幸を喜んではいけないのだろうが、例外はある。僕の妻を盗った男も例外のひとりだ。とは言え、ロジャーが少し気の毒でもあった。今までなら、こういう類の災難は僕自身の身に降りかかっていたからだ。後部座席のタングは、今しがた人生最良の瞬間を味わったかのように、ひとり鼻歌を歌っていた。

車を道端に寄せたら、エイミーが玄関扉を開け、大きな腹を両腕で抱えながらドア枠にもたれた。ロジャーはどうしていいかわからないらしく、必要以上に長い間、助手席に留まっていた。僕に謝り、この埋め合わせは必ずすると言った。

「いや、ほんと気にしなくていいから」僕は慰めた。バックミラーに、にやにやしているタングが映っていた。

ロジャーは落ち着かない様子でパンツの毛玉をいじっている。

「あのさ」と、僕は声をかけた。「遅かれ早かれ戻らないとならないんだよ」

ロジャーはうなずき、車を降りた。彼がエイミーに何かを言い、キスしようとするのが見えたが、エイミーは顔をそむけて、さっさとこちらに歩いてきた。助手席の窓から顔をのぞかせる。

「あの人を送ってくれてありがとう。ほんと頭に来るわ——どれだけの出費になることやら。運転以外の目的でドライバーを使うなって口を酸っぱくして言ってきたのに、聞かないんだから」

「こっちのことなら気にしなくていいから。タングもドライブが好きだしさ」

エイミーはにっこり笑った。「また近いうちに会える？　お昼でも一緒にどう？」

「いいね、そうしよう」

「また電話するわ」

僕はボタンを押して窓が上がるのを待った。

「今のロジャーにはなりたくないな」僕は後部座席のタングに言った。本音だった。たしかにエイミーは変わったかもしれないが、時としてぞっとするほど怖い一面を見せるところは前と同じだ……と言うより、妊娠中は拍車がかかるらしい。

その後、僕がロジャーの姿を見ることはほとんどなかった。


ゴルフ自体は予想外の展開で終わったが、あの日をきっかけに、僕はタングとの過ごし方を考えるようになった。タングはコンピューターゲームや映画が好きで、ペット関連のテレビ番組も大のお気に入りで、馬を眺めることも大好きだったが、僕は何か違うこともした方がいい気がしていた。もっと体を動かすようなことを。

翌日、僕はボール遊びをしようとタングを公園に連れ出したが、言葉遊びや雪遊びと同様、僕の意図はタングにはなかなか伝わらなかった。〝楽しい〟という概念がどうしても理解できないようだ。

僕が投げたボールはタングの頭に当たって跳ね、タングの斜め前方六十センチほどの場所に落ちた。タングはむっとして僕を睨んだ。

「タング、ボールをキャッチしないと」

「何で？」

「楽しいからだよ」

「僕わかんない」

僕は思案した。なぜタングに伝わらないのか。どうすれば理解してもらえるのか。

「グラス底ボートに乗った時のことは覚えてるよな？　魚を見たボートだ。あれ、タングは好きだっただろう？」

「うん」

「あの時、どんな気持ちになったか覚えてるか？」

「うん」

「それと同じようなことだ。キャッチボールをするのは、ボートツアーの時と同じ気持ちになるからだよ」

だが、ボートの記憶もキャッチボール問題を打開する助けにはならなかった。それどころか、タングはますます混乱した。「ボールは魚なの？　ボールが……魚だってふりするの？」タングはどさりと芝の上に座り込んだ。反動で胸のフラップが開いた。

「そのフラップ、直させてほしいんだけどな、タング」

「やだ」

僕は湿った芝生にタングと並んで座った。「キャッチボールは、ゲーム遊びと似てるんだ……たとえばスクランブル。スクランブルを覚えてるか？」

「うん」

「ボードゲームは人を楽しい気持ちにさせるだろう」

「何で？」

僕はタングの四角い小さな頭に手を置き、ため息をついた。僕自身がスクランブルを嫌いなのに、その楽しさをタングに説いてやれるわけがない。

「じゃあ、これはどうだ？　東京行きの飛行機でタングが遊んだコンピューターゲーム……人と人が蹴り合うやつ」

タングの目がぱっと輝いた。

「あれ、楽しかっただろう？　人の中には、キャッチボールをするとああいう気持ちになる人や、スクランブルで遊ぶとああいう気持ちになる人もいるんだ。わかるか？」

「どの人？」

「〝どの人〟ってどういう意味だ？」

「どの人がキャッチボールとかスクランブル・ベルとか、楽しいの？」

「具体的に誰っていうのは、僕もわからないけどさ。そういう人もいるって話だ。今大事なのは、誰がってことじゃない」

「大事なのは何？」

「大事なのは、みんながみんな、同じものが好きなわけじゃないってことだ。そして、キャッチボールが好きな人もいる。好きじゃない人もいる……」

「でも、どの人？」

「わからないよ、タング。僕も知らない誰かっていうことで納得してくれよ」

「その人たちが好きって、何でベン、わかる？」

「〝何でわかる〟って、どういうことだ？」

「ベン、その人たち知らないんだったら、誰も好きじゃないかもしれない。ベン、間違ってるかもしれない、楽しくないかもしれない」

これは一本取られた。

「家に帰って映画でも観ようか、タング」

「うん」

『ターミネーター』を選んだのは失敗だった。タングも興味を持てるのではないかと思ったのだが、彼は怯えるばかりだった。数分とたたずに、僕は他の映画に替えることにした。

「ベン、何で映画止めるの？」

「怖いからだ。タングもこの映画は好きじゃないと思う」

「また今度観てもいい？」

「いや、タングがもっと好きそうな映画が、他にもたくさんあるから」

「今映画しないの？」

「映画するよ……観るよ。違う映画にするだけだ」

「どの映画?」

「『スター・ウォーズ』」

「『スター・ホース』?」

「『スター・ウォーズ』だ」

今回はタングも正しく復唱した。

「ただ、何作品もあるシリーズものだから、見終わるまでに何日もかかるかもな」

「映画たくさん?」

「そうだよ」

「何個?」

「さあ、どうだろう。十二、かな。多すぎて覚えてないけど」

「何でタング、好き?」

「ロボットが出てくるからさ。観てみれば、僕の言っている意味がわかるよ」

「わかった」

タングは一、二分、画面に釘付けになると、叫んだ。「見て、金色のアンド・ロイド! あははははは! あははは! あははは!」

「そこは笑うところじゃないと思うんだけど」僕は言った。だが、タングの視点に立ってみて、やはり笑えると思い直した。

映画に引き込まれるにつれて、タングは笑うのをやめ、R2‐D2に夢中になり、彼が傷つけられるたびに烈火のごとく怒った。一本目の終盤など、自分のヒーローが永遠に壊れてしまったのだと勘違いして取り乱しそうになるものだから、顔を覆った両手の隙間から映画を観るタングに、R2‐D2は大丈夫だと言い聞かせなければならなかった。エピソード3と4を連続で観る間に、僕はひそかに、タングの部屋の壁に貼るR2‐D2のポスターをオンラインで注文した。

その日の夜中、居間からバンバンという音や低い轟音や悲鳴が聞こえてきて、僕は飛び起きた。金属的な悲鳴も混じっていたので、タングが関係しているのだろうとは思ったが、念のため、ベッドサイドに置いていた半分飲み残したホットチョコレートのマグカップで武装してから階段を下りた。

居間に行ってみると、タングはソファの後ろに小さくなって隠れ、テレビ画面では見間違いようのないターミネーターが敵にやられていた。タングは悲鳴を上げながら、その場でどたどたと足踏みしている。僕はテレビを消した。

「タング、いったい何をやってるんだ？　これは観るなと言ったのに」

僕はソファに座り、隠れてないで出ておいでとタングを説得した。

「大丈夫だから。ほら――もういなくなっただろ」

タングはソファの背から目だけ出して黒い画面をしばらく睨んでから、ソファを回って僕の隣に腰かけた。

「どうして『ターミネーター』なんか観てたんだ？」

タングは何も言わず、むくれた顔で目を下に落とした。

「僕は別にタングに意地悪をしたわけじゃないんだよ。映画を途中で消したのは、タングが怖くなってパニックになるかもしれないと思ったからだ」

「パニックなった」

「ほらな、やっぱりそうだったろう」

「人間、何でロボットやっつける？」

「それは、あれが人間を傷つけにきた悪いロボットたちだからだ。悪さをさせないように戦ってるんだ」

「いいロボットいない……不公平。本当と違う」

「それはわかってるよ。でも、こう考えてみたらどうだ？　あれはサイボーグ対人間の戦いであって、ロボット対人間じゃないって」

タングはガムテープをいじった。「そうかも」

こんなふうに問題を解決するのは褒められたやり方ではない。それは僕もわかっていたが、今は夜中の二時だ。早くベッドに戻りたい。

「それじゃあ、もう大丈夫か？　眠れるか？」

「うん」

「よかった」僕はソファから立ち上がり、スリッパを探した。

「待って、ベン。眠れない。タング眠れない」

くそっ。あと少しだったのに。

「今、大丈夫だって言ったじゃないか」

「まだ怖い」

「何が？」

「人間、タング壊しにくる」

僕は座り直した。「誰もタングを壊しにきたりしないよ。絶対に。僕がそんなことはさせない」

「タング、ベンと寝る？」

「いやいや、タング、自分の部屋で寝られるようにならないと」

タングは僕のガウンの裾を両手でがしっと掴んだ。「やだ、お願い、お願い、ベン、お願い……お願い！」

「ああもう、わかったよ、今夜だけだぞ」僕はスリッパを履き直した。「ほら、おいで」

二十八　てんやわんや

七月一日午前七時二十九分、ボニー・エミリアが三二三五グラムで元気に誕生。母子ともに健康です。それが短縮版——すなわち、ブライオニー、ロジャー、エイミーの上司、そしてエイミーの実家に送られたメッセージだ。だが、完全版はそれよりずっと劇的だった。

その夜、僕はエイミーが我が家を訪ねてくるようなことがあった際に赤ちゃんを寝かせられるようにと、余っている部屋を子ども部屋に作り替えていた。その数日前から部屋の壁をニュートラルな色に——子どもが生まれるまで性別は訊かないとエイミーが決めていたので——塗り替え、何が必要なのか見当もつかないまま、値の張る商品をひと通り買いそろえ、地元のベビー用品店の売り上げに貢献していた。タングもできる範囲で手伝ってくれたが、彼がペンキを塗ると印象派みたいになり、子ども部屋らしくなくなるので、僕の紅茶を淹れる係に任命し、キッチンと子ども部屋を何度も往復してもらった。タングの台所仕事の腕は、踏み台を用意してからは特に、めきめきと上達していた。間もなく深夜零時という頃、ようやく子ども部屋が完成し、僕はこれでベッドに入ってゆっくり眠れると思った。

午前二時、電話が鳴った。

「破水したの」

「ロジャーはどうした？」

「出張中。電話したけど出ないの」

「頼りがいのある奴だ」

「でしょ」

「陣痛の間隔はどれくらい？」

「まだ陣痛は来てないわ」

「さっとシャワーだけ浴びたら、すぐに行く」

「何を浴びるって？」

「シャワー。汚いままじゃ行けないだろう」

「ベン、これから赤ちゃんが生まれるのよ。あなたがきれいかどうかなんて、お腹の子は気にしやしないわよ」

「わかった、じゃあ着替えてすぐに行く」僕は通話を終わらせようとしたが、エイミーがまだ何かを話しているのが聞こえた。

「ベン」

「何？」

「タングを連れてきて」

「あー……わかった、君がそうしてほしいなら」

「そうして」

僕はふらふらとキッチンに向かい、目を覚まそうとコーヒーを淹れてから、タングを起こしにいった。タングは低くうなり、僕の腹を手で押し戻した。

「ベン、タングを放っておいて」

「そういうわけにもいかないんだよ。エイミーの赤ちゃんが生まれそうなんだ。エイミーがタングに来てくれって」

「何で？」

「さあ――タングに安心させてもらいたいんじゃないかな」

「病院がいるのに」

「そりゃそうだけど、エイミーはタングを必要としてるんだ。真夜中なのはわかってるけど、タングを連れてきてくれって言ってる。本当のところ、僕よりタングにそばにいてほしいんだと思う」

「ロジ・アーはどこ？」

「どこに？」

「ロジャーの居場所なんて今はどうでもいいだろ。ここにいる僕たちでエイミーを助けてあげなきゃ。エイミーを愛しているから。そうだろう？」

「うん」タングは答え、寝返りを打つようにフトンベッドから下りようとして、ゴンッと心配になるほどの音で床に落ちた。じたばたしながら立ち上がる。

「僕行ける」

「よし、じゃあシャツにアイロンだけかけてくる」

タングは僕を見上げて瞬きをした。

「シャツにアイロンをかけないと。まだ着替えがすんでないんだ」

「ベン、何でシャツいる？　どの服でもいいでしょ？」

「でも今日は大切な日だ、きちんとした格好をしないと」

「タング、そう思わない」瞬きもせずにこちらを見つめるタングに、僕は我に返った。

「僕はばかか？　僕が何を着てようが、エイミーが気にするはずがないのに」

その時、スマートフォンがまた鳴った。

「もう出た？」

「まだだけど、もうすぐ出るから」

「出かけてる」

「何でまだ出てないの？　シャワーは浴びないって言ったのに！」

「浴びてないよ。タングを起こしてたんだ」

「タングも来るのよね？」

「うん、うん、タングも行くよ」

「本当ね？　タングが必要なの。タングがいなかったら産めない」エイミーは泣き出した。

麗しい話じゃないか！　父親候補はふたりとも必要とされず、今のところブライオニーの名前も出ていないが、旧式ロボットには何が何でもそばにいてもらわないと困るらしい。九カ月の間に僕たちもずいぶん変わったものだ。

「エイミー、落ち着いて。タングも行くから。僕たちふたりとも行くから。すぐに行くから」

「私は何をすればいい？」

「ええっと……マタニティ教室では何て教わったんだい？」

「体をまっすぐに起こして、深く呼吸をしてパニックは起こさないようにって」

「じゃあ、そうしてて」

「頑張ってみる」

「君が持ってるボールみたいなやつに座っておきなよ」

「いい考えだわ」

エイミーのもとに向かう途中、玄関の鍵は開けておいたからというメッセージが届いたので、到着すると僕たちはそのまま中に入った。

「エイミー、どこだ？」

「ここ」

「ここって？」

タングが二階を示した。

「タング、赤ちゃんの音は聞こえるか？　大丈夫そうか？」階段を上がりながら、タングに訊いた。

「うん」との答えに、僕は先にエイミーの寝室へ走り、タングには彼のペースで追いかけてもらうことにした。

エイミーは最近完成した子ども部屋の床の、シープスキンの敷物に仰向けに寝転んでいた。スマートフォンを見ている。

「エイミー、大丈夫か？　何をしてるんだ？　どうして仰向けになってるんだ？」

「ゲームをしてるの」

「何をしてるって？」

「あなたが落ち着けって言うから、気を紛らわすためにゲームでもしようと思って。たった今、自己最高点を叩き出したところ」

「いや、そういうことじゃ……」言いかけて、エイミーにぎろりと睨まれた。その瞬間、出産が終わるまでは僕が何をしようが、何を言おうが、間違いにしかならないと悟った。エイミーの怒りをうまく受け流しながら、その時できる精一杯をやるしかない。

「しばらくボールに座ってたけど、退屈なんだもの」

「そりゃそうだよな」

「それはそうと、陣痛が始まったみたい」

「えっ？」

数分前に軽い陣痛があったのだと、エイミーが言う。

「ずいぶん落ち着いてるじゃないか」

「ゲームしてたし。それに、ふたりが向かってくれてるってわかってたから」

エイミーの気分のむらに出産が終わるまでついていく自信はなく、僕は黙っていた。

「でも、ロジャーは相変わらずつかまらない」

「連絡し続けてみよう」と僕が言ったのと同時に、エイミーが横向きになり、スマートフォンを落とした。痛みに顔が歪んでいる。

「大丈夫か？」

「大丈夫なわけないじゃない、ばか。陣痛が来てんのよ！」

僕はエイミーの背中をさすりにいった。

「触んないで！」

僕は銀行強盗みたいに、ぱっと両手を顔の高さに掲げた。そこへタングがやってきて、エイミーに寄り添った。

「エイミー、大丈夫。赤ちゃんも大丈夫。エイミー、息して」

二分後、陣痛の波は去った。

「ごめんなさい」痛みが引くと、エイミーは言った。「コーヒーも何も出さなくて。今すぐ淹れるわ」

起き上がろうとするエイミーに、僕は手を貸して座らせたが、今のエイミーに熱湯を扱わせるわけにはいかない。

「あのさ、エイミー、今の君には考えるべき、もっと大事なことがいろいろあると思うんだ。コーヒーのことは気にしなくていいから」

エイミーはうなずいた。

「それより、君を病院に連れてった方がいい気がするんだけど」その提案ひとつとっても、今は命がけのような気がした。何しろ、どの気分のエイミーが顔を出すかわからない。

　エイミーは同意し、だがその前に病院に電話をしなければと言った。

「僕がするよ」と申し出たが、エイミーはかぶりを振った。

「できれば妊婦本人が電話した方が、病院側も陣痛の強さや間隔を判断できていいみたい」

　僕はうなずいたが、病院の番号を出すところまではしようと、エイミーのスマートフォンを床から拾った。

「気をつけてね、ゲームを一時停止にしてるから――スコアが消えたら困る」

　病院に電話すると、エイミーは自分の氏名と、妊娠の週数（間もなく三十九週だった）、本人の実感としての分娩の進み具合をざっと伝えた。一分後、エイミーは電話を切った。

「向こうは何だって？」

「陣痛はまだそう強くなさそうだし、間隔もそこまで狭まってないから、病院に行くには早いって。お風呂を勧められたわ」

「本当に？」

「痛みの緩和にすごくいいの」

「わかった、入れてくる」

動こうとして、ふとあることが気になった。「僕も一緒にバスルームにいた方がいいのかな?」

エイミーは顔をしかめた。「当たり前じゃない。何でそんなこと訊くのよ?」

「いや、ほら、僕らはもう夫婦じゃないから……もしかしたら、僕に裸を見られるのは嫌なんじゃないかと思ってさ」

「ベン、いい? あなたはこれからお腹の子の誕生に立ち会うの。赤ちゃんが出てくるところを見るのよ。裸で湯船に浸かってる姿を見られるくらい、何でもないわ」

僕がしゃがんでいた体勢から立ち上がった時、次の陣痛が来た。おろおろする僕に、エイミーがいくつかアドバイスをくれた。

「何をぼさっと突っ立ってんのよ。解熱鎮痛剤《アセトアミノフエン》を取ってきて。お風呂もさっさと入れてよね!」

エイミーは何時間も湯船に浸かっていた。正確には四時間だ。タングと僕はそばについて、湯をさしたり、陣痛が来るたびに、彼女が選りすぐったアロマキャンドルを移動させたりした。陣痛中には僕がエイミーに触れることは許されなかったが、その間はタングが彼女の顔にかかった髪をマジックハンドの手で(目を突くことなく)後ろに流してやったり、額を冷たい洗面タオルでとんとんと拭いてやったりしていた。

陣痛と陣痛の合間に、僕はエイミーにきれいだよと言った。エイミーは力なく微笑しただけだったが、嬉しそうだった。僕は、エイミーにどうしてもと言われてコーヒーを淹れにいく間、彼女のことをタングに頼み、食べ物をあれこれ持ってバスルームに戻った。

「分娩前にはなるべく食べておいた方がいいって読んだことがある」

「そんな気分じゃないわ」

「食べるだけ食べてみて。バナナはどうかな」

「ベン正しい」タングが言った。「エイミー、バナナ」

エイミーが無理やりバナナを胃に入れたところで、また陣痛が来た。

「タング、病院、今と思う」タングが宣言した。

「平気よ、タング」エイミーは答えた。「このままお風呂に浸かってたいわ」

「タングの言う通りだよ、エイミー。陣痛の間隔がだいぶ短くなってる。そろそろ病院に行った方がいい」

「タングがそう言うなら」つらそうに立ち上がったエイミーが浴槽から出る間、僕は彼女を支えていた。

「バスローブを取ってこよう」僕はバスルームを出た。

「ベン」と、エイミーが呼びかけてくる。

「何？」

「頭が出てる」

　病院に向かう車内でのエイミーの頑張りを、僕は誇らしく思う。彼女は僕の知るエイミーらしい冷静さで、押し寄せる陣痛の波に耐えた。陣痛の合間に、僕はそれを伝えた。

「赤ちゃんが出てこないように必死なの」との返事に、顔から血の気が引いた。

　どうにか病院に辿り着くと、僕の抗弁もむなしく、分娩前の診察をするトリアージルームに通された。当直の助産師がにこやかに僕たちを迎え、あなたがお父さんですかと言った。

「当たり前でしょう」というエイミーの返答に、僕は少し高揚した。助産師はタングを見下ろした。

「これはおふたりのですか？」

「そうです」僕は答えた。

「ロボットを連れて入るのはちょっと。外で待っていてもらっては？」

　僕が反論するまでもなく、エイミーが「嫌です」と、背筋の凍るような声で言い、タングに手を差し出して握らせた。

助産師はタングを追い払うことは諦め、エイミーに頑張って尿を取ってきてくれるかと頼んだ。エイミーは助産師の手から検尿用の小瓶を奪い取り、診察室の隅の背の高い棚の向こうに放り投げた。

そして、告げた。「赤ちゃんの頭が出てきているのを感じるんです」声を荒らげたり悪態をついたりしなくとも、その脅迫的な声音だけで助産師をびくりとさせるには十分だった。きっとこの声で多くの裁判を勝利してきたに違いない。

「いいわ、それじゃあ内診をするのでストレッチャーに上がってください」助産師は診察室の片側をカーテンで仕切った。エイミーが服を剥ぎ取るように脱ぐ。

助産師は、裸のエイミーをひと目見るなりスタッフに叫んだ。

「急いで！　赤ちゃんが出てきてる――分娩キットを持ってきて！」

状況を確かめようとのぞいたら――本当に赤ちゃんの頭が見えていた。

「エイミー、赤ちゃんの頭が飛び出てる！」僕は言った。タングはエイミーの顔の横に立ち、髪を撫でてやりながら、呆れたように僕を見た。

「何か、彼女の痛みを緩和する薬はないんですか？」僕は助産師に尋ねた。

「残念ながら、それにはもう遅いわ。でも、心配しないで。数分で終わりますよ――見ていてごらんなさい」

タングと僕はエイミーの手を片方ずつ握った。エイミーに手を握り締められている間の骨の砕けるような痛みに、タングの方がよほどうまく対処していた。それでも僕も——全般的には——痛みを表に出すまいとかなり頑張ったと思う。

数分で赤ちゃんが誕生した。小さな女の子だ。見た瞬間に僕の子だとわかった。


ロジャーが病院に来たのは、面会終了時刻の一時間前で——ボニーの誕生からすでに十二時間近くたっていた。エイミーは、彼とふたりで話がしたいから、タングとベンは席を外してもらえないかと言った。

「どこに出張してたんだろうな」コーヒーを買いにいきながら、僕はタングに言った。

「オセアニアのツバルか？」

「ううん。プリムース」

「イギリス南西部のプリマスか？　何でタングがそんなことを知ってるんだ？」

「エイミー言ってた。〝ここに来るより大事な、ロジ・アーのプリムースの仕事って何なのよ〟って言ってた」

「ひぇぇ。そりゃ、相当怒らせたな」

「うん」タングはにっこりと僕を見上げた。

「タング、たしかに僕らはロジャーのことは好きじゃないよ。でも、だからって人の不幸を祈るのはよくない」

タングがガムテープをいじるので、僕はこうつけ足した。「まあ、でも、正直なところ、エイミーを失望させたのが僕ひとりじゃなくてよかった。少なくとも、僕はここまでひどいことはしなかった」

三十分後、僕のスマートフォンに、ロジャーは帰ったから、夜の面会時間が終わって病院側に放り出される前に病室に来てと、エイミーからメッセージが入った。

「エイミー、ロジャーはどうしたんだ？」

エイミーはそろそろと体勢を変えると、ボニーを胸に強く抱き寄せた。「行っちゃったわ」

きっと僕の困惑が顔に出ていたのだろう。エイミーは続けた。

「私のもとを完全に去ったという意味よ。彼ははなから父親になどなりたくなかった。そもそも真剣な関係なんて望んでなかったんだと思う。きっと私のこと、彼と同等のキャリアを持つお飾り的な女くらいにしか思ってなかったのよ」

僕は、エイミーのかわりに奴を殴り飛ばしてやると言った。

「気持ちは嬉しいけど、そんなことをしてもどうにもならないから」エイミーは涙ぐんだ。「でも、ありがとう」

「だけど、そうなると君とボニーはどうなるんだ？　あいつ、君たちを家から追い出したのか？」

「まだよ。今後のことを考えるのに、数週間の猶予はくれるって」

「何とも寛大なことだ」

「でしょ？」

「デイブに、友達はちゃんと選べってひと言言ってやらないと」

「順番待ちが必要ね――ブライオニーが真っ先に言うはずだから」

「エイミー、今から言うことに深い意味があるとは思わなくていいんだけど……よかったらボニーを連れてハーリー・ウィントナムに戻ってこないか？」

「でも……私はあなたを捨てて出ていったのよ。それなのに、どうして戻っていいなんて言ってくれるの？」エイミーの頬に涙がこぼれ落ちた。

「あれから本当にいろんなことがあった。よりを戻そうと言ってるわけじゃない。ただ……何て言うか、ふたりが来てくれたら嬉しい。ひと通りのものは用意してあるよ――赤ちゃんのためのものは。ボニーのための子ども部屋も作ったんだ……万が一、君が行き場を必要とした時のためにと思ってさ。ロジャーの家に置いてある君の持ち物は、よかったら僕が取ってくるよ。そうすれば、ほら、顔を合わせなくてすむだろ……」僕の声は尻すぼまりになった。

「子ども部屋を作ったの？」

僕はうなずいた。エイミーは僕の手を取って自分の唇に当てた。

「こんなに嬉しい申し出はないわ。ぜひそうさせて」

それから二十四時間、僕は家中の掃除に大わらわだった。タングもガシャガシャ言いながら羽のはたきを手に働いたので、僕がエイミーとボニーを病院に迎えにいく頃には、一階も二階も、下半分は塵ひとつない状態になっていた。

「僕ここに残る」出かける僕に、タングが言った。「僕、エイミーとボンニーにサンドイッチする」

「ボニーは今はミルクしか飲まないけど、でも、ありがとうな、タング」

タングはにっこり笑ってキッチンに消えていった。

病院を出るや否や、エイミーが言った。「ああ、早くシャンパンが飲みたい」

「いいか、エイミー。母になれるのはありがたいことなんだぞ」僕がいかにも諭すような口調で言うと、エイミーは僕の腕をパンチした。

「まあ、グラスに少しならいいと思うけど」僕は言い足した。「帰ったらすぐに用意するよ――君は本当によく頑張ったから。よかったら、ブリーチーズとスモークサーモンも用意してあるよ」

「あっ、そうだ、私たちの結婚記念日にブライオニーとデイブがくれたシャンパンを開けましょうよ！」

「あー……」

　エイミーが授乳する姿をタングが初めて目にした時のことは忘れられない。エイミーの名誉のために言っておくと、彼女はタングに対してかなり寛大だった。ただ、いくらふたりが今ではすっかり仲よしでも、タングに胸の谷間を凝視されてはエイミーが落ち着かないのも無理はない。

「ボニーは何してるの？」

「母乳を飲んでるんだよ、タング」僕は説明した。

「母乳？」

「そう。エイミーからミルクが出てきて、それをボニーが飲むんだ」もう少しましな説明の仕方があったかもしれない。

　タングは顔をしかめた。「エイミーからミルクが出てくるの？」

「そうだ」

「エイミー壊れてるの？」

「違うよ。何でそんなことを訊くんだ？」

「エイミーお漏らししてるから」

「ああ、そうじゃないのよ、タング」エイミーが小さな手をタングの顔に当てて、説明した。「お漏らししてるわけじゃないの。どこも悪くないのよ――むしろ、その反対。ミルクが出るのはボニーにとってはいいことなの」

タングは驚いて目をぱちくりさせた。

「でも、もしお願いできるなら、二階に行って搾乳器を探してきてもらえるかしら。子ども部屋に置いてあるの」

「搾乳器？」

エイミーが搾乳器の形状を説明すると、タングは二階に向かった。

十分後、戻ってきたタングの側頭部には搾乳口が張りついていた。電源も入ってしまったようで、ないはずのミルクを搾乳器が搾り出そうとするものだから、タングの頭から奇妙な吸引音がしていた。

「イタタ」と、タングが言う。

「タング、何やってるの？」

「タング、何やってるんだ？」僕とエイミーは同時に声を上げ、ボニーを起こしてしまった。

タングは瞬きをして搾乳器の本体からぱっと手を放したが、搾乳口は頭にくっついたままで、吸引は続いていた。僕はタングのもとに行き、電源を切って搾乳口を頭から外した。

「何で頭に搾乳器をくっつけようなんて思ったんだ？」

「どうなるか、見てみたかったの」

「でも、何で？」

タングは肩をすくめた。

「何ででも」

ある日曜日、子どもたちにタングと遊びたいとせがまれたブライオニーが、ふたりを連れて車でやってきた。姪と甥は双子のつむじ風のように我が家に入ってくると、家中を駆け回ってタングを探した。タングはちょうど、自室のクローゼットを出たり入ったりしていた。目下お気に入りの趣味らしい（今となっては魔女への恐怖とはまったく関係ない）。ブライオニーはエイミーとしゃべりにいき、僕はコーヒーを淹れた。

「私のかわいい姪っ子ちゃんはどこ？」と、居間から大きな声がして、キスの真似をする音が聞こえてきた。

そのうちに、ブライオニーがタイミングを見計らって僕を居間の隅にこっそりと引っ張った。「で、エイミーとはどうなってるの？」と、声をひそめる。「エイミーに訊いても答えないのよ」

「何のこと？」

「とぼけないでよ。エイミーはボニーが生まれたその日にロジャーと別れて、そのすぐあとにここに引っ越した。そこから考えることなんて、ひとつしかないじゃない」

「話すことなんて何もないよ、ブライオニー。エイミーがロジャーと別れたのは、彼が父親にはなりたくなくて、なる努力をする気もなかったからだ」

「父親になりたくなかったのは、あなただって同じじゃない」

「今はなりたいよ」

「じゃあ、よりを戻したの？」

「いや、そうじゃない。エイミーとボニーがこの家にいるのは、それが一番だと思ったからだ。ロジャーはふたりを自宅に置く気はなかったし、僕はふたりが路頭に迷うのを黙って見過ごすつもりはなかった。僕としてはふたりにここにいてほしい」

「じゃあ、ベンはエイミーとやり直したいのね？」

「たしかに、エイミーとロジャーがうまくいかなかったと知って、よしと思わなかったわけじゃない。でも、これはすごくデリケートな問題だ。もう二度とエイミーを失望させたくない。自分自身のことも。いつか夫婦に戻る日が来るかもしれないけど、今はその時じゃない」

ずよ。わかってる？」

ブライオニーは僕を抱きしめた。「ママもパパも、あなたのこと、誇りに思ったは

「そうだといいんだけど。ふたりが生きている間に、褒めてもらえるようなことは何もできなかったから。今の僕を見て、ちゃんと物事と向き合って対処できるようになったのだと思ってもらえたら、嬉しい」

「ベンの旅の話を聞いたら、きっと大喜びしたわ」

僕は微笑んだ。「僕もそう思う。あれは、いかにもふたりのしそうなことだから」

「あなたは自分で思うより、ママとパパの血を受け継いでるのよ」

「そうみたいだね」

「ねえ、ふたりが宇宙に行きたいって話していた時のこと、覚えてる？」

「ふたりのかわりに行くのもいいかもな。タングも連れて」僕はしばしロをつぐむと、話を少し変えた。「母さんや父さんに、エイミーに会ってもらいたかったな。ボニーにも」

「私もよ。でもね、それだけじゃなくてタングにも会わせてあげたかった。きっとめろめろになったわよ」

「そうかな？」

「間違いないわ。きっと愛嬌があってかわいいと思ったはずよ。みんな、そう思って

る。うちの子たちもタングが大好きだもの。ベンは最初から見抜いていたのよね」

　僕は言葉に詰まってしまった。

「でも、そうなると私たちみんな、他のＡＩへの気持ちも改めないといけないわよね。ただね、私としてはよかれと思ってクリスマス当日にうちのアンドロイドにも休みをあげたんだけど、彼、パニックになっちゃって。翌日の休日《ボクシングデー》は、ひたすら私のあとをついてきて、やることはないかって何度も訊くの。結局、忙しくさせてやるためだけに、雪の中で柵のペンキ塗りをさせるはめになったわ」

「それでいいんじゃないかな、ブライオニー。一歩ずつやっていけば。何も今すぐ、ＡＩのための公民権運動を起こさなくてもいい。思いやりを持ち、敬意を払うことを忘れなければさ」

「ロジャーのサイバードライバーが機能不全に陥ったのは、そこが原因かしらね？」

「たぶんね。まあ、僕だってロジャーの運転手をさせられたら、機能不全を起こすだろうけど」

「言うわね――昔のベンが残っていてほっとしたわ。アップグレードしたベンにすっかり変わっちゃったわけじゃなくて」

「僕は何も変わってないよ。僕の中の、穴のあいていた部分が満たされただけで」

「本当は、幸せになるために地球を半周する必要なんてなかったのよ」

「いや、必要だった気がするよ」

「それで、満たされたの？　今は幸せ？」

「まだやるべきことはあるけど、うん、幸せだ」

「だったら、私にはそれ以上望むことは何もないわ」

二十九　デジャビュ

つむじ風親子が帰ったあと、ソファに座ってボニーを寝かしつけようとゆりかごを揺らし始めたエイミーに、僕は、ボニーが僕の子だと確信しているのはなぜかと尋ねた。

「検査して調べてもらったの……きちんと確かめておきたかったから。ロジャーには病院で結果を伝えたわ。彼はもともと長期的な関係など考えていなかったようだけど、それでもボニーがあなたの子だと知っていい気はしなかったみたい。彼自身がすでに気づいていたことをだめ押しされた気がしたんだと思う」

「気づいていたこと？」

「彼は私が必要としているような人にはなれないってこと。条件だけ見れば申し分なかったけど、現実には合わなかった」

「意外だな。君にそう思われているのはてっきり僕の方だと思ってた」

「あなたをそんなふうに思ったことは一度もないわ」

エイミーの言葉がふたりの間にしばし漂った。沈黙が気詰まりになってきて、僕は話題をボニーのことに戻した。

「僕は、生まれた瞬間に自分の子だとわかったよ。だって、見てみなよ——こんな嘘みたいな癖っ毛、僕の子以外にあり得ないじゃないか」

エイミーは微笑んだ。

「君が望んでいたものを手に入れられて、よかった」僕は言った。「赤ちゃんをさ」

「ただ単に赤ちゃんがほしかったわけじゃないわ、ベン。ずっと、あなたの子どもがほしかったのよ」

「そのことに、ちゃんと気づければよかった」

「私も、もっときちんと伝えればよかった」

「僕たち、お互いのことをあまり理解できてなかったよな」

「そうね」

「僕は君が何を求めているのかを理解せず、君は僕が何もせずにぼんやり過ごしている理由を理解できなかった」

エイミーはうなずいた。「今なら、あなたがまだ悲しみの中にいたのだとわかる」そして、少し黙ると、話題を変えた。「それで、獣医の研修には戻ることに決めたの?」

僕は少し困惑して、エイミーを見つめ返した。「ロジャーから何も聞いてないのかい？」

「何を？」

「昨日の朝、手紙が届いた」僕は書き物机の引き出しを開け、大きな茶封筒を取り出してエイミーに渡した。

「ミスター・チェンバーズ」と、エイミーが読み上げる。「復学の手続きが完了いたしましたのでご案内申し上げます。指導医は引き続きドクター・ジェフ・ハミルトンが……」

エイミーは読むのをやめ、柔らかな手のひらで僕の頬を包んだ。

「すばらしいニュースだわ、ベン」

僕は胸に抱え込んだものを吐き出さずにはいられなくなり、ソファに前かがみに座って話し始めた。

「旅に出ていた間、君に戻ってきてもらいたいなら、僕自身が変わらなくてはだめだと思った。でも、ロジャーの存在を告げられて、遅すぎたんだと知った。その時になって、僕が自分と向き合っているのは君のためではないのだと気づいた。自分のためだった。君が他の誰かとつき合っていると聞いて、もはや何をしても君が望む男にはなれないのだと悟ってからは、僕自身は自分の人生をどう生きていきたいのか、それをかなえるために何をするのかということを考えるようになった。現時点でそこに赤ちゃんの存在も加わることは想定外だったけど、今はもう、この子のいない人生は考えられない。九月から大学で獣医の研修が始まっても、君やボニーのための時間をきちんと取れるといいんだけど」

エイミーは長い間、僕を見つめていた。明るい緑色の瞳が僕の瞳をまっすぐにとらえる。やがて彼女はにっこり笑うと、身を乗り出して僕の唇のすぐ近く、だがけっして唇には触れない場所にキスをした。エイミーは紅茶と新生児の匂いがした。

僕は意志の力をかき集め、肩に回されたエイミーの腕をゆっくりほどくと、ソファに深く座り直した。

「エイミー、今はまだ正しい時期じゃない」

エイミーの顔が不安に曇る。

「僕たちは互いに傷つけ合った。これ以上傷つけたくないし、傷つきたくない。ボニーのことも」

「どうして、また傷つけ合うことになるだなんて思うの？」

「君はまだ、自分が望んでいる男が本当に僕なのか、わからないでいる。僕自身がいまだ僕という男をわからずにいるのに、二度目はうまくいくなんて言い切れるはずがない」

エイミーの表情が不安から恐れに変わり、彼女は唇を噛んだ。

僕はエイミーの手を取った。「君を愛しているし、君や赤ちゃんのためなら何でもする。それでも、お互いに気持ちを整理する時間が必要だ。どこかへいなくなったりはしないから……もう二度と」

エイミーの両頬に涙がぽろりとこぼれ落ちた。それを手のひらのつけ根で拭うと、エイミーはうなずいた。

「少し寝てきたらどうだい？」僕は言った。「ボニーのことは僕が見ておくから」

「いいの？」エイミーの顔がぱっと明るくなった。

「もちろんだよ。君のやりたいようにしたらいい」本心だった。

「おいで、タング」エイミーが二階に上がると、僕は声をかけた。「ボニーに馬を見せにいこう」

著者あとがき

すべての始まりはどこだったのか。

最初に出てきたのは名前でした。アクリッド・タング。ある夜、夫婦で臭いの話をしていて（当時、我が家には新生児がいました）、夫がとある強烈な臭いについて語っていたのです。私は〝つんとする臭い《アクリッド・タング》〟って何だかロボットの名前みたいねと言い、ふたりで笑いました。

それはともかく、その瞬間にロボットの絵がぱっと頭に浮かんだのです。金属製の四角い箱の上に、もうひとつ箱がぽんと載っかっただけの、気のおかしい科学者が急ごしらえで作ったロボット。その時点で、タングがベンという名の、悲しみから抜け出せない友と出会い、ともに作り主を探す世界旅行に出るという構想が自然と見えてきました。そして、翌朝には、ベンがロボットと出会うのは自宅の裏庭で、物語もそこから始まるのだと決めていました。そうして私は書き始めたのです。

家に赤ちゃんが——やがてはよちよち歩きの幼児が——いると、コメディの要素には事欠きません。息子の言動をかわいいロボットに当てはめた場面は数多くあります。まあ、多少デフォルメしてありますけれど。

ロボットを題材とした小説を書くうえで、科学技術の調査や理解は欠かせません。ただし、私自身、先端技術への関心は強い方ですが、ことタングに関しては、興味が向くのは機械的な構造より――動力はどのように得ているのか、食べるのか、眠るのか――その性格や個性でした。ですから、早い段階で、ベンとタングのキャラクターや関係性を掘り下げて描くことに決め、技術的な話については、それが物語に面白みを添えてくれる場合は例外として、あとで考えることにしました。ところが、いざ書き出すと、そんな場面が多々出てきます。結局、ベンがタングへの理解を深めていくのと一緒に、私もタングを、そしてロボット学を理解していくことになりました。とは言え、タングを技術的に齟齬のないよう、どんなに正しく描こうとしたとしても、あの奥深い世界を完全に理解することは、私には一生かかってもできないでしょう。

タングには共感する力、直観、頑固さ、そして時には周りを巧みに動かす力を与えました。それらの能力は、やがて生みの親ボリンジャーの想定をはるかに超えて、いえ、彼自身がおそらく実現可能とは思っていなかったレベルにまで、複雑に発展していきます。ある意味では、タングの多感で繊細な心は、ボリンジャーの心にそれが欠落していることを浮き彫りにします。狂気を抱えたこの男の問題は、自分の創造物は自分をそのまま反映するはずだという思い込みにあります。

タングの顔の表情については、多少悩みました。ただ、タングの思いの大半は、ボディランゲージで伝えるのがしっくりくるように感じていました。わくわくしてその場で左右の足を踏み換える仕草など、その一例です。それに加えて、時にはベンがタングから感じ取る感情をその表情に投影することもあります。私は時にタングを、『ウォレスとグルミット』のグルミットと重ね合わせていました。口も言葉も持たないグルミットは、目や耳やボディランゲージで気持ちを表現します。それと比べれば、タングにはより多くの感情表現の選択肢がありますが、それでも本質は同じだと思います。

読者の中には、タングの構造のからくり、とりわけどのように動力を得ているのかという部分が描かれていないことに失望なさる方もいらっしゃるでしょう。そんな方は、ぜひ自由に想像してみてください。ひょっとしたらタングのどこかに、ベンが作中では見つけられなかったソーラーパネルがあるのかも？　ボリンジャーが是が非でも奪い返したかったチップに、外部からエネルギー供給を得ることなく永久に動き続けられる秘密があるのかも？　はたまた、タングのバッテリーは大容量で、物語の長さ以上に充電が長持ちしたのかも？

まあ、その話はいつかのお楽しみということで……。

謝辞

まずは夫ステファンに愛と感謝の気持ちを伝えたいと思います。本を出すという長年の夢を追いかけてごらんと背中を押し、その結果経済的に不安定になった時にも、君なら必ず夢を叶えられると信じ続けてくれたからこそ、本書は今ここに存在します。同様に、母、フィル、ジェインをはじめとする家族や友人たちも、私を助け、子どもの面倒を見てくれました。その間二年、誰ひとりとして、夢ばかり追ってないで〝もっとまともな〟仕事を見つけたらという、作家がたびたび聞かされる言葉を口にしませんでした。本当にありがとう。それから、息子のトビーにも感謝したいと思います。私が執筆時間を作れたのは、息子が昼寝の天才だったおかげですし、毎日何かしらで私を笑わせてくれました。

執筆グループ〈ソリフル・ライターズ・ワークショップ〉にも感謝の意を表します。中でも、パブで一杯やりながらお互いの小説の最新章を批評し合うサブグループ、〈パブクラブ〉の愛すべき仲間たちの応援と友情と批評は、私の執筆活動を大いに支えてくれました。ピート、リズ、デン、セーラ、レイ、カーラ、あなたたちのことですよ。皆の作品を定期的に読めたことも、私にとっては大変幸せなことでした。

代理人のジェニー・サヴィルにも心より感謝の意を表します。穴だらけの最初の原稿に可能性を見出し、タングを輝かせるべく導いてくれました。また、すばらしい出版エージェント〈アンドリュー・ナーンバーグ・アソシエイツ〉の他の皆様にも、タングを世に出すためにご尽力いただきました。感謝申し上げます。

編集者のジェイン・ローソンは、右も左もわからず途方に暮れていた私に、長年夢見てきたプロの小説家としての心構えを教えてくださいました。御礼申し上げます。また、〈トランスワールド〉のすばらしき皆様にも感謝申し上げます。パソコン上にしか存在しない物語を本の形にして読者に届ける、その力には、ただただ感銘を受けるばかりです。

ツイッターという、多くの人の思いや意識とつながることのできる場所があったことも、ありがたいことでした。この一年余り、ツイッターを通して多くの読者や作家の皆様と知り合い、孤独な執筆作業の間も私はけっしてひとりではないのだと、つねに励まされてきました。

最後に、〈ザ・ライターズ・ワークショップ〉の皆様に感謝の意を表します。彼らの存在なくして、こうして謝辞を書くことはなかったでしょう。私が代理人のジェニーに出会えたのも、彼らが二〇一三年九月にヨークで開催した〈フェスティバル・オブ・ライティング〉において、会場の皆様に私の作品を読む機会を与えてくださったからです。これまで支えてくださった皆様と〈ザ・ライターズ・ワークショップ〉の後押しのおかげで、タングに命を吹き込むことができました。

訳者あとがき

松原　葉子

自動運転タクシーの公道での実証実験が始まったり、「この先十年は人間のプロが敗れることはない」と言われていた囲碁で、人工知能（ＡＩ）が世界トップクラスのプロ棋士との五番勝負を四勝一敗で勝ち越したりと、近頃はＡＩ関連のニュースを頻繁に目にします。そんなＡＩが今以上に人々の暮らしに浸透し、活用されている、少し先の未来のイギリス南部の村で、物語は幕を開けます。

主人公のベンは妻とふたり暮らしの三十四歳。仕事に就かず、かといって家事を引き受けるわけでもなく、挫折や心の傷と向き合えないまま、目下人生のトンネルをさまよっています。かたや妻のエイミーは法廷弁護士として着々とキャリアを積んでおり、日々を漫然と過ごすばかりで前に進もうとしない夫にもどかしさや不満を募らせています。そんな夫婦の危機にあるふたりの前に、ある日突然、ロボットが現れます。

九月のある朝、ベンの自宅の裏庭にひょっこりやって来て、そのまま居着いてしまったロボット。高機能で見た目もスマートな人型ロボットが家庭で当たり前に使われている時代に、そのロボットは、四角い胴体に四角い頭を重ね、衣類乾燥機の排水ホースみたいな脚と腕がついただけの、何ともレトロな姿です。おまけに傷やへこみだらけで、みすぼらしい。会話もままならず、ベンがどうにか聞き出せたのは、名前がアクリッド・タングで、今が八月だと勘違いしているらしいということだけです。

どこから来たのか。所有者は誰なのか。なぜベンの庭にいるのか。謎だらけのタングに、ベンは次第に興味をひかれます。そして、タングの胴体の底面に手掛かりとなり得る消えかけの文字を見つけます。読み取れたのは、〝Micron――〟と〝PAL――〟、そして〝所有者はB――〟。ついでに、タングの体内にある黄色の液体が入ったシリンダーに、小さなひびが入っていることも発見します。これは直してあげなければ。

しかし、壊れかけのロボットなどさっさと捨てて、仕事や家庭、子どもを持つことを真剣に考えてほしいエイミーは、ロボットを言い訳に現実から目をそらしているようにしか見えない夫に愛想を尽かし、離婚を切り出して家を出ていってしまいます。

取り残されたベン。自分だってだめなだけの男じゃない、やる時はやるのだと、タングのシリンダーを直してもらうべく、作り主を探す旅に出る決意をします。こうして、少々頼りない男とぽんこつロボットの、世界を股にかけた冒険が始まります。

ひとりの男がロボットと一風変わった友情を育みながら、自身を見つめ直していく、デボラ・インストールのデビュー作『ロボット・イン・ザ・ガーデン』は、本国イギリスの読者を魅了し、フランスやドイツ、イタリア、スペイン、トルコ、タイなどでも翻訳が決まっています。個性の光る登場人物のなかでも、とりわけ人々を惹きつけるのはロボットのタングのようで、本国での読者レビューでも、「とにかくタングがかわいい」という声が多く聞かれます。かく言う私も翻訳をしながらタングの虜になっていったひとりです。

嬉しくなると手をパチパチ叩き、楽しげに歓声を上げて、全身で素直に喜びを表す一方、「何で?」や「やだ」を連発し、時には駄々をこねたり、むくれたり。〝空気を読む〟などということは知らないから、ここでそれは言わないで、あるいはやらないでというようなことほど、言ったりやったりして、ベンに冷や汗をかかせることもしばしばです。見るものすべてが新しく、日々驚きと学びを繰り返す、天真爛漫な子どもそのもののタングの仕草や言動に、訳しながら何度にやりとしたり、ほろりときたりしたでしょう。

さて、そんなタング、実はぬいぐるみとなって今年二月のベルリン国際映画祭に参加しています。正確には、映画化によさそうな本を映画関係者に紹介する、〝Books at Berlinale〟という映画祭内のイベントに、著者の代理人ジェニーとともに参加しました(ジェニーのツイッターで、プレゼン会場にちょこんと座るタングの写真が紹介されています)。というのも、二十五カ国以上から応募された百三十冊の中から、最終的に残った十一のプレゼン作品の中に、『ロボット・イン・ザ・ガーデン』も選ばれたのです。

タングは、イギリスからドイツへは大好きな飛行機で向かい、〝プレミアムな〟ホテルに泊まり、〝プレミアムな〟友達も作り、プレゼン前日には美容のために（！）早めに就寝したとのこと。ベンからは「いい子にするんだぞ」と念を押されていましたが、当日の会場で最後までおとなしくしていられたかどうかは謎です。ちなみにタングの留守中、ベンは相当寂しかったようで、「タングがいないと静かだな。あいつの作る朝食さえ恋しいよ」などとつぶやいていています。そう、ベンとタングもツイッターのアカウントを持っていて、たまにつぶやいているのです。残念ながら最近はあまり更新がありませんが、「ベン、ベン、ベン、ベン、テレビゲームしていい？」と、相変わらずのゲーム好きを発揮しているタングや、「親になるということ＝キッチンの床にシリアルがぶちまけられているのを発見すること。居間にも。バスルームにも。ついでに猫の耳の中にも」という、思わず同情してしまいそうなベンのつぶやきを目にすると、今も続くふたりの生活が目に浮かぶようで嬉しくなります。そんなベンとタングの物語が、いつか映画館の大スクリーンで見られることを願ってやみません。なお、著者はすでに次作の執筆を始めているとのことで、そちらも楽しみです。

最後になりましたが、本書を訳すにあたっては多くの皆様のお力添えをいただきました。心より御礼申し上げます。

二〇一六年四月

——本書のプロフィール——

本書は二〇一五年にイギリスで刊行された小説『A ROBOT IN THE GARDEN』を本邦初訳したものです。

小学館文庫

ロボット・イン・ザ・ガーデン

著者　デボラ・インストール
訳者　松原葉子《まつばらようこ》

二〇一六年六月十二日　初版第一刷発行
二〇一六年十二月七日　第五刷発行

発行人　菅原朝也
発行所　株式会社 小学館
〒一〇一-八〇〇一
東京都千代田区一ツ橋二-三-一
電話　編集〇三-三二三〇-五七二〇
　　　販売〇三-五二八一-三五五五
印刷所――大日本印刷株式会社

この文庫の詳しい内容はインターネットで24時間ご覧になれます。
小学館公式ホームページ　http://www.shogakukan.co.jp

ISBN978-4-09-406237-3